KB166684

안녕, 우리들의 시간

HAPPILY EVER BEFORE vol. 3 (你好‚舊時光)

일러두기

1. 이 책의 외래어 표기는 국립국어원의 외래어 표기법을 따랐습니다.
2. 책 제목은 『 』, 시, 단편은 「 」, 영화, TV 프로그램, 노래 제목은 〈 〉로
   표기했습니다.
3. 각주는 모두 옮긴이 주입니다.

바웨칭완 지음　강은혜 옮김

안녕, 우리들의 시간

你好，舊時光

3

달다

차례

파도 소리가 들려

"우리 북방의 바다는 너희 열대랑은 달라. 너희 바다는 바다라고 할 수도 없지."

작은 목소리는 암석에 부딪히는 파도 소리에 묻혀 분명하게 들리지 않았다. 이런 모호함이 오히려 원먀오에게 아련함을 선사했다.

— 열대로 꺼져버려. 거기 바다도 바다라고 할 수 있어?

이렇게 익숙한 말투라니. 파도 소리가 마치 멀리서 들려오는 배경음악처럼, 지난 세월의 주제곡을 한 번, 또 한 번 반복적으로 그에게 들려주었다.

원먀오는 고개를 돌려 자신 옆 암초 위에 털썩 앉은 운전사를 흘끔거리며 대답했다. "저기…… 저한테 말씀하신 거예요?"

청년은 입을 쩍 벌렸다. 원먀오의 중국어가 이렇게나 유창할 줄은 생각지도 못한 데다, 이렇게 불쑥 불평을 내뱉은 게 좀 무례했다는 생각이 들었는지 아예 입을 꾹 다물었다.

운전사 청년은 이글거리는 태양 밑에서 이 시끄러운 대학생들과 함께 하루 종일 돌아다녔다.

현지인은 이 해안선을 질릴 만큼 봤고, 열대에서 온 방문객들은 마찬가지로 바다에서 아무런 새로움도 맛보지 못했으며, 더욱이 현지 해변과 거리 환경에 대해 불만이 꽤 많았다. 주최 측의 관광 일정은 형식주의로 가득했지만, 인솔자든 원먀오가 속한 대학생 그룹이든, 다들 불평불만을 꾹 누른 채 이 연극이 어서 끝나기만을 바랄 수밖에 없었다.

햇볕에 까무잡잡하게 그을린 운전사 청년은 답답하고도 쓸쓸한 표정이었다. 학생들은 그와 나이가 비슷한데도 하나같이 방문객의 우월감을 지니고 있어서, 원먀오는 진작에 그의 불쾌감을 느끼고 있었다.

"사실 여기서 1년간 공부했었어요. 전…… 저도 이곳 바다를 좋아해요." 그의 난처함을 이해한 원먀오가 호의적인 한마디를 건넸다.

"싱가포르에서 자란 게 아니었어요?" 이번에는 상대방이 어리둥절했다.

"말투만 들어도 아닌 거 알잖아요." 원먀오가 시원스레 웃었다. "전 북방 사람이에요. 대학 때 싱가포르로 간 거고요. 고2 때……."

갑자기 파도가 크게 밀려오며 철썩철썩 파도 부서지는 소리가 났다.

원먀오는 다시 멍하니 있다가 아까 했던 말을 반복했다. "고2 때 이곳으로 전학 와서 1년 동안 학교를 다녔죠."

고2 때, 모두가 전학생 원먀오를 좋아했다. 하이쿠이만 빼고.

K시는 바다에 인접한 크지 않은 도시로, 번화함 대신 축축한 운치가 있었다. 식민 시대의 잔재인 오래된 붉은 벽돌집, 뙤약볕 아래에 어지럽게 드리워진 나무 그림자, 목청 큰 소년들은 피곤하지도 않은지 건물 사이 위아래 비탈길을 이리저리 뛰어다녔고, 바닷바람이 축축한 색채를 덧입힌 골목골목은 마치 화가가 이제 막 완성한 유화를 실수로 물에 빠뜨린 것처럼 보였다.

여러 해가 지난 후에도 원먀오는 여전히 기차에서 내리던 순간을 기억했다. 플랫폼에 내려섰을 때, 이 도시의 바다는 아직 모습을 드러내지 않았지만 그 냄새가 확 밀려왔다.

이곳은 참 좋은 도시다.

다만 원먀오가 오기 싫었을 뿐.

고1 여름방학, 원먀오는 부모님의 전근으로 K시로 전학을 왔다. 그러나 원먀오의 학적은 호적과 향후 대입시험 점수 커트라인 등을 고려해 여전히 고향 도시의 사대 부고에 남아 있었다. 사실 부모님은 단기간 파견 온 것이라 원먀오까지 번거롭게 따라올 필요는 없었지만, 자신이 떠나면 원먀오를 누가 단속하겠냐며 걱정한 엄마 때문에 어쩔 수 없었다. 원먀오는 자신이 16년이나 살았는데 엄마 눈에는 아직 사람으로 진화하지 못한 원숭이처럼 보이는 게 아닐까 의심이 들었다.

당연히 원먀오는 조금도 집을 떠나고 싶지 않았다. 약속되어 있던 중학교 동창회는 그의 일정 때문에 없던 일이 되었고, 친한 친구들이 그렇게나 많았는데도 작별 인사를 할 시간도 없었다.

친한 친구가 그렇게나 많은데, 예를 들면······.

"다른 곳에 가서도 공부 열심히 해."

위저우저우의 문자를 보고 원먀오는 관자놀이가 지끈거렸다.

"꺼져. 넌 어째 갈수록 우리 엄마 같냐."

"이거 참 황송하네. 친한 척하지 말아줄래."

한때 앞자리에 앉아 손을 뻗으면 잡을 수 있던 말총머리는 지금 팔을 뻗어도 닿을 수 없었다. 둘은 여전히 친했고, 여전히 서로 놀리고 폄하하며 우스갯소리를 나눴지만, 아무래도 뭔가 부족하게 느껴졌다.

친한 관계에 있어서, 그 어느 것도 '곁에 있는 사람'을 이길 수 없다.

원먀오는 이 도시에 얼마나 머무를지 알지 못했다. 어쩌면 일 년, 어쩌면 한 달이 될 수도.

이런 상황은 그를 어찌할 바 모르게 했다.

하루에는 하루의 교제 방식이 있고, 일 년에는 일 년의 행동 규칙이 있다. 원먀오는 원래부터 헛된 노력을 싫어했다. 만약 정말로 잠시 지나가는 과객이라면 애써 얌전한 척 굴거나 친구를 사귈 필요는 없을 듯했다.

그렇게 생각하니 그는 새로운 생활에 대한 열정이 더욱 솟아나지 않았다.

K시는 바다에 닿아 있긴 했지만, 한여름의 무더위는 남쪽 지역에 전혀 뒤지지 않았다. 바닷바람도 햇볕에 뜨겁게 달궈진 암초가 두려운지 쭈뼛쭈뼛 수증기를 내뿜으면서 찬 기운을 거둬가 도시 전체를 후끈한 찜통으로 만들어버렸다.

소년은 기운 없이 플랫폼을 내려가 잔뜩 찌푸린 미간과 이마에 새로 난 여드름으로 낯선 도시의 열렬한 환영 인사에 대항했다.

부모님은 도착하자마자 주변 산간 지역으로 가 조사 연구를 해야 해서 당분간은 그를 신경 쓸 겨를이 없었다. 그의 아빠는 원먀오가 개학 전까지 남은 시간 동안 혼자 도시를 둘러보며 주변 환경에 익숙해지기를 바랐다. 하지만 엄마는 펄쩍 뛰면서 원먀오가 전학 갈 K시 제4고등학교의 교육 수준이 사대 부고에 한참 못 미친다며, 다시 사대 부고로 돌아갔을 때 뒤떨어지지 않도록 공부에 좀 더 시간을 쏟아야 한다고 강력하게 주장했다. 게다가 밖은 햇살이 너무 강렬하니 괜히 나가서 돌아다니지 말라고 했다.

원먀오는 엄마 마음속에서 자신은 밧줄로 묶어놓지 않으면 고삐 풀린 들개처럼 날뛰는 존재인가 다시금 의심이 들었다.

그래서 일부러 보름간 고삐가 풀린 채 놀았다. 개학하기 전까지 매일 해수욕장으로 가서 멍하니 햇볕을 쬐었고, 해변에서 파도를 밟으며 비명을 지르는 젊은 아가씨들을 구경했다.

"저우저우, 시간 나면 K시에 놀러 와. 해변에 비키니 입은 아가씨들이 엄청 많아."

"몸매 좋아?"

"…… 그저 그런데……. 그래도 비키니잖아!"

"비키니만 보고 싶은 거면 수영복 파는 매장에 가서 실컷 보지 그래. 다 똑같은데."

원먀오는 "살 위에 입는 게 그거랑 어떻게 같아"라고 대답하려다 좀 변태 같아 보이는 듯해 그만두었다.

새 학급에 전학 인사를 하러 갈 때, 원먀오는 고삐 풀린 사모예드에서 고삐 풀린 티베탄 마스티프로 변해 있었다.

유일하게 변하지 않은 건 느릿느릿 교탁 앞으로 나갈 때 미간이 여전히 찌푸려져 있다는 거였다.

"안녕하세요. 전 원먀오라고 합니다. '따뜻하다'의 '원溫', 먀오는 '물 수水' 세 개를 묶어서 쓰고요."

"그럼 너도 이곳과 인연이 깊구나. 이름에 그렇게 물이 많은데, 이 도시는 바다에 접해 있거든."

담임선생님이 던진 농담에 원먀오는 그저 뒤통수를 긁적이며 어색하게 웃는 걸로 얼렁뚱땅 상황을 모면했다. 담임도 더는 묻지 않았다. 학적이 다른 곳에 있는 임시 학생에게 관심을 쏟는 것도 귀찮았는지, 아침 자습 시간에 자기소개 시간을 마련한 것으로도 이미 충분히 성의를 보인 셈이었다.

그리하여 그는 뒤에서 둘째 줄 창가 자리를 배정받았다.

원먀오는 담임이 가리키는 방향을 바라보다가 무심코 유난히 빛나는 두 눈과 마주쳤는데, 그 눈길은 좀 지나칠 정도로 예리했다.

갑자기 누군가 창문을 닫았다. 유리에 반사된 햇빛이 너무도 눈부셔 원먀오는 급히 피했고, 다시 고개를 들었을 땐 이미 그 맹렬한 눈빛이 사라진 뒤였다.

원먀오의 짝꿍 천레이는 이목구비가 훈훈한 남학생으로, 반듯한 외모에 거기다 반장이었다. 원먀오는 단역을 맡은 과객인 자신이 이런 요충지에 앉은 게 살짝 마음에 찔렸다. 천레이는 원먀오가 자리에 앉자마자 먼저 나서서 자기소개를 하더니, 시간표를 베끼라고 빌려주며 겸사겸사 과목별 수업 진도를 알려줬다.

"무슨 일 있으면 뭐든지 나한테 물어봐."

천레이는 말을 마치고 생긋 웃더니 다시 고개를 숙이고 공부에 열중했다. 친절과 관심의 정도가 아주 딱 적절했다. 원먀오는 단번에 이 새로운 짝꿍에게 적잖은 친밀감이 생겼다.

그는 정도를 지키는 사람이 좋았다.

짧은 인사말을 주고받은 후, 원먀오도 책을 보는 척하다가 두 페이지를 넘기곤 다시 멍하니 앞에 앉은 여학생의 등에 시선을 고정했다.

그 여학생은 짝꿍이 어디로 갔는지 혼자서 한 책상에 앉아 있었다. 하늘색 커튼은 바람에 날렸다가 아래로 떨어질 때마다 원먀오와 그 여학생을 뒤덮어 천레이가 있는 쪽과 완전히 격리시켰다.

그 순간 원먀오는 문득 그 여학생의 뒷모습이 어딘지 모르게 위저우저우와 닮은 듯한 느낌이 들었다. 중학교 때의 즐거웠던 시절이 바로 이 마법 같은 순간에 강림한 듯 원먀오의 심장을 괜스레 더욱 빨리 뛰게 했다.

그러나 천레이는 매우 친절하게도 몸을 일으키더니 원먀오를 위해 커튼을 난방기 파이프 뒤쪽으로 밀어 넣었다.

"이렇게 하면 바람에 날리지 않지."

원먀오는 어색하게 고맙다고 인사했다.

이때 앞자리 여학생이 갑자기 몸을 쭉 폈다. 그녀의 등을 멍하니 바라보고 있던 원먀오는 즉시 경계에 돌입했고, 천레이도 어떻게 여학생의 기척을 느꼈는지 고개를 들었다.

"임시 학생?"

여학생은 뒤를 돌아보기도 전에 다짜고짜 질문부터 던졌다. 여학생은 햇빛을 받아 연한 갈색으로 보이는 긴 머리카락을 높이 말총머리로 묶었는데, 고개를 지나치게 홱 돌리는 바람에 머리카락이 마치 날카로운 검처럼 원먀오의 얼굴을 스치고 지나갈 뻔했다. 원먀오는 반사적으로 뒤로 살짝 물러나 피하며 어리둥절한 표정을 지었다.

여학생은 턱이 뾰족했고 곁눈질로 그를 바라보는 얼굴에서는 왠지 모르게 난폭한 기운이 느껴졌다. 예쁘장한 이목구비는 눈에 띌 정도는 아니었고, 매끄럽고도 균일한 까무잡잡한 피부가 조금 특별한 느낌을 주었다.

위저우저우와는 조금도 닮지 않았다.

팬스레 실망스러워진 원먀오는 상대방을 똑바로 바라보며 생각 없이 입을 열었다. "너 하와이 출신이야?"

여학생이 그 말에 황당하다는 표정을 지었다. 눈빛에 담긴 난폭한 기운은 놀라움 때문에 옅어졌고, 오히려 주변 학생들이 차츰 반응을 보이며 키득거리기 시작했다.

천레이가 놀란 눈으로 원먀오를 쳐다봤다.

오랜 시간이 지난 후에야 원먀오는 그 순간을 회상하며 다른 느낌을 음미할 수 있었다.

늘 인간관계가 좋던 그는 이 잠시 속했던 학급에서는 인간관계가 특히나 더 좋았는데, 거기에는 그 한마디의 공이 가장 컸다.

그 말 때문에 모두 그를 좋아했다. 그 말 때문에 그녀는 그를 싫어했다.

그녀가 그를 싫어했기 때문에 모두 특히나 그를 좋아했다.

여학생은 입술을 꽉 깨물었지만, 반격할 말을 찾지 못했는지 원먀오만 날카롭게 쏘아보다가 고개를 돌렸다.

난처해진 원먀오는 풀어졌던 신경을 다시 바짝 세우고 그녀의 뒤에 대고 대답했다. "어어, 난 임시 학생이야. 여긴 대입시험 커트라인이 너무 높아서 학적을 옮겼다간 난 죽은 목숨일걸."

아무리 만회하려 해도 소용이 없었다. 주변 아이들은 모두 '하와이 출신'이라는 말만 수군거렸고, 앞자리 여학생은 고개를 숙이고 글씨를 쓰며 견갑골을 미세하게 들썩일 뿐, 다시는 돌아보지 않았다.

원먀오가 K시 제4고등학교에 온 첫날이었고, 첫 수업에서 막 자기소개를 마친 참이었다.

앞자리에 있는 여학생 이름도 묻지 못했는데 이미 그 여학생에게 찍혀버렸다.

그는 살짝 얼굴을 붉혔지만, 한편으로는 별거 아니라는 생각이 들었다.

어차피 이 학교에 오래 머물진 않을 거니까.

…… 하지만 고개를 숙이고 안 본다 한들 다시 고개를 들면 보이지 않나.

원먀오는 한숨을 내쉬며 더는 고민하지 않고 사과하기로 결심했다. 그래서 볼펜 끝으로 앞자리 여학생의 등을 살살 찔렀는데, 여학생이 움찔하는 바람에 잔뜩 긴장하고 있던 손에 힘이 풀렸고, 펜은 스프링의 힘 때문에 튕겨 나오며 그의 콧등에 딱 맞았다.

원먀오는 깜짝 놀랐고 모두 폭소를 터뜨렸다. 민망해진 그는 머리카락을 엉망으로 비비며 이 상황으로 아까의 어색함이 풀어지기를 기대했지만, 앞에 앉은 아가씨는 『구약성경』에서 죄악의 성을 탈출한 성인처럼 뒤에서 무슨 일이 벌어지든 다시는 돌아보지 않았다.

이때 원먀오의 뒷자리가 팔꿈치로 그를 쿡쿡 찌르며 앞자리를 향해 입을 삐죽거렸다.

"너무 신경 쓰지 마. 하이쿠이는 성격이 원래 저 모양이야."

목소리는 크지 않았다. 원먀오는 살짝 눈살을 찌푸리며 그 말을 하이쿠이가 들었을지도 모른다고 생각했다.

그런데 이름이 하이쿠이*라고?

"그럼 쟤는 왜……." 원먀오는 계속 물어보기가 망설여졌다. 왜라는 말 뒤에 무슨 말을 붙여야 할지 갈피를 잡을 수 없었다. 왜 자기소개도 없이 덜컥 질문을 던진 걸까? 왜 그런 눈빛으로 사람을 볼까? 왜…….

그는 그렇게 말을 멈췄지만, 뒷자리 남학생은 오히려 그가 차마 말하지 못한 뜻을 잘 이해하는 듯했다.

그는 원먀오를 토닥이며 조금도 개의치 않는 듯 웃었다.

"하이쿠이는 원래 저래."

이번 목소리는 하이쿠이도 분명 들었을 것이다.

---

* 중국어로 '말미잘'이라는 뜻.

원먀오는 곁눈질로 천레이가 태연하게 고개를 숙이고 책을 보는 걸 포착했다. 하이쿠이와 원먀오의 난감한 상황을 아예 못 본 것만 같았다.

K시 대입시험은 대종합* 방식이라 문과, 이과 구분을 하지 않았다. 원먀오는 원래 고2가 되면 이과를 선택해서 귀찮은 역사와 정치를 벗어날 수 있을 걸로 생각했지만, 이곳에 와서 보니 계속 배워야 할 판이라 무척이나 우울했다. 다행히도 대종합 과목이 많은 편이라 각 과목 난이도는 낮아졌고, K시에서도 중간 수준의 고등학교인 4고는 진도를 빠르게 빼는 편이 아니라서 그의 일상도 그렇게 힘들게 바뀌진 않았다.

원먀오가 학교에 온 이튿날 마침 월례고사가 있었다. 답안지 채점이 빠르게 끝나 이틀 후에 전과목 점수가 나왔고, 원먀오는 반에서 4등을 했다.

1등은 천레이, 2등은 하이쿠이였다.

천레이는 반장, 하이쿠이는 학습위원이었다.

천레이는 수학, 화학, 지리 과목 반장이었고, 하이쿠이는 영어, 국어, 생물 과목 반장이었다.

천레이는 학교 학생회 주석, 하이쿠이는 부주석이었다.

천레이는 교내 방송국 국장, 하이쿠이는 부국장이었다.

원먀오는 일주일도 되지 않아 대략 주변 상황을 파악했

* 물리, 화학, 생물, 지리, 역사, 정치를 종합한 것.

고, 자신의 자리가 학교의 두 유명인에게 둘러싸였음을 깨달았다.

천레이는 점잖고 우수하고 친절하면서도 뻐기지 않고 거리를 잘 지켰다. 이런 애어른 같은 모습에 선생님과 학생들은 칭찬을 늘어놓았지만, 하이쿠이의 상황은 그리 낙관적이지 않았다.

원먀오가 볼 때 하이쿠이가 악착같이 공부하는 모습은 정말이지 신메이샹과 닮아 있었다. 다만 신메이샹은 몰래 혼자 노력하는 데 비해, 하이쿠이는 노력하지 않는 모든 사람에게 알 수 없는 경멸을 품고 있었고, 그런 경멸을 얼굴에 분명하게 드러내는 걸 아주 좋아했다.

월례고사 답안지를 나눠줄 때, 누군가 일부러 큰 소리로 자신이 시험 보기 전에 축구를 보느라 공부를 제대로 안 했다고 투덜거리면, 하이쿠이는 그 학생의 점수를 흘끗 보곤 크지도 작지도 않게 말했다. "그래? 축구를 연초부터 연말까지 보나 보구나. 사실 공부해도 소용없을 거야."

원먀오는 문득 자부심을 가지고 있던 '6등' 이론을 꺼내지 않은 걸 다행이라 여겼다. 그 말을 꺼냈다간 하이쿠이는 분명 차갑게 조소하며 대꾸할 것이다. "노력하지 않아서 6등을 했는데, 막상 노력해서 16등 할까 봐 무서운 거 아냐? 정말 똑똑하다면 왜 사람들에게 증명하지 않지?"

그는 위저우저우의 야유는 인정해도, 하이쿠이의 지적은 받아들일 수 없었다.

비록 그녀의 말이 늘 사실이라 하더라도.

선생님과 부모에게 받는 잔소리로 이미 충분히 짜증 나는데, 자신을 못난 사람 취급하는 학우를 좋아할 사람은 아무도 없었다.

월례고사와 각 과목 채점 답안지는 모두 하이쿠이가 나눠줬다. 원먀오는 답안지를 받을 때마다 턱을 손으로 받치고 멍 때리는 자세를 유지하며 이제 막 꿈에서 깬 것처럼 "고마워"라고 말했고…… 고개를 들어 그녀의 눈을 봤다. 균일하고도 매끈한 까무잡잡한 피부와 대조적으로, 흰 눈자위는 그녀의 적의를 또렷하게 드러내고 있었다.

원먀오의 물리 성적은 반 1등이었다. 그래서 하이쿠이는 답안지를 나눠주며 하마터면 눈을 부릅뜨고 그를 노려볼 뻔했다.

오후 물리 시간, 물리 선생님은 기분 좋게 과목 1등 원먀오를 호명해 칠판 앞으로 나와 문제를 풀게 했다. 원먀오가 절반쯤 썼을 때 분필이 갑자기 부러지며 그의 손가락이 칠판에 그대로 부딪혔고, 그는 아파서 마구 소리를 질렀다.

반에는 호의적인 웃음소리로 가득 찼다. 고작 며칠밖에 지나지 않았지만 반 학생들 대부분 그와 얼추 말을 나눠봤고, 다들 이 정신이 딴 데 팔려 있는 꺽다리를 좋아했다. 그래서 그가 실수하는 모습을 보자 대놓고 쌤통이라는 기분을 드러내며 감추려고 하지 않았다.

놀림을 받는다는 건 많은 사람들에겐 얻으려고 해도 얻지 못하는 관심이다.

원먀오가 "날씨가 정말 좋다"라는 말만 해도 그에게 맞장구치는 웃음소리가 들렸다.

그러나 하이쿠이가 감정을 듬뿍 싫은 예쁜 목소리로 재밌는 이야기를 백 개나 들려준대도 아무도 감히 웃지 않을 것이다.

원먀오는 손톱이 일부 갈라진 손가락을 흔들며 물리 선생님을 애처롭게 바라봤다. 물리 선생님은 웃으며 그에게 돌아가라고 눈짓했다.

"기본적인 풀이 방향은 이미 보이지? 그럼 하이쿠이, 네가 나와서 나머지를 완성해보렴."

커튼이 다시금 날려 하이쿠이의 몸을 감싸며 그녀의 얼굴을 덮었다. 그 순간에는 예전에 앞자리에 앉았던 위저우저우와 정말 많이 닮아 보였다.

커튼이 다시 제자리로 미끄러져 내려오자 또 닮아 보이지 않았다.

하이쿠이가 자리에서 일어났다. 여전사처럼 날카로운 그녀의 눈빛에 원먀오는 또다시 어이가 없었다.

그녀는 강단 위로 올라가 칠판에 쓰여 있는 유치원 수준의 필체를 바라보더니, 칠판지우개를 들어 원먀오가 풀어놓은 과정을 깨끗이 지워버렸다.

원먀오가 뒤에서 두 번째 줄에 있는 자기 자리에 다다르기도 전에 주변에서 헉 하고 숨을 들이켜는 소리가 들렸고,

맞은편의 천레이는 칠판과 원먀오를 번갈아 바라보며 괴이한 눈빛을 드러냈다.

"이 풀이법은 너무 번거로워요. 더 간단한 방법이 있어요."

하이쿠이의 깔끔한 목소리가 원먀오의 등 뒤에서 울려 퍼졌다.

원먀오는 몇 초간 어리둥절해하다가 반 학생들 모두 자신의 반응을 기다린다는 걸 눈치챘지만, 그저 자리에 앉아 자연스럽게 하품을 했다.

그러고는 고개를 숙이고 자신의 벌어진 오른손 검지 손톱을 살펴보기 시작했다.

"하이쿠이…… 하이쿠이는 원래 저래."

옆의 천레이가 들릴락 말락 한 목소리로 소곤거렸다.

하이쿠이는 원래 저래. 그래서 뭐?

원먀오는 억울하다는 듯 미간을 찌푸리며 천레이를 바라봤다. 누가 들어도 원먀오를 위로하며 하이쿠이를 원망하는 말이었지만, 천레이의 말투는 오히려 하이쿠이 대신 변명하는 것처럼 들렸다.

그 말에 숨겨진 뜻은, 걘 원래부터 그런 애니까 넌 걜 원망해선 안 된다는 거였다.

원먀오는 아무 말도 하지 않았다. 따지는 게 귀찮았다.

오후 첫 수업은 초여름 오후였다. 물리 선생님은 발음이 약간 어눌했고 수업 수준도 딱히 칭찬할 만한 점이라곤 없었다. 원먀오의 학급은 반지하에 위치해서 매섭게 작열하는 정오의 햇살이 창문에 의해 절반으로 잘렸고, 모두 이런 애매한 빛과 무더운 공기 속에서 졸려 하며 축 처져 익어가는 새우처럼 허리를 구부렸다. 그러나 오직 하이쿠이만 시종일관 등을 꼿꼿이 세우고 형형한 눈빛으로 물리 선생님을 주시했다. 마치 수업 내용에 천기누설이라도 있는 것 마냥.

물리 선생님은 쟤가 하도 뚫어져라 바라봐서 소름이 끼치진 않을까?

원먀오는 자신의 생각이 너무 웃겨서 별안간 하이쿠이가 재밌게 느껴졌다. 여러 단점 사이에 섞인 재미랄까. 만약 자신만 건드리지 않는다면 멀리서 재미 삼아 그녀를 관찰할 수도 있을 것이다.

하지만 안타깝게도 그녀는 그를 건드렸다.

하이쿠이가 갑자기 고개를 돌렸고, 또 그 머리를 쭈뼛 서게 하는 눈빛을 쏘았다.

원먀오는 그녀와 똑같이 노려보지 않는 대신, 그저 나른한 눈빛으로 피하지 않았다. 완전히 약한 척한다거나 무마할 생각은 없었다. 하이쿠이는 줄곧 그를 바라보다가 눈을 내리깔았다.

그러고는 다시 고개를 돌렸다. 이 밑도 끝도 없는 기 싸움은 이렇게 끝났다.

원먀오는 중고 산악자전거를 하나 샀다. K시가 그에게 가장 좋은 인상을 남긴 건 서쪽에 있는 이 해안선이었다. 고향의 그 연기 자욱한 공업도시는 시 정부의 엉망진창인 도시 구획과 어지러운 교통 때문에 자전거를 타는 여유는 일종의 사치였다. 그러나 여기에선 매일 방과 후 해가 지기 전까지 쪽빛 하늘 아래에서 긴 해안선을 따라 자전거를 타고 집으로 돌아갈 수 있었다.

한쪽은 석양, 한쪽은 그림자.

이어폰을 끼고 노래를 들으며 소년은 두 손을 핸들에서 뗐다. 마치 당장이라도 날개가 돋아나 바다 저쪽으로 날아갈 것만 같았다.

밀물 때가 되자 여행객들은 흩어지고 노점상들은 집으로 돌아갔으며, 이름 모를 바닷새들이 뭘 찾는지 머리 위를 선회했다. 여기에는 과거도 미래도 없었다.

소년은 길을 쭉 따라 바닷새를 쫓아가며 머리를 텅 비운 채 집으로 돌아갔다.

4고는 수업 때 지식을 깊게 파고들지 않아서 연습문제 난이도 역시 보통이었다. 사대 부고와 비교하면 확실히 수준이 몇 단계 아래여서, 시간이 지날수록 원먀오는 저도 모르게 해이해졌다.

또 물리 시간이었다. 원먀오는 한쪽 귀에 이어폰을 끼고 턱을 괸 손으로 줄을 살짝 가린 후, 수업 내내 멍을 때리다가 수업이 끝난 것도 몰랐다.

그러다 증명사진 하나가 눈앞에 흔들리는 걸 보고서야 퍼뜩 정신이 들었다.

하이쿠이가 팔을 쭉 뻗어 원먀오의 증명사진을 그의 눈앞에 내밀었다. 원먀오는 오늘 아침 소조장에게 제출했던 그 사진을 바라보며 어리둥절하게 물었다. "왜?"

이렇게 사진을 흔들며 아무 말도 하지 않는 건 확실히 친밀한 동작이었다. 서로 친한 사람이 하는 건 정상이겠지만, 하이쿠이는 여전히 뭔가를 꾹 참고 있는 듯해서 원먀오는 진지하게 그녀의 다음 공격을 대비할 수밖에 없었다.

"이게 최근에 찍은 사진이야?"

"중3 때 찍은 거야. 1년 좀 넘은 건데 왜, 아니야?"

"이건 못 써. 임시 서류 만들 때 쓰는 건데 이런 사진은 부적절해."

이보세요, 지금 제정신이야? 원먀오는 살짝 짜증이 났다. 저번에 '간단한 방법' 사건 이후 많은 학생들은 이 혜성처럼 나타난 전학생이 하이쿠이를 혼내주길 기대했으나 결국 아무 일도 일어나지 않았다.

원먀오는 말썽을 일으키고 싶지 않았다. 비록 하이쿠이를 좋아하진 않았지만, 그렇다고 자신이 공격 무기로 사용되는 건 더 싫었다.

그는 한숨을 내쉬곤 웃으며 해명했다. "남자는 자라면서 여러 번 모습이 바뀐다잖아. 난 이 사진밖에 없어. 이게 그나마 가장 최근 사진이라고. 못 믿겠으면 다른 사람한테 물어봐. 지금 내 모습이랑 별 차이 없을걸? 근데 왜 안 된다는 거야?"

원먀오는 잠시 말을 멈추고, 옆에서 아랑곳하지 않는 천레이를 흘끔 보며 팔꿈치로 툭 밀었다.

"있잖아, 천레이, 너가 쟤랑 친하니까 말 좀 해봐."

원먀오는 천레이가 들은 척도 안 할 줄 알았는데, 의외로 그는 진짜로 몸을 일으키더니 하이쿠이 손에서 사진을 빼앗으려 했고, 하이쿠이는 곧장 그의 공격을 피했다.

늘 차분하던 천레이의 얼굴에 흔치 않게 표정이 떠올랐다. 난처함과 의외라고 부를 수 있는 표정이었다.

"흥." 하이쿠이는 손을 거두고 고개를 숙여 사진을 봤다가 다시 고개를 들어 원먀오를 보고는 지극히 과장되게 큰소리로 떠들었다. "중3 때 아무도 너한테 가면 쓰고 사진 찍으면 안 된다고 말해주지 않았나 보다?"

교실 학생 절반이 고개를 돌려 그들을 바라봤다.

원먀오가 천천히 일어나더니 잽싸게 몸을 내밀어 사진을 낚아챘다.

"너 그거 되게 너절한 농담인 거 알지? 중3 때 내 얼굴이 여드름투성이였다고 떠벌리고 싶은 거잖아? 그래, 저번에 너보고 하와이 출신이냐고 한 건 내가 잘못했어. 하지만 난 그냥 네 피부가 예쁘다고 말하려던 건데 이럴 필요까지 있어? 일주일 넘도록 꾹 참다가 이런 방법으로 공격하는 거야? 혹시 오전 내내 혼자 연습이라도 했어?"

하이쿠이는 여전히 손을 거두지 못한 채로 입을 다물지 못했다. 고집스러운 표정에는 당황스러운 눈빛만이 가득했다. 원먀오는 오만상을 찌푸렸다가 그런 그녀의 모습을 보고 마음이 살짝 풀어졌다.

원먀오의 뒷자리에서 푸하하 하고 웃음이 터져 나왔다. 이어 대담한 학생들이 하나둘 웃기 시작했다. 원먀오는 그들이 왜 웃는지 어리둥절했다. 자신이 딱히 웃긴 말을 한 것도 아닌데 그들의 웃음소리는 도무지 멈추지 않았다. 특히 여학생들의 재잘거리는 웃음소리는 마치 유리구슬이 여기저기 쏟아져 구르는 것처럼 들렸다.

별안간 천레이가 조용히 말했다. "쟨 그냥 너한테 농담을 하고 싶었던 거야."

그 말은 주변의 시끄러운 소리에 묻혀버렸다. 원먀오는 심지어 자신이 잘못 들은 건 아닌지 의심스러웠다. 왜냐하면 천레이가 그 말을 하고는 곧장 자리에 앉아 조금도 동요하지 않은 얼굴로 『오성 문제은행』을 펼쳐 풀기 시작했기 때문이었다.

원먀오는 하이쿠이가 그 말을 들었는지, 인정하는지 알 수 없었다. 문득 어떤 예감이 들었다. 하이쿠이가 실패한 농담을 던진 게 확실하다 하더라도 그녀는 절대로 인정하지 않으리라고 말이다.

자신이 농담도 못한다는 걸 인정하느니 차라리 적대적이라고 오해받는 게 낫다고 생각할 것이다.

원먀오는 자신이 어떻게 이렇게나 하이쿠이를 잘 아는지 이해가 되지 않았다.

하이쿠이는 입술을 깨물며 강경하게 서 있었고, 원먀오도 자신이 좀 너무한 것 같아 잠시 생각하다가 사진을 건넸다.

"그래도 이거 낼게. 진짜야, 네가 지금 날 데리고 나가서 사진을 찍으면 모를까, 다른 사진은 없다구. 그냥 대충 이걸로 하면 안 될까?"

놀랍게도 하이쿠이는 사진을 받아 들고 아무 말도 하지 않고 앉았다.

잠시 후, 뒷자리 남학생이 오징어채 한 봉지를 이곳 특산품이라며 원먀오에게 건넸다. 그를 위안하는 차원에서 애들 몇이 그에게 쏘는 거라고 했다.

원먀오는 난처하게 받으면서도 그들이 대체 뭘 위안한다는 건지 묻지 않았다.

칼을 푹 찌르고 도망가는 과객이라도 된 걸까.

2교시는 정치였다. 원먀오는 수업 절반을 졸다가 고개를 들어 어렴풋이 칠판 가득 써 있는 서툰 글씨를 보고 팔꿈치로 천레이를 가볍게 쿡쿡 쳤다.

"어디까지 나간 거야?"

천레이는 멈칫하더니 책을 살짝 밀어 한 문단을 가리켰다.

"여기."

원먀오는 자신이 착각한 거라고 생각했다. 방금 천레이는 아무래도 그를 상대하고 싶지 않았던 것 같은데.

마침 정치 선생님은 교실 문 앞으로 가 복도의 누군가와

이야기를 나눴고, 교실은 웅성거리기 시작했다. 살짝 배가 고파진 원먀오는 이 틈을 타 책상 서랍에서 오징어채를 꺼내 포장지를 뜯었다.

한 입 깨물자마자 입안에서 빠각 하는 느낌이 들었다.

송곳니 절반이 깨진 것이다.

교실에 그의 비명이 울려 퍼졌다.

원먀오는 입을 막고 책상에 뱉은 돌멩이를 뒷자리로 던지며, 그에게 오징어채를 준 두 남학생을 매섭게 노려봤다.

이 빌어먹을 놈들아, 지금 토사구팽하는 거야 뭐야!

교실로 들어온 정치 선생님이 입을 틀어막고 우물거리는 원먀오를 영문을 모르겠다는 듯 바라봤다.

"혀라도 씹은 거야?" 정치 선생님이 물었다.

"이가 깨졌어요."

하이쿠이의 맑은 목소리가 울리자, 교실의 학생들은 떠들썩하게 웃으며 그에게 상태가 어떠냐고 친절하게 물었고, 원먀오는 계속해서 고개만 저었다.

잇몸에 피가 나는 것 같았다. 입안에서 피비린내가 나는 걸 느낀 원먀오는 감히 입을 열어 말을 할 수가 없었다. 입을 열었을 때의 결과가 얼마나 무시무시할지 두려웠다.

"얼른 병원에 가봐. 학교 양호실엔 가지 말고, 거긴 알코올 솜밖에 없으니까. 그, 넌 이번에 전학 왔지? 병원이 어딨는진 아니? 아니면 천레이, 네가 같이 가주는 게 어떨까?"

천레이가 고개를 들어 선생님을 바라봤다. "어…… 네. 하지만 아까 우 주임 선생님이 저보고 수업 끝나면 사무실로 꼭 찾아오라고 하셨는데……. 그러죠 뭐, 먼저 원먀오를 병원에 데려다줄게요."

원먀오는 천레이의 숨은 뜻이 뭔지 이해했다. 그는 자신이 대체 천레이에게 뭘 어떻게 찍힌 건지 몰랐고, 알고 싶지도 않았다.

말을 할 수 있으면 좋을 텐데, 그럼 바보처럼 입을 막고 손짓을 하지 않아도 될 테니까.

원먀오는 침을 삼켰다가 피비린내 때문에 욕지기가 일었다. 그가 천레이를 흘끗 보자, 천레이는 태연하게 그를 돌아봤다.

"그럼 제가 데리고 갈게요."

원먀오는 경악한 표정으로 하이쿠이를 바라봤다.

하이쿠이는 그를 아예 쳐다보지도 않은 채 손을 들어 정치 선생님에게 진지하고도 스치듯 가볍게 말했다.

"그래. 길에서 조심하고. 이 근처 의과대학 제1병원으로 데려가렴. 가서 치과에 접수하고 진료를 받아봐. 아주 심각해 보이니까." 정치 선생님이 손을 휘둘러 나가보라는 손짓을 했다.

원먀오는 책가방을 들고 몸을 일으켰고, 천레이도 일어나 그가 나가도록 비켜주었다.

"난……."

원먀오는 천레이가 "난……"이라는 말 뒤에 무슨 말을 하려는 건지 듣지 못했다. 그는 그저 한마디 대꾸하고 싶었다. 사내대장부가 말할 때 큰 소리로 말하면 어디 덧나냐?

"너 자전거 타?"

원먀오는 어리둥절했다. 하이쿠이는 질문을 던지고는 얼굴을 살짝 붉혔다.

"그냥 물어본 거야. 네가 매일 자전거 타고 집에 가는 걸 아니까. …… 의대 제1병원은 여기서 그다지 가깝지 않거든."

"그럼 넌 탈 줄 알아?" 원먀오가 어눌하게 물었지만, 발음이 정확하지 않아서 하이쿠이는 그저 멍하니 그를 쳐다볼 뿐이었다.

"기다려봐." 원먀오는 남자 화장실 세면대에 가서 수도꼭지에 입을 대고 열심히 입을 헹궜다. 하이쿠이도 문 앞까지 달려와 조금 부끄러운 듯 머리를 내밀어 그를 바라봤다.

"넌 건강 상식도 없구나. 안 끓인 물에는 세균이 있다구. 그러다가 감염될지도 몰라."

"그러든지 말든지." 원먀오는 거울에 대고 이를 비춰봤다. 하얀 이에 핏자국은 없었지만, 왼쪽 송곳니 절반이 사라져서 숨을 내쉴 때마다 시린 바람이 갈라진 틈으로 들어왔고, 통증 때문에 얼굴에 경련이 일었다.

그는 거울 속에서 하이쿠이가 문 왼쪽에 서 있는 걸 봤다. 걱정하는 표정에는 '너 정말 멍청하구나'라는 핵심 내용이 분명하게 담겨 있었다.

원먀오는 어디로 뱉어버렸는지 모를 송곳니 절반이 아쉬웠지만, 한편으로는 별일 아니라고 생각했다.

"아니면 그냥 관두자. 오후에 결석계 내고 집에 가서 진통제 먹으면 돼. 너도 수업 들어야 하니까 돌아가 봐."

상처에 공기가 최대한 적게 닿도록 원먀오는 간단한 말 몇 마디도 굉장히 천천히 말했다.

그리고 말투도 아주 상냥했다.

하이쿠이는 말없이 고개를 저었으나 무척 집요했다. 흑백이 분명한 두 눈이 발하는 빛이 거울에 반사되어 원먀오의 눈으로 들어왔다.

그들은 함께 거울을 마주 보며 몇 초간 서 있었고, 결국 원먀오가 어쩔 수 없다는 듯 돌아보며 웃었다. "좋아. 그럼 자전거 타고 병원 가자. 자전거 탈 줄 알아?"

하이쿠이의 날카로운 눈빛이 아까보다 훨씬 부드러워졌다. 그녀는 또 고개를 저었다.

"어떡하지. 그럼 나도 안 탈 테니까 우리 버스나 택시 타고 갈까?"

하이쿠이가 놀랍게도 또 고개를 저었다.

"도대체 어쩌자는 거야! 걸어가기엔 멀고 차도 안 탄다고 그러면, 나보고 어떻게…… 나보고…… 널 태우고 가라고?"

그의 산악자전거에는 확실히 뒷안장이 있었다.

하이쿠이가 고개를 끄덕였다.

원먀오는 어안이 벙벙했다. 쟤가 자전거 타는 걸 좋아하나?

일이 어쩌다 이렇게 된 거지? 그는 길길이 날뛰지 않았고, 심지어 일순간 그녀가 그렇게까지 싫지도 않았다.

적어도 자발적으로 그를 병원에 데려가겠다고 나섰으니까. 설령 그가 필요로 하지 않았대도 어쨌든 아주 의리 있었으니까.

물론 어쩌면 단지 자전거를 타기 위해서였을지도 모르겠다.

자전거를 탔다.

의대 제1병원은 원먀오의 집과 학교 중간에 있었다. 햇살을 받아 빛나는 해안선을 따라 쭉 가다가 오르막길로 올라가, 하이쿠이가 가리킨 얼룩덜룩한 나무 그림자 아래 구불구불 이어진 오솔길로 들어서자 붉은 벽돌의 서양식 주택이 가득한 구시가지가 나왔다.

처음에 원먀오는 이상하다고 생각했다. 자전거 뒷자리에 하이쿠이가 앉았는데도 마치 존재하지 않는 것처럼 가벼웠고……, 그의 허리 부분 옷자락을 잡는 손도 없었다. 그는 여학생의 부끄러움이겠거니 여기고 혹시라도 그녀가 떨어질까 봐 천천히 자전거를 몰았다.

"너 힘이 없어?"

하이쿠이의 직설적인 말이 날아들자 잔뜩 성이 난 원먀오는 두말없이 속도를 높였다. 마침 긴 내리막길에 접어들어 힘차게 페달을 밟아 빠르게 내달렸다. 순간 비행기가 추락

하는 것 같은 착각마저 들었다.

바로 그때, 원먀오는 허리에 약간의 온기가 느껴졌다.

하이쿠이의 팔이 가만히 그의 허리를 감쌌다. 세지도 약하지도 않게. 소년은 놀라 눈썹을 치켜올렸고, 무슨 말을 하려고 입을 열었다가 바람이 입안으로 밀려들어 오는 바람에 아파서 오만상을 찌푸렸다.

그들은 이렇게 침묵했다. 길을 가리키던 하이쿠이도 말없이 갈림길에서 왼쪽으로 꺾어야 하면 그의 왼팔을 당겼고, 오른쪽으로 꺾어야 하면 오른팔을 잡아당겼다.

원먀오는 병원이 근처라는 걸 알았지만 하이쿠이의 지시대로 모퉁이를 몇 번 돌고 나자 완전히 헷갈려서 가는 길이 어쩐지 좀 길어진 것 같았다.

의사가 원먀오에게 임시 크라운을 씌워주며 며칠 안으로 시간 많을 때 다시 오라고, 가장 좋은 건 라미네이트를 하는 거라고 했다.

"녀석, 대단한데? 오징어채를 씹다가 이가 깨진 건 처음 보는구나. 게다가 송곳니라니."

원먀오는 어깨를 축 늘어뜨린 채 치료실을 나왔고, 하이쿠이는 복도 의자에서 일어나 눈빛으로 그에게 물었다.

"괜찮아, 며칠 후에 나 혼자 다시 오면 돼. 그리고 이 송곳니는……." 입안에 원래 몸에 속하지 않은 게 더해지니 좀 어색해서, 원먀오는 말을 하면서도 혀끝으로 자꾸 임시 크라운을 핥았다. "새로 씌운 이가 참 불편하네. 참, 나 대신 거짓말 좀 해줄 수 있어? 내가 널 자전거로 학교까지 데려다줄 수는 있는데, 오늘 오후 수업은 땡땡이치고 싶거든. 그러니까 선생님한테 내가 너무 아파한다고 말해줘. 아주 굉장히 심각한 것 같다고. 어때?"

하이쿠이는 잠시 생각하다가 정중하고도 엄숙하게 고개를 저었다.

원먀오는 순간 상대방이 하이쿠이라는 걸 깨달았다. 하이쿠이가 어떻게 다른 사람이 수업을 빼먹도록 거짓말을 해줄 수 있을까? 그는 부서진 게 송곳니가 아니라 아이큐가 아닌지 의심마저 들었다.

"나도 수업 들으러 돌아가고 싶지 않아."

원먀오는 원망 속에서 깨어나 눈을 휘둥그렇게 뜨고 이런 말을 진지하게 하는 하이쿠이를 바라봤다.

그녀는 마치 아주 온 힘을 다해 그 말을 내뱉은 것 같았다.

원먀오는 그제야 하이쿠이가 책가방까지 메고 왔다는 걸 발견했다.

"난 우리 바다가 특히나 좋은 것 같아."

원먀오와 하이쿠이는 나란히 암초에 앉아 오랫동안 말이 없었다. 먼저 침묵을 깬 건 의외로 하이쿠이였다.

"뭐가 좋아?"

"굳세거든."

"…… 뭐?"

하이쿠이는 설명하고 싶지 않거나 설명할 수 없는 듯했다. 원먀오는 그 말을 이해하느라 한참 동안 미간을 찌푸렸다.

해안선은 거의 암초로 이루어져 있었다. 해변의 모래사장도 후천적으로 조성되었는지, 모래는 회흑색으로 아주 거칠었다.

결코 훌륭한 놀이 장소라고 할 수 없었다.

하지만 정말 굳세긴 했다.

"응." 원먀오가 씨익 웃었다. "너 닮았어."

하이쿠이가 놀라 그를 바라봤고, 원먀오도 고개를 돌려 그녀를 바라봤다. 두 사람의 거리가 가까워서 원먀오는 문득 자신이 다음 순간 그녀의 눈으로 뛰어들 것만 같았다.

그리고 하이쿠이는 웃음을 터뜨렸다.

원먀오가 처음으로 본 하이쿠이의 웃는 모습이었다. 이목구비가 수려한 평범한 소녀, 늘 무뚝뚝한 표정으로 남을 노려보는 두 눈에 이렇게나 거리낌 없는 환한 웃음이 떠오르다니.

눈에 담긴 빛이 꺼지며 얼굴 가득 즐거움이 넘쳐흘렀다.

다른 사람의 웃음은 그저 웃음이지만 그녀의 웃음은 곧 즐거움이었다.

원먀오는 머릿속에서 솟구친 생각이 다 뭔지 알 수 없었다. 그는 황급히 고개를 돌려 아무렇지도 않은 표정으로 덧붙였다. "원래부터 닮았잖아. 변소의 돌이랑 또……."

그는 당황해서 아무렇게나 튀어나온 비유를 재빨리 속으로 삼켰다. 다행히 하이쿠이는 아예 못 들었는지 따지지 않았다.

"넌 시간을 아껴가며 공부하는 거 아니었어? 왜 나랑 같이 수업 땐 거야?"

하이쿠이는 대답 다른 이야기를 하기 시작했다.

"증명사진 건은 미안. 난 그냥……."

"그냥 농담하려던 건데 결과가 엉망진창이었지."

원먀오는 지금 하이쿠이가 얼굴을 붉혔으리라는 걸 눈 감고도 알 수 있었다.

"그런데 물리 시간에 내 문제 풀이를 모두 지운 건 일부러 그런 거지? 내 물리 성적이 너보다 좋아서 질투한 거야?"

"아니. 난 화가 났었어."

"어?" 원먀오가 웃었다. "왜?"

"그 문제는 월례고사 시험지 마지막 문제와 동일한 유형이었잖아. 월례고사 때 넌 그 문제에 간단한 계산법을 사용했고, 난 그걸 보고 배웠거든. 근데 넌 앞에 나가서 문제를 풀 때 전혀 진지하지 않았어."

"그래서 화가 났다고?!" 원먀오는 마치 외계인이라도 본 것처럼 크게 소리 질렀다.

"당연하지!" 하이쿠이도 덩달아 목소리를 높이며 얼굴도 빨개졌다. "네가 똑똑하다는 거 알아. 천레이가 그러는데 우리 수업 진도가 너네보다 빠르고 교재도 차이가 있대. 근데 넌 전학 오자마자 그렇게나 시험을 잘 봤잖아. 더 잘할 수 있는데 왜 진지하게 하지 않는 거야?"

원먀오는 어처구니가 없었다.

"넌 왜 우리 엄마보다 더 안달하는 거 같냐. 하지만 난 진지하게 공부해도 4등밖에 못 할 거야."

"왜?"

"이유는 없어. 넌 몰라."

원먀오는 잠시 딴생각에 빠져 위저우저우를 생각했다. 넷째 나리와 여섯째 나리 중 어느 게 더 듣기 좋을까? 나중에 꼭 물어봐야지.

"진지하게 했는데도 4등이거나 더 못 볼까 봐서 그렇지? 그럼 '대충해도 4등'이라는 우월감과 허영심을 잃을 테니까?"

또 시작이다. 이래야 하이쿠이답지. 원먀오는 눈썹을 치켜올렸다. 진작에 마음의 준비를 했기 때문에 발끈하지는 않았다.

"맞아, 그래서 뭐?"

그의 대꾸에 말문이 막힌 하이쿠이는 멍하니 눈을 깜박였다. 그 어리바리한 모습은 좀 귀여웠다.

"이건 뚱뚱한 여자들이 입으로는 맨날 다이어트한다면서도 안 하는 거랑 같아. 왜냐고? 왜냐하면 일단 다이어트에 성공하면 유일한 희망을 잃게 되니까. 예전에는 자신이 예쁘지 않은 걸 뚱뚱한 탓으로 돌리면서 살 빼면 예뻐질 거라고 생각할 수 있었는데, 진짜로 살을 빼버리면 냉혹한 진실을 마주해야 하거든. 사실은 자신이 진짜로 못생겼다는 걸."

원먀오는 자신의 이론이 웃겨서 의기양양해져 한참을 웃다가, 하이쿠이가 전혀 인정하지 않는 걸 보고 살짝 재미가 사라졌다.

"넌 좀 진지해져야 해." 하이쿠이는 여전히 똑같은 말이었다.

원먀오는 짜증이 났다. "내가 진지하든 말든 네가 무슨 상관인데?"

"더 잘할 수 있는 능력이 있는데도 노력하지 않고 진지하게 임하지 않는 건 다른 사람을 존중하지 않는 태도야!"

존중하지 않는 거라고? 원먀오는 붉으락푸르락한 하이쿠이를 보며 어처구니가 없었다.

"넌 그렇게 많은 에너지와 포부가 있으니 너나 열심히 노력해. 게다가 너도 더 잘할 여지가 있잖아. 먼저 네 앞에 있는 천레이를 제쳐야지!"

하이쿠이는 대답하지 않았다.

"난 그래도 네가 노력하길 바라."

원먀오는 느닷없이 어떤 영감이 퍼뜩 떠올랐다.

"있잖아……, 하이쿠이. 천레이가, 혹시 걔가 너 좋아하는 거 아냐?"

이렇게 생각하니 전부 설명이 되었다. 원먀오는 왜 진작에 눈치채지 못했을까 한숨이 나왔다.

"부탁이야, 절대로 천레이한테 오늘 나랑 같이 수업 땡땡

이쳤다고 말하지 말아줘. 난 이 학교에서 얼마나 더 있어야 할지 모르는데, 아무에게도 찍히고 싶지 않거든…….”

하이쿠이는 재빨리 고개를 돌렸고, 그 바람에 말총머리가 곧장 원먀오를 후려쳤다.

태양이 그들의 눈앞에서 조금씩, 조금씩 물속으로 잠겨 들었다. 바다와 하늘의 경계선이 서로 엉켜 흐릿해지는 광경은 야릇하면서도 서로 저항하는 것처럼 보였다.

“바다에 뛰어드는 사람 많아?”

“뭐?”

“내 말은, K시에서 바다에 뛰어들어 죽는 사람이 많냐고?”

“음…… 내가 대답할 수 있는 건 바다에서 죽는 사람이 아주 많다는 거야. 대부분 암초 위에 있다가 바다에 휩쓸리거나, 밀물인 걸 늦게 깨닫는 바람에 해변으로 돌아오지 못하거나. 어쨌거나 죽는 이유는 가지각색이야. 자살인지 아닌지는 나도 정말 모르겠고.”

하이쿠이는 뭔가 진지하게 말할 때면 항상 상대방을 집요하게 주시했다. 원먀오가 바로 옆에 앉아 있어도, 그녀는 원먀오의 시선 안에 꼭 등장하려 했다.

“그럼 우리가 지금 앉아 있는 곳이…….”

“안심해. 엄청 안전하니까. …… 근데 왜 그런 걸 물어? 바다에 뛰어들려고?”

“음, 그냥 알고 싶었어. 이렇게 굳센 바다는 사람들을 대범하게 만들지, 아니면 절망적으로 만들지 말이야."

원먀오가 말을 마치자, 두 사람은 약속이나 한 듯 한동안
조용했다.

"나도 몰라." 하이쿠이의 말투는 이상하리만치 부드러웠
다. "많은 사람들은 우리를 부러워해. 고민이 있으면 해변에
앉아서 파도 소리를 들으며 아주 멀리서부터 밀려오는 파도
를 볼 수 있잖아. 게다가 넓은 바다를 보면서 소리도 지를 수
도 있고. 어쨌거나 바다는 어떤 감정도 다 받아주거든."

"그냥 상관없는 거겠지."

"뭐라고?"

"그러니까, 어떤 감정도 다 받아주는 게 아니라, 바다 입
장에서는 우리 감정 따윈 원래부터 아무래도 상관없을 거라
고." 원먀오는 눈을 감고 파도 소리에 잠자코 귀를 기울였
다. "바다는 그저 무대를 제공한 것뿐이야. 여기서 누군가는
영감을 찾고, 누군가는 깨달음을 얻고, 누군가는 원대한 포
부를 품고, 누군가는 절망하고 포기하지. 바다는 우리에게
뭔가 얘기하는 것 같지만 사실 아무 말도 하지 않아. 우리 같
은 작은 생명체의 슬픔, 기쁨, 이별, 만남을 신경 쓸 겨를도
없을걸. 그저 바다를 보는 사람이 바다의 이름을 빌려서 하
고자 하는 일을 하는 것뿐이야."

"넌 진지할 때가 참 좋아."

"내 태도는 아주 부정적이거든?"

"부정적인 게 아니라 진지한 거야. 이런 진지함, 아주 좋아."

"너 정말 병이 심각하구나."

"파도 소리는 바다의 심장 소리야."

"토 나와, 하이쿠이. 지금 시 쓰냐?"

원먀오가 크게 웃음을 터트렸다.

"사실 난 애들이 날 좋아하길 무척이나 바랐는데, 한편으로는 어떻든 간에 상관없다는 생각이 들어."

그 말에 원먀오가 웃음을 거뒀다.

"다들 날 싫어하고 뒤에서 내 뒷담화 하는 거 알아. 다들 내 태도를 견디기 어려워하는 것도 알고. 하지만 난 뭐든 착실하게 하는 게 좋아. 남들이 거짓말하는 게 싫고, 진지하지 않은 태도로 무능함을 감추는 게 싫어. 한 번뿐인 인생이니 목숨 걸고 노력해야 하지 않아? 난 똑똑한 사람이 아니라서 열심히 노력해도 천레이를 이길 수 없지만, 그렇다고 기분이 나쁘진 않아. 오히려 네가 아무렇지 않게 나한테 져줘서 모욕을 당한 기분이었지. 산다는 건 이렇게나 쉽지가 않은데 어떻게 삶을 낭비할 수 있겠어? 하지만 다른 애들은 나의 이런 점을 싫어해. 다른 애들이 날 좋아하길 바라지만, 매번 참다 참다 터질 것 같으면 해변으로 와서 파도 소리를 들어. 바다는 나한테 사람들의 환심을 살 필요가 없다고, 상관없다고 말해주거든."

조금은 집착적이었고 조금은 유치했다. 원먀오의 마음속에 부드러우면서도 어쩔 수 없는 연민이 일었다.

그가 그녀의 머리를 쓰다듬으며 하이쿠이의 고양이처럼

똥그랗게 뜬 눈을 못 본 척했다.

"가끔은 참 귀엽단 말이야. 정말 가끔."

밝은 달이 버들가지 끝에 걸렸다.

원먀오가 휘파람을 불며 현관문을 열자마자 비장한 모습으로 자신을 기다리는 부모님을 봤다. 엄마의 눈빛은 지나치게 흥분한 것처럼 보였다.

"왜 갑자기 돌아오셨어요?" 원먀오는 이 상황이 어리둥절했다.

"좋은 일, 좋은 일이야." 엄마가 기뻐하며 말했다. "내가 너희 담임선생님한테 전화해서 일주일 결석계 냈으니까 내일 나랑 저쪽 집에 다녀오자. 사대 부고 장 주임한테 연락이 왔는데, 싱가포르 난양이공대(NTU) 프로젝트에서 학생 모집 중이래. 그러니 얼른 돌아가서 서류를 접수해야 해."

"뭐라고요?"

"예전에 너희 작은외숙모가 말해주지 않았니? 5+5 프로젝트에 선발되면 대입시험 볼 필요도 없이 장학금 받으면서 1~2년 예비 과정 수료하고 곧바로 난양이공대에 진학하는 거야. 졸업 후 5년만 일하면 자유롭게 다른 곳으로 이직할 수도 있고. 잊었어?"

원먀오는 그제야 퍼뜩 깨달았다. 그건 자신이 한때 그토록 기대했던 프로젝트였다.

왜냐하면 대입시험을 볼 필요가 없기 때문이었다.

어떻게든 수고를 줄이는 방법을 따르는 게 원먀오의 일관된 철칙이었다. 다만 지금은 별안간 좀 당황스러웠다.

"내일 바로 가요? 나 학교에 뭐 두고 왔는데."

"나중에 네 아빠가 대신 챙겨서 가져다주면 돼. 얼른 돌아가서 준비하자. 나중에 상황 봐서 다시 여기 돌아와 공부해야 할 수도 있고."

원먀오는 고개를 끄덕이며 약간은 망연하게 혀끝으로 송곳니를 할짝거렸다.

거실의 새하얀 절전등 불빛이 내리쬐며 오후의 석양과 해변이 흐릿해졌다. 원먀오는 이 도시가 조금은 좋아진 것 같았다.

좋아하는 마음이 너무 일찍 온 건지 아니면 너무 늦게 온 건지는 알 수 없었다.

원먀오가 다시 K시로 돌아온 건 두 달 후였다.

싱가포르 일은 눈코 뜰 새 없이 진행되어 확정되었다. 몇 차례의 필기시험과 면접을 거쳐, '중요한 시기에 절대로 실수하지 않는' 우수한 전통을 받든 원먀오는 모든 관문을 통과해 결국 선발되었다.

많은 후보자 중에서 끝내 실력을 발휘한 건 네 사람뿐이었다.

4등이면 뭐 어때, 결국 바라던 걸 얻었으면 된 거 아닌가. 1등 할 필요도 없고, 너무 노력할 필요도 힘을 쓸 필요도 없고 딱 좋았다.

원먀오가 다시 4고로 돌아왔을 때, 반 아이들은 그가 곧 싱가포르에 간다는 소식을 이미 들어 알고 하나둘 그의 자리로 와서 축하를 건넸다. 진심을 담은 축하든, 괜히 덩달아 축하하는 것이든, 원먀오는 싱글벙글하며 다 받아들였다.

오직 천레이만 굳어 있었고, 오직 하이쿠이만 냉담했다.

부모님의 전근 생활도 오래 계속되지 않을 거였다. 원먀오는 결국 자신이 이 아이들을 깨끗이 잊어버릴 걸 알았기에 굳이 힘들여 기억할 필요 없다고 생각했다.

하지만 이미 기억한 건 어떻게 해야 할까?

여학생 몇 명이 폴짝거리며 원먀오에게 다가와 '옛 추억'을 들먹였고, 싱가포르를 언급하며 몹시 부러워했다.

"정말 좋겠다, 원먀오. 넌 대입시험 안 봐도 되잖아."

"무슨. 인생은 완벽하지 않아."

"됐거든? 누가 그런 '완벽'을 바란대? 난 싱가포르랑 말레이시아, 태국 여행 가봤는데, 싱가포르 정말 예쁘더라. 바다도 여기보다 훨씬 파랗고……."

"거기 바다도 바다라고 할 수 있어?"

하이쿠이가 갑자기 끼어들며 분위기를 성공적으로 경직시켰다.

원먀오는 오히려 한숨 돌린 느낌이었다.

"너 그게 무슨 뜻이야?" 여학생이 지지 않고 쏘아붙였다. "넌 싱가포르에 간 적도 없는데 거기 바다가 여기보다 파랗지 않다는 걸 어떻게 알아?"

"당연히 여기보다 파랗지 않겠지." 다른 여학생이 생글거리며 옆에서 불을 붙였다. "하이쿠이는 매일 해수욕장에서 손님들 모래 묻은 발을 헹궈주니까 어디 물이 파란지 당연히 가장 잘 알지 않겠어?"

원먀오는 약간 얼떨떨하긴 했지만, 하이쿠이의 빨개진 얼굴과 천레이의 뭔가 이상하면서도 화를 억지로 참는 듯한 모습을 보고 차츰 이해가 갔다.

"그런 거로 싸우면 재밌냐?" 원먀오가 미간을 찌푸리며 손을 저었다. "내가 봤을 때 너희 둘 다 가서 머릿속을 좀 헹궈야 해."

순식간에 얼어붙은 주변 분위기에 원먀오는 이 학급에서의 인간관계는 이제 끝장이라는 걸 알 수 있었다.

하지만 그는 상관하지 않았다.

원먀오는 천레이를 툭툭 쳤다. 그가 자신의 의도를 이해했을지는 미지수였다.

난 널 이해해. 어쨌든 난 곧 떠날 거니까 상관없어. 네가 나서서 걔 대신 말해주지 못한 말을 내가 대신 해줄게. 그러니 난 너의 고충을 이해해.

하지만 넌 여전히 겁쟁이야.

하이쿠이는 고개를 돌리지 않았다. 학생들은 흩어졌고, 그녀도 다시 고개를 돌려 말하지 않았다. 그러나 원먀오는 "거기 바다도 바다라고 할 수 있어?"라는 그 신경질적인 한마디가 한 번, 또 한 번 반복해서 들렸다. 마치 하이쿠이가 마치 끊임없이 중얼거리는 것처럼. 그는 자신이 환청을 듣는 건 아닌가 의심스러웠다.

그러다 하이쿠이가 고개를 돌려 뭔가를 찾을 때, 그는 그녀의 눈물범벅인 얼굴을 보고 말았다.

원먀오가 두 여학생에게 찍혀버린 오후, 천레이는 그에게 쪽지 하나를 건넸다.

거침없이 써 내려간 몇백 자 길이의 쪽지 내용은 원먀오가 한 번이라도 진지하게 시험에 임하길 바란다고, 하이쿠이를 위해서라도 그러길 바란다는 거였다.

이런 청춘드라마 같은 논리라니. 원먀오는 쳇 하고 쪽지를 구겨버렸다.

기말고사에서 원먀오는 반 1등을 했다.

2등은 천레이, 3등은 하이쿠이였다.

인솔자의 호루라기 소리가 울리자 원먀오는 회상에서 깨어났고, 난감해하는 운전사 청년과 마주 보며 웃었다.

바다로 내려가 놀던 아가씨 몇 명이 발바닥에 모래가 잔뜩 묻어 곤란해하자, 운전사가 먼 곳을 가리키며 말했다. "저쪽에서 돈 내고 씻은 후에 버스 타세요. 한 사람당 1위안이고, 깨끗하게 씻으면 신발 신기 편할 거예요."

여학생들이 몸을 돌려 운전사가 가리킨 방향으로 뛰어갔다.

"예전에 알던 아가씨가 아마 방금 기사님이 가리킨 곳에서 알바를 했었어요."

운전사는 원먀오가 나서서 이야기하리라곤 예상하지 못해서 살짝 쑥스러웠다.

"예전에는 이렇게 한 줄로 수도꼭지가 있지 않았고, 커다란 물통에서 물을 떠서 알바생이 통을 들고 손님들 발을 헹궈줬는데…… 학생이 알던 아가씨가 그 일을 했다고요?"

"네. 그랬을 거예요."

"여름 성수기에 하기에는 굉장히 고됐을 텐데, 피부도 다 타고."

"네. 그래서 아주 새카맸어요."

원먀오는 별안간 심장이 빨리 뛰는 걸 느꼈다.

"정말 내 피부색이 보기 좋아?"

작별하는 해변에서 두 사람은 또 말없이, 또 어깨를 나란히 하고 암초에 앉았다.

겨울에 해변이 이렇게나 얼어붙다니, 원먀오는 바닷바람에 얼어서 나무토막처럼 뻣뻣해졌다. 그는 어째서 하이쿠이가 꼭 여기서 작별 인사를 하자는 건지 도무지 이해할 수가 없었다.

"그렇다니까. 너한테 하와이 출신이냐고 물은 건 그때 머리가 어떻게 됐었나 봐. 정말로 골고루 예쁘게 타서 너한테 참 잘 어울린다고 생각했거든."

"진짜?"

"쓸데없는 소리 좀 작작해!"

하이쿠이는 입을 다물었다. 여전히 굳은 얼굴이었지만 눈꼬리에는 흐뭇함이 담겨 있었다.

"고마워. 마지막에 진지하게 공부해줘서. 정말 시험 잘 봤어."

"너 정말 어디 아픈 거 아냐? 내가 네 등수를 앞질렀는데 왜 그렇게 좋아해?"

"넌 이해 못 해. 난…… 만약 가능하다면 나도 이렇게 열심히 하기 싫어. 무슨 일이든 따지고 드는 것도. 하지만 어려서부터 지금까지 난 운이 좋은 적이 없었어. 난 반드시 가장 잘 해내야 했어. 최소한 내 능력 범위에서의 최대치로. 난 똑똑하지도 예쁘지도 않고, 부모님은 모두 아프셔서 나한테 뭘 해주실 수 없어. 사실 나도 싱가포르에 가서 그쪽 바다를 보고 싶어. 나도 너처럼 많은 힘을 들이지 않고도 즐겁게 지내고 싶어. 난 네가 부럽지만 질투하진 않아. 내가 가진 건 진지하게 노력하는 방법밖에 없으니까."

원먀오는 감동했다.

"고마워. 네가 나랑 공평하게 경쟁해줬으니까 내가 진심으로 승복할게."

하이쿠이가 웃었다. 여전히 아무런 거리낌 없는 환한 웃음이었다.

"원먀오, 너 좋아하는 여자애 있지?"

당황한 원먀오가 어색하게 뒤통수를 긁적였다. "좋아한다고 하긴 어렵지……." 갑자기 초조해진 그가 하이쿠이의 털모자를 마구 쓰다듬었다.

"넌 왜 이렇게 말이 많아······."

하이쿠이가 불쑥 다가와 그에게 입을 맞췄다.

입술이 아닌 입가에. 조준이 빗나간 건지, 아니면 감히 입술에 할 수 없어서였는지는 알 수 없었다. 하이쿠이가 몸을 기울여 눈을 감고 원먀오에게 뽀뽀하는 순간, 그녀의 눈썹이 그의 뺨을 스쳤다.

원먀오는 반응할 새도 없었다. 그의 손은 여전히 그녀의 머리 위에 놓여 있는데 말이다.

"난 해수욕장의 발 씻겨주는 곳에서 아르바이트를 해. 여름방학 때 해변에서 널 봤어. 항상 예쁜 아가씨들만 주시하더라. 난 첫눈에 네가 좋았어. 이유는 나도 몰라. 하지만 네가 사장님이랑 수다 떨면서 여기 놀러 온 외지인이라고 하는 걸 듣고서 여름이 끝나면 널 다신 못 볼 줄 알았지."

하이쿠이의 입술은 줄곧 떨리고 있었다.

"그런데 네가 내 뒷자리에 앉을 줄은 정말 생각지도 못했어. 지금까지 살면서 나한테는 한 번도 좋은 일이 생긴 적 없었거든. 열심히 노력해서 얻는 것에만 습관이 되어서 멈출 수가 없는 나한테 기적이 일어난 거야. 텔레비전에 나온 것처럼. 너무 좋아서 어떻게 해야 할지 모르겠더라. 넌 학적이 여기에 없으니까 언제든 돌아갈 수 있지. 넌 다른 애들처럼 날 싫어했지만, 난······ 하지만 난······."

하이쿠이가 흐느끼며 말을 잇지 못했다.

원먀오는 폭격을 맞은 것처럼 어지러웠고 얼굴은 바닷바람에 얼어붙어 아무 감각이 없었다. 방금 그 입맞춤은 가장 기본적인 촉감마저 느껴지지 않을 정도로 가벼웠다.

"난 널 미워하지 않아. 조금도 안 미워해."

파도 소리는 바다의 심장 소리다. 때로는 원먀오의 심장 소리이기도 하다.

원먀오는 버스를 타고 호텔로 향했다.

버스는 해안선을 따라 오르막길로 꺾었고, 노을빛에 얼룩덜룩한 나무 그림자 아래를 지나 붉은 벽돌집이 모여 있는 구시가지 중심으로 향했다.

원먀오는 곧 K시와 이별을 고하고 태양이 작열하는 열대지역으로 돌아갈 것이다. 그는 여전히 열심히 노력하는 습관이 없어서 여전히 그럭저럭 보냈다.

그는 그때의 입맞춤을 기억했지만, 마지막에 어떻게 하이쿠이와 작별 인사를 했는지는 잊어버렸다.

그들도 연락을 계속하지 않았다.

두근거리지 않은 건 아니었지만, 어떠한 아쉬움과 미련도 없었다.

원먀오의 인생에는 '반드시'와 '절대로'가 없었다. 마치 바다처럼, 힘을 모아 전 세계의 해안을 뒤집어버리겠다는 야심은 품어본 적도 없었다. 그에게 다가왔다가 떠나는 친구들은 물이 바다로 흘러 들어가고 수증기가 증발하듯이 그에게서 뭔가를 가져가지도, 바꾸지도 못했다.

소년의 여드름은 하나씩 돋아났다가 다시 하나씩 잠잠해졌다. 대단할 것도 없었고 부득이할 것도 없었다.

사람들은 해변에 와서 짐짓 목이 터져라 소리를 지르거나 뭔가 크게 깨닫는 척하지만, 그는 그저 보는 걸 좋아했다.

이렇게 해변에 앉아 아가씨들이 노는 걸 구경하고 거친 파도 소리를 듣는 것.

이게 바로 원먀오가 생각하는 좋은 삶이다.

다만, 버스를 타고 가는 동안 원먀오는 그때 하이쿠이가 자전거 뒤에서 자신에게 길을 가리킬 때 얼마나 많은 길을 돌아갔는지 비로소 깨달았다.

소년은 창문에 기대어 차츰 잠이 들었다.

24시간

여름날 매미 소리는 가장 상냥한 알람이다. 한 번도 갑자기 사람을 놀라게 하지 않으면서 잔잔히 꿈속에 잠입해 모든 아름답고 기이한 상황 뒤에 울려 퍼져, 마치 파도의 끝소리처럼 차분하게 사람을 깨운다.

안타까운 건 그 알람이 항상 제시간에 맞지 않는다는 것이다.

산제제는 몽롱한 와중에 눈을 떴다. 창밖의 파도와도 같은 매미 울음소리와 희미한 새벽빛, 그리고 목과 등에 솟아난 미세한 땀방울.

베개 옆 휴대폰을 눌러 시간을 보니 새벽 5시 반이었다.

아직 더 잘 수 있어. 이런 생각을 하니 마음속에 어렴풋한 즐거움이 솟았다. 산제제는 위층 침대 바닥판을 올려다보며 잠시 멍하니 있었다. 언제든지 계속 잘 수 있다는 권력과 능력이 있다고 생각하니 오히려 잠드는 게 급하지 않았다. 의식이 각성과 수면 사이를 배회하며 어질어질한 기분이 특히나 편안하게 느껴졌다.

마지막 여름.

이렇게 작은 즐거움 속에 갑자기 이상한 생각이 떠올랐다.

바로 그때, 바퀴 굴러가는 소리가 들려서 고개를 돌리니 위층 침대를 쓰는 룸메이트 위저우저우가 캐리어를 끌고 문 쪽으로 가고 있었다. 혹시라도 그녀를 깨울까 봐 움직임이 특히나 조심스러웠다.

"너 지금 가려고?"

결국 잠에서 깬 산제제는 재빨리 몸을 일으켜 여름 이불을 젖히고는 맨발로 시멘트 바닥으로 뛰어 내려왔다.

위저우저우가 오히려 깜짝 놀라 황급히 그녀를 달랬다. "언니, 침착해. 신발 신어. 먼저 신발부터 신고."

산제제는 위저우저우 발 옆 캐리어를 물끄러미 바라봤다. 어젯밤에 두 사람 모두 술을 많이 마셔서 그녀는 지금도 약간 멍한 채로 캐리어의 검정 캔버스 표면에 시선을 던졌다. …… 어젯밤에 그들이 실수로 통조림 캔으로 그어 생긴 긴 칼집이 지금 낭패스럽게 뒤집어 까져 울고 싶어도 울지 못하는 납작한 입처럼 보였다.

산제제는 갑자기 울음이 터져 나왔다.

기숙사에서 함께 지내던 네 여학생 중에서 어제 두 명이 나갔고, 오늘 위저우저우도 이른 아침부터 비행기를 타러

53

가면 산제제 홀로 남는 거였다.

"왜 날 안 깨웠어!" 산제제는 우느라 얼굴이 못생겨졌지만 애써 자제하지도 않았다. 입을 크게 벌린 모양새가 꼭 동과冬瓜 같았다.

"이보다 더 못생기게 울 수도 없겠네!" 위저우저우는 온몸의 주머니를 한참 뒤졌지만 휴지 한 장 찾을 수 없어서, 결국은 산제제가 직접 침대 머리맡의 갑 티슈를 가져와서 몇 장 뽑아 겹치더니 코를 한번 세게 풀었다.

"말해봐, 왜 날 깨우지도 않고 몰래 가려고 한 거야? 내가 눈뜨자마자 네가 없는 걸 보면 얼마나 괴롭겠어. 넌 사람도 아냐!"

산제제는 코를 풀고 나서 위저우저우에게 기관총처럼 한바탕 퍼부었다. 단숨에 말을 쏟다 보니 눈앞이 좀 까매지는 것 같았다.

"널 깨워서 뭐 해. 계속 꾸물거리는 것도 좀 그렇잖아. 그냥 졸업한 것뿐이고, 나중에 못 만나는 것도 아닌데 뭐. 말좀 아껴. 그렇게 말할 기운이 있으면 아껴뒀다가 쉬디한테나 소리치라고. 넌 어쩜 개만 보면 그래?!" 위저우저우는 별안간 열이 올라 산제제의 머리를 눌러 침대에 앉혔다.

쉬디의 이름을 듣자 산제제는 잠시 조용해졌다.

위저우저우는 살짝 맘이 약해졌지만, 작별 인사를 어떻게 계속해야 할지 몰라 잠시 멀뚱히 있다가 산제제의 머리카락을 힘껏 문지르기 시작했다.

"어제 밤새 얘기하고 넌 몇 시간밖에 못 자고 일어났잖아. 됐어, 얼른 침대 올라가서 계속 자. 난 빨리 가봐야 돼. 린양이 무허가 택시를 불러서, 지금 우릴 공항에 데려다주려고 기다리고 있다구. 너랑 수다 떨 시간 없어."

위저우저우는 말을 마치고 급히 캐리어를 끌었다. 산제제는 그 캐리어가 위저우저우 엄마의 유품이자, 한때 위저우저우가 열대 해변에까지 끌고 다녀오는 등 오랫동안 사용됐다는 걸 알고 있었다. 손잡이가 망가졌는데도 위저우저우는 차마 버리지 못했다. 길이 조절 손잡이는 때로는 들어가지도 않고, 때로는 빠져나오지도 않아서 매번 산제제가 그녀를 도와서 함께 캐리어를 한 발로 밟으며 젖 먹던 힘까지 써서 밀거나 당기거나 해야 했다.

앞으로 더는 자신이 도울 필요가 없었다.

그런 생각이 들자 산제제는 다시금 눈시울을 붉혔지만, 황급히 눈물을 참으며 위저우저우에게 말했다. "가."

위저우저우가 고개를 끄덕였다. "응. 갈게."

바퀴가 땅에서 조심스럽게 굴러가며 이별을 슬로모션으로 만들었다.

문이 철컥하며 닫혔다. 방금까지 사그라졌던 매미 소리가 갑자기 시끄러워지더니, 마치 기숙사에 산제제 홀로 남은 걸 아는 듯이 건방지게 창문을 통해 흘러들어 와 그녀의 남아 있던 졸음을 싹 가시게 했다.

휴대폰을 들어 흘끔 보니 아직 읽지 않은 메시지가 하나 있었다.

산제제는 지난 밤 위저우저우와 술에 취해 몽롱한 와중에 휴대폰 알림음을 듣고 본능적으로 살펴보려다가, 위저우저우가 휴대폰을 빼앗아 한쪽으로 던져버렸다는 걸 기억해냈다.

"분명히 개야. 지금 먼저 보면 안 돼. 제제, 좀 참아봐."

"만약 아니면?"

위저우저우는 술이 많이 들어가면 약간 폭력적인 성향을 보였다. 그녀는 산제제의 이마를 가리키며 정말이지 안타깝다는 듯 크게 외쳤다. "산제제, 내가 다시 한번 말하는데, 제발 좀 잘해보라고."

산제제의 손바닥은 온통 땀이었다. 엄지로 화면을 더듬었더니 닦을 때마다 더 더러워졌다.

결국 휴대폰을 베개 옆에 다시 놓고 침대에 누워 눈을 감았다.

산제제, 좀 잘해보라고.

다시금 일어났을 땐 이미 오전 11시 반이었다. 자면서 땀이 나서 앞머리도 조금 축축했고, 잔뜩 눌려서 뻗친 상태였다. 숙취 때문에 어지럽고 온몸이 불편해서, 잠에서 깨자마자 침대에 누운 채로 기분이 울적해져 버렸다.

화장실도 가고 싶고 밥도 먹고 싶은데, 침대에서 일어나기가 싫었다.

바닥에 널려 있던 술병과 쓰레기는 모두 위저우저우가 치웠다. 한숨 자고 일어나니 몇 시간이 무한정으로 늘어났고, 아까의 이별이 선사한 선명한 슬픔은 이런 시간의 간격 때문에 요원하고도 어렴풋해지기 시작했다. 그러다 결국, 정오의 작열하는 여름 햇살에 깨끗이 말라버렸다.

산제제는 뒤척거리다가 갈수록 더워져서 분노에 차 창문 위 흰 벽면을 노려봤다. 에어컨을 달아준다고 했으면서 4년이 지나도록 설치되지 않았다.

그녀들은 이렇게 기대를 품은 채 4년을 참았다.

누군가는 일찌감치 이런 여름을 참지 못해서 학교 근처에 방을 구해 여름마다 시원하고 쾌적하게 지냈고, 자정마다 전기와 인터넷이 끊기는 괴로움을 겪지 않았을 것이다.

연애도 편했을 것이다.

예를 들면 쉬디라든지.

걔한테 여름은 진작에 없었겠지, 산제제는 생각했다.

그러나 산제제는 쉬디를 다시 만난 그 여름을 늘 기억하고 있었다. 그건 오늘처럼 무덥고 햇빛이 강렬한 날이었다.

산제제는 고입시험을 아주 잘 봐서 사대 부고 커트라인보다 6점이나 높은 성적을 받았고, 여름 내내 신나게 곳곳을 놀러 다니다가 개학을 앞두고서야 집으로 돌아와 고등학교 과정을 예습하기 시작했다. 그러던 어느 날, 집 근처 일반 고등학교인 제17고를 지나가다가 무심코 이제 막 붙인 것 같은 신입생 합격자 명단을 보게 되었다.

갑자기 무슨 흥미가 들었는지, 그녀는 햇볕 아래에 서서 명단을 훑어보기 시작했다.

그리고 '쉬디' 두 글자를 봤다. 아주 평범한 이름, 출신 학교는 사대 부중이었다.

산제제는 그 이름이 자신이 아는 그 쉬디인지 확신할 수 없었다. 초등학교 동창 중에서 위저우저우와 잔옌페이 등 호적지가 시내 중심지에 있지 않은 몇몇 학생 외에는 대부분 사대 부중과 제8중에 들어갔다.

그 짜증 나는 쉬디가 바로 사대 부중에 다닌 것이다.

산제제는 그 이름을 뚫어져라 쳐다보며 예전의 그 많은 순간을 떠올렸다. 예를 들어 그녀가 사대 부초로 전학 간 지 얼마 되지 않았을 때, 위 선생님이 그녀를 반장으로 임명하자, 쉬디는 가장 먼저 달려와 친한 척 알랑거리던 아이였다.

"새로운 반장, 너 정말 예쁘게 생겼다."

산제제는 그때를 떠올리자 저도 모르게 푸흡 웃음을 터뜨렸다. 당시엔 너무 어려서 그 말을 듣고도 그다지 기쁘지 않았는데, 지금에서야 반응하는 건 너무 늦지 않나?

그러나 5학년이 되자 학급 여성 간부들의 영광은 사라졌고, 쉬디는 가장 먼저 남학생들을 이끌고 '농노에서 해방되어 기쁨의 노래를 부르자'고 제창했다. 생리대를 나눠줄 때 남학생들을 이끌고 와 뒷문에서 버티며 말썽을 부린 것도 그였고, 운동회 때 사방팔방 뛰어다니며 죽어도 자리에 앉아 있지 않으려고 한 것도 그랬다. 특히 수학 올림피아드에서 린양과 함께 특등상을 받은 후로 잔옌페이나 위저우저우 등 학교 유명인들에게 돌을 던지며 득의양양해하던 소인배 모습을 산제제는 평생 잊지 못할 것이다.

당시 그 합격생 명단을 주시하던 열여섯 살 산제제는 쉬디처럼 천성적으로 '시대의 임무'를 알고 '융통성 있게' 행동하는 걸 이해할 수 없었다.

그 시절 이해하지 못한 이 모든 걸, 그녀는 결국 자신에게 사용하게 되었다.

산제제는 창문 위쪽 빈 공간을 멍하니 주시하다가, 별안간 17고 교문 앞에 붙어 있던 합격생 명단이 한 글자 한 글자 눈앞 벽에 떠오르는 것만 같았다.

더는 회상하고 싶지 않아 그녀는 후다닥 자리에서 일어나 세숫대야를 가지고 세면실로 가서는 머리를 수도꼭지 밑에 대고 시원하게 물줄기를 맞았다.

차가운 물이 머릿속 명단을 부드럽게 씻겨냈다.

2호 식당 텔레비전에서는 항상 무슨 말인지 알아듣지도 못할 외국 거리의 예능 프로그램이 나왔다. 산제제가 유병油餅*을 우물거리며 텔레비전을 보고 있는데, 갑자기 엄마에

---

* 기름에 구운 빵.

게서 전화가 왔다.

"짐은 다 집으로 부쳤니?"

"응. 어제 점심때 보냈어. 중톄 택배로 부치느라 운송료만 500위안 넘게 들었어."

"대학 4년간 뭘 그리 사들였는지 모르겠구나. 그 사람들이 우리 집 문 앞에 1톤이나 되는 쓰레기를 쌓아놓진 않겠지?"

"1톤 쓰레기 운송료가 고작 500위안이겠어? 엄마, 너무 긍정적이다."

"농담은 그만해라. 전부터 묻고 싶었는데, 물건은 왜 돌려보낸 거니? 생활용품 같은 건 회사 기숙사에서도 쓸 수 있는데, 다시 새것으로 사려고?"

당황한 산제제는 괜히 유병이 목에 걸린 척 한참을 켁켁거리다가 어느 정도 마음이 진정되자 느긋하게 말했다. "4년이나 썼잖아. 버릴 건 진작에 버렸고, 집으로 부친 건 다 책이랑 입지 않는 옷들이야. 가난한 산간 지역 같은 곳에 기부할 수 있잖아."

"산간 지역에 기부하려면 그쪽으로 바로 보내야지, 집으로 보내면 내가 정리해야 하잖아. 집을 무슨 '희망 프로젝트' 본부로 만들 생각이니!"

또 시작이다. 산제제는 길게 한숨을 내쉬었다. 엄마의 관문은 넘은 셈이었으니 한시름 놓은 채 참을성 있게 잔소리를 들었다. 일찍이 성공적으로 사춘기를 보낸 딸로서 여전히 갱년기를 보내고 있는 모친에게 은혜를 갚는 거였다.

전화를 끊은 후, 산제제는 다시 바보처럼 멍하니 텔레비전을 봤다. 텔레비전에 뭐 볼 만한 게 있는지는 모르겠지만, 그저 휴대폰에 아직 읽지 않은 메시지보다는 볼 만할 것 같았다.

제작진이 섭외한 배우가 상반신에는 경찰복을, 하반신에는 속옷만 입고 길거리를 순찰하며 차량에 벌금 딱지를 붙였다. 이를 구경하는 사람들 반응은 가지각색이었지만 대부분 침착한 편이었다.

산제제는 이 프로그램의 웃음 포인트가 대체 뭔지 찾을 수 없었다.

또 쉬디가 왜 몇 년 동안 계속 자신을 괴롭혔는지도 이해하지 못했다. 내가 그렇게 우습나?

열여섯 살 산제제는 마침내 머릿속에 올림피아드 금메달을 걸고 봄바람을 맞은 듯 의기양양하던 꼬맹이 쉬디와 명단 속의 평범한 이름을 연결했다.

그땐 그렇게나 잘나가더니, 지금은 시험을 망쳐서 일반 고등학교에 입학한 거야? 승리하면 왕이 되고 패하면 도적이 되는 법이지. 그땐 선생님의 비호하에서 마치 진흙 속 진주가 이제 막 빛을 발한 것처럼 득의양양했으니, 지금 이렇게 된들 뭐 어때?

산제제는 위저우저우 등 다른 여자아이들도 줄곧 쉬디의 오만한 태도에 대해 불평했다는 걸 기억했기에, 지금 이렇게 기회를 잡은 마당에 자비롭기는 실로 매우 어려웠다.

"뭐가 그렇게 웃겨?"

산제제는 현장에서 딱 걸렸을 때의 난처함 같은 건 정말이지 기억이 나지 않았다. 기억나는 건, 당시 심장박동이 진짜로 잠깐 멈췄다는 것뿐이었다.

알고 보니 심장은 정말로 뛰는 걸 몇 번 빼먹기도 하는 것인지, 마치 홍강 뚜껑이 열려 시간이 쉬이익 새어나간 것만 같았다.

쉬디의 얼굴이 지나치게 가까이 다가왔다. 조금 험악하고, 자존심이 조금 상하고, 조금 적대적이고, 상처를 좀 받은 듯한 표정…….

미간에는 여전히 초등학교 때 모습이 남아 있었지만, 눈앞에 우뚝 선 소년은 말쑥하고도 낯설었다. 산제제는 방금 기억난 고마움과 원한 때문에 별안간 의지할 만한 근거를 잃고 말았다.

순식간에 얼굴이 붉어졌다. 난처해서인지 다른 이유 때문인지 알 수 없었다.

"내가 뭘 웃었다고 그래? 뭐 웃긴 게 있다고? 설마 명단에 네가 있기라도 해?"

확실히 침착하지 못했고 거짓말도 못했다. 소년의 예리한 눈빛 앞에서 산제제는 내면의 그 음침하고도 고소한 마음을 감출 길이 없었다.

쉬디의 굳은 얼굴에는 한참 후에야 비로소 경멸하는 미소가 떠올랐다.

"무슨 시치미를 떼는 거야? 넌 시험 아주 잘 봤나 보다? 뙤약볕 아래서 다른 학교 합격생 명단이나 보고, 정말 할 일도 없네."

산제제는 화가 나서 답답했지만 반박할 말도 없어 그저 멍하니 서서 죽일 듯 쉬디를 노려봤고, 쉬디도 지지 않겠다는 듯 그녀를 노려봤다.

한참 후, 쉬디는 눈을 돌려 산제제 뒤에 붙은 명단을 바라봤다.

"한 번 실수한 것뿐이야. 내가 이 학교에 다닐 리가 없지. 우리 아버지가 사대 부고 정원 외 입학 신청을 하셨거든. 너도 사대 부고 붙었지, 그렇지?"

앞뒤 두 문장에 어떤 관련이 있는 거야? 내가 사대 부고 입학한 걸 어떻게 알아? 나한테 관심을 뒀었어?

산제제는 약 1초간 얼어붙었다.

쉬디는 흥 하고 코웃음을 쳤다. "나중에 알게 될 거야. 소인배가 득의양양하게 설치기는."

그는 말을 마치자마자 몸을 돌려 떠났다. 산제제는 갑자기 목이 메어 피를 토할 것만 같았다.

머릿속에서 한참을 맴돌던 '득의양양한 소인배'라는 말이 결국 자신한테 돌아온 셈이었다.

"누구보고 소인배가 설친다는 거야?!"

나중에 뭘 알게 된다는 거야? 그녀는 그 질문을 더 묻고 싶었다.

3년을 못 본 동안 두 사람 모두 모습이 변했지만, 아무런 안부 인사도 없이 곧장 사납게 상대방의 마음을 추측했다.

마치 줄곧 아주 잘 알고 지낸 사이처럼.

산제제는 그제야 햇볕이 너무 강렬하다는 걸 느꼈다. 이 정도면 5분 전에 이미 어지러움을 느꼈어야 했다.

산제제는 그해 여름보다 훨씬 지독한 뙤약볕을 받으며 식당에서 학생서비스센터로 달려갔다. 오후 2시, 서비스센터는 이제 막 업무를 개시해서 파마머리의 아주머니가 느긋하게 창구 앞에 앉으며 열쇠 꾸러미를 대충 한쪽에 던졌다.

산제제는 얼른 창구 앞으로 다가가 지갑에서 식당 카드를 꺼내 건넸다.

"선생님, 안녕하세요. 저 식당 카드 해지하려고요."

"어머, 학생은 어떻게 카드가 두 장이에요?"

예상치 못하게 카드 두 장이 겹쳐져 있었다. 너무 얇아서 건넬 때도 알아채지 못했다.

그래서, 방금 밥 먹을 때 긁은 건 어느 카드지?

쉬디는 항상 학생서비스센터 근무 시간인 오후 2시에서 6시를 맞추지 못해서 식당 카드 충전을 할 수 없었고, 매번 산제제에게 던져주고는 저녁때 그녀의 기숙사 앞에서 다시 돌려받곤 했다.

산제제는 쉬디에게 마지막으로 충전해준 게 언제인지도 기억이 나지 않았고, 그의 식당 카드는 지갑에 오랫동안 꽂혀 있으면서 자신의 카드와 뒤섞여 사용되어 이제는 구분조차 되지 않았다.

낯선 사람이 만나고 낯선 사람이 헤어진다.

아무도 원하지 않는 습관을 잔뜩 남겨둔 채.

"학생, 식당 카드 두 장 회수할게요. 잔액이 합해서 10위안도 안 되네요. 환불은 안 되니까 알아두고요. 보증금은 각각 20위안이니까 총 40위안 받고……."

"잠깐만요, 선생님!"

"왜 그래요?"

창구를 필사적으로 주시하던 산제제는 갑자기 머리가 아파왔다.

"보증금은 안 받아도 되니까 식당 카드는 다시 돌려주세요. 기념으로 간직하고 싶어요."

"그럼 한 장만 환불해요, 한 장은 기념으로 남기고. 어차피 두 장이나 있고, 보증금 20위안은 안 받으면 괜히 버리는 거잖아요."

"필요 없어요." 산제제는 자신이 왜 이렇게 슬프게 웃는지 알 수 없었다. "정말 됐어요. 두 장 다 제가 기념으로 가질래요."

4년의 추억에 40위안이라니, 택시비 한 번이면 순식간에 사라질 돈이었다.

산제제가 다시 휴대폰을 들어 시간을 보니 오후 2시 10분이었다.

화면 왼쪽 상단에는 시간, 옆에는 작은 편지 봉투 아이콘이 시시각각 그녀에게 아직 읽지 않은 메시지가 있다고 알려줬다.

넌 무슨 말을 하고 싶은 거야? 산제제는 멍하니 그 하얀 편지 봉투를 바라봤다.

고등학교 때 산제제는 샤오링퉁*을 사용했다. 당시에는 가정 형편만 허락하면 부모들은 기본적으로 자녀에게 연락이 쉬운 휴대폰을 사줬지만, 한편으로는 휴대폰이 생기면 열심히 공부하지 않을 걸 우려해 최종적으로는 굉장히 불편한 샤오링퉁을 선택했다. 샤오링퉁은 문자를 보낼 때 글자 수 제한이 있었고 메모리 용량도 아주 적어서 저렴한 것 외에는 정말 어떠한 장점도 찾기 어려웠다.

설령 그렇다 해도 젊음의 편지 봉투 아이콘까지 막을 순 없었다.

산제제의 문자함은 최대 200개 문자만 저장 가능했다. 매일 쉬디와 많은 문자를 주고받았지만 대부분 쓰레기였고, 한두 개 정도만 저장할 만했다. 이렇게 문자가 하나씩 쌓이다 보니 휴대폰 용량은 어느새 꽉 차서, 다시 악물고 지우며 계속해서 우수한 것만 살리고 열등한 것은 도태시켰다.

하지만 어쨌거나 이 200개 문자 중에는 타유시*도 있고

---

* 개인접속시스템(PAS)을 기반으로 한, 특정 지역에서만 사용 가능한 간이 휴대폰.

괜히 진상을 부리는 것도 있었지만, 찾아보면 분명 빛나는 부분이 있었다.

예를 들면 "7반 여신의 덧니가 너보단 안 예쁜 거 같아. 내일 국어 시험지 빌려줄래? 운문 괄호 넣기 베끼게" 같은.

대학에 입학한 후 산제제의 휴대폰은 좋은 모델로 바뀌며 용량이 크게 늘었다.

그러나 더는 소장할 만한 문자가 없었다.

"아침밥 좀 대신 가져다줄래. 야채만두 세 개, 고기만두 두 개, 2호 식당 건 싫어."

"오늘 덩샤오핑 이론 시간에 분명 출석을 부를 텐데 신경 좀 써줘. 우리 기숙사 전부. 셋째는 걔네 마누라가 대신 출석할 거니까 중복으로 대답하지 마."

"내 옷 다 말랐어? 갈아입을 옷이 없어."

또는 이런 거.

"중국미술사 이번 주 숙제가 뭐였더라? 내 것도 대신 해줘."

"정보계통개론 주관식 문제 뭐였어? 답안지 좀 써줘."

"대학물리, 너 친구 중에 듣는 사람 있어? 실험 보고서 좀 써줘."

"내 것도 좀 해줄래?"가 아니라 직접적인 분부였다.

그러므로 앞서 물어보는 말은 순전히 군더더기였다.

헤어지기 전날 밤, 산제제는 베일리스를 한 잔씩 비우다

** 형식에 구애받지 않는 자유로운 해학시, 당나라 때 장타유(張打油)의 시에서 유래.

가 머리가 무겁고 다리가 휘청거릴 때 히죽거리며 위저우저우에게 휴대폰을 보여줬었다.

"뭐 이런 하찮은 것들만 저장해놨어." 위저우저우는 휴대폰을 다시 돌려줬다.

산제제는 다시 문자를 뒤지다가 임시 저장함에서 얼마나 오래되었는지 알 수 없는 문자를 찾아내 부끄러움도 없이 위저우저우에게 보여줬다.

"너 나 좋아해, 쉬디?"

"아주 깔끔하지?" 그녀는 바보처럼 계속 웃어댔다.

"보내야 깔끔한 거지."

위저우저우는 쓸데없는 말 따윈 하지 않고 곧장 휴대폰을 빼앗아 문자를 보내버렸다.

새벽 2시 반이었다.

"너 나 좋아해, 쉬디?"

너 나 좋아해?

산제제는 식당 카드 두 장을 지갑에 넣고 고개를 숙인 채 문밖의 빈틈없는 햇볕 아래로 뛰어들어 미친 듯이 달려갔다.

여학생이 누군가를 좋아하게 되는 데는 정말 아무런 이유가 없었다. 어쩌면 현장에서 딱 걸렸을 때 그가 그녀와 너무 가까이 있어서 당황해서거나, 아니면 그의 모습이 어릴 때와 달라져서거나, 어쩌면 그가 자신은 사대 부고에 갈 건데 그녀도 사대 부고에 가냐고 물어서였을 수도 있다. 사실 그 두 가지 일은 아무 관련 없다는 걸 그녀도 알지만 말이 다…….

산제제는 문득 한 사람을 좋아하는 이유를 영원히 찾지 못하는 자신이 슬퍼졌다. 마치 그해 모두의 농담과 상대방의 미소, 그리고 그녀가 기억하는 장쉬톈의 탄탄한 허벅지와 흰 양말처럼. 그리고 그해 상처받은 소년이 다시 자부심 넘치게 말한 것처럼. "나중에 알게 될 거야. 소인배가 득의양양하게 설치기는."

장쉬톈은 아주 재수 없었지만 쉬디는 그렇게까지 재수 없진 않았다.

쉬디는 고1 때 정원 외 학생 신분으로 산제제의 반에 들어가 모의고사에서 학급 2등을 했다. 산제제는 첫날부터 쉬디의 짝꿍이 되어 걱정스러우면서도 기뻤다. 걱정스러웠던 건 17고 교문 앞에서 맞닥뜨린 쉬디의 그 날카로운 눈빛이었고, 기뻤던 건…… 기뻤던 건 또 뭘까?

모의고사 때 쉬디는 시험지를 넘길 때도 매서운 기운을 뿜었다. 하얀 페이지를 넘기는 소리로 이 변태적인 시험 문제를 한참이 지나도록 풀지 못한 산제제에게 모욕을 주려는 듯했다.

성적이 나왔고, 산제제는 반에서 29등을 했다. 늦더위의 위력 때문인지 그녀는 성적을 보고 태양혈이 불끈거려 연신 문질렀지만, 문지를 때마다 더 아파졌다. 한편, 쉬디는 과목 반장들이 나눠준 각 과목 시험지를 정리하지 않고 일부러 책상 위에 여기저기 흩어놔서 산제제는 이를 빠득빠득 갈았다.

"내가 예전에 너보고 나중에 알게 될 거라고 했잖아. 시험한 번에 그렇게 우쭐거리더니 너무 성급하게 기뻐한 거 아냐? 아직 3년이나 남았으니까 계속 즐겁길 바랄게."

산제제는 곧장 화가 머리끝까지 솟았다.

"내가 너한테 뭘 어쨌길래, 왜 내가 널 비웃었다고 확신하는 거야?"

"설마 아냐?"

산제제는 눈을 깜박였다.

"맞아."

뻔히 산제제의 발뺌과 강변에 대응할 말을 준비해둔 쉬디는 그 말에 오히려 어리둥절했다.

"그래서 미안해. 넌 확실히 정말 대단해."

산제제는 고개 숙여 사과했다. 깔끔하고 시원스럽게.

쉬디는 대꾸하지 않았다. 잠시 후, 그는 책상 위의 시험지를 정리한 후 농구공을 들고 밖에 나가 수업 내내 돌아오지 않았다.

산제제가 화장실에 다녀와 보니 책상 위에 풍유정*이 놓여 있었다. 그녀는 주변을 둘러보곤 태양혈에 그것을 발랐다.

---

* 가려움을 막고 정신을 맑게 하며 소염, 진통 등에 효과가 있는 녹색 액상의 일반 상비약.

교실에 박하향이 퍼지며 폐로 시원한 공기가 들어왔다.

쉬디가 돌아와 풍유정을 자신의 책가방에 집어넣었고, 두 사람은 다시 말을 하지 않았다.

산제제는 계속해서 옛 추억을 회상하며 그 오랜 시간 동안 쉬디가 다른 뭔가를 하진 않았을까 생각했다. 뭔가 더욱 추억할 만하고, 따스하고 감동적인 일을 하진 않았을까?

있는 것 같기도 하고 없는 것 같기도 했다.

그러나 이 약간의 거만함과 어색함, 그리고 이 작은 평화의 손길인 풍유정 때문에 산제제는 쉬디가 다시는 재수 없게 느껴지지 않았다.

비록 나중에 그가 사람들에게나 일에 있어서 또다시 산제제 기억 속의 득의양양한 재수탱이로 변했지만 말이다.

비록 그가 나중에 여자친구를 사귀고 동거하다 신뢰가 깨져 헤어진 후에도, 여전히 은행카드 비밀번호와 인터넷뱅킹 비밀번호를 산제제에게 알려주면서 이체와 출금을 대신 해 달라고 부탁했지만 말이다.

"고작 그거야?" 위저우저우가 바카디 술병을 쥐고 목을 젖혀 단숨에 반병을 비웠다.

"그런 것도 아냐. 이런 하찮은 일만 있는 것도 아니었어. 걘 나한테 답안지를 베끼도록 빌려주기도 했고, 비가 많이 내릴 때 날 집에 데려다주기도 했어. 어쩔 땐 불쑥 '내가 사대 부고에 간 건 너도 사대 부고에 합격했기 때문이야' 비슷한 말도 했고."

"너 너무 취했구나." 위저우저우가 그녀의 말을 끊었다. "그때 걘 '때문이야'라고 하지 않았거든? 네가 멋대로 연관 지어 생각한 거겠지."

그 후에 있었던 모든 일도 네가 멋대로 연관 지어 생각한 거고.

술을 많이 마시긴 했지만 산제제도 위저우저우가 생략한 말이 뭔지 추측할 수 있었다.

산제제의 삶에 부족한 게 뭐 있을까?

산제제는 지금까지도 위저우저우와 다른 여학생들이 그렇게 조심스러워하는 걸 이해하지 못했고, 사촌 오빠 천안이 무거운 책임을 지고 나아가는 걸 조금도 이해하지 못했다. 그녀의 삶은 공명정대했고, 부모님은 그녀에게 완전한 사랑과 신뢰를 줬다. 그녀는 의리가 있었다. 때로 남들에게 미움을 사기도 했지만, 대부분의 사람들이 시비를 가릴 줄 알았기 때문에 그녀에게는 항상 친구가 있었다. 성적은 출중하진 않아도 중상 수준을 유지했고, 집도 충분히 유복해서 앞날을 걱정할 필요가 전혀 없었고, 단정하고 시원스러운 외모라서 연애 방면에서도 걱정할 필요가 전혀 없었다.

저마다 고충을 겪는 또래에 비해 산제제에게는 딱히 걱정할 만한 것이 없었다.

다만 생각이 트이기만 한다면 말이다.

다만 그녀가 쉬디와 함께 이 대학에 입학하려고 각고의

노력을 하지 않았다면, 그녀가 반드시 쉬디와 같은 국유기업에 입사해 베이징에 남으려고 고집을 부리지 않았다면 말이다.

다만 그녀가 시선을 살짝 움직여 다른 곳과 다른 사람을 바라본다면 말이다.

"네 생각에 난 왜 이러는 거 같아? 난 왜 걜 이해할 수 없을까? 걘 대체 무슨 생각이지? 걔한테 난, 정말 그저 익숙함일까? 너도 알지, 나 초등학교 때 장쉬톈 좋아한 거. 그때는 내가 좋아하는 감정을 몰라서였다는 거 나도 인정해. 그럼 지금은, 지금은 또 뭘 모르는 거야?"

"넌 단념하는 걸 몰라." 위저우저우는 휴대폰을 가리켰다.

"쉬디는 그냥 평범한 남자고, 넌 좋은 여자야. 걘 널 의지하고 네 인품을 믿지만, 널 여자친구로 삼을 생각은 한 번도 없었어."

"넌 초등학교 때부터 걜 싫어했잖아." 산제제가 웃었다.

위저우저우가 아무리 말해도 산제제는 여전히 마음속에 뭔가가 막혀 있는 것처럼 풀어지지 않았다.

"알아. 네가 걜 싫어하는 거. 나도 걔가 날 좋아하지 않을지도 모른다는 걸 알고. 하지만 몇 년이나 같이 지냈는데 걘 정말 나한테 아무런 마음도 없는 걸까?"

위저우저우는 한참을 멍하니 있다가 말했다.

"제제, 우리 중에 누가 마음을 이해할 수 있겠어?"

여학생 기숙사 지하 세탁실에서도 요 며칠 세탁기 십여 대가 윙윙거리며 돌아가는 소리가 더는 들리지 않았다. 잔뜩 땀에 젖어 달려온 산제제는 입구에서 숨을 가쁘게 내쉬고는 노크를 하고 세탁실로 들어갔다. 카운터 뒤쪽의 아가씨는 인기척을 못 들었는지, 고개를 푹 숙이고 눈시울을 붉힌 채 로맨스 소설에 빠져 있었다.

"저기 죄송한데요, 세탁표 열 몇 장 남았는데 환불하고 싶어요."

"아, 오셨어요!" 세탁소 아가씨는 책을 내려놓고 환하게 웃었다. 산제제보다 세 살 어린 그녀는 중학교를 마치자마자 외지로 나와 일을 시작해 행동거지만 보면 산제제보다 훨씬 나이 들어 보였다.

"언니 남자친구를 요 몇 달 동안 거의 못 봤네요!" 아가씨가 세탁표를 세면서 오지랖을 떨었고, 산제제는 이런 반응에 이미 익숙했다.

쉬디와 두 친구는 학교 밖에 숙소를 잡아 같이 살았는데, 인색한 집주인이 그들에게 세탁기를 설치해주지 않아서 쉬디의 옷가지는 학교 기숙사 지하에 있는 이 세탁실로 가져와 빨아야 했다. 세탁이 끝나면 잊지 말고 찾아가야 했고, 세탁물을 찾은 후에는 귀찮음을 무릅쓰고 다시 쉬디에게 전달해줘야 했다. 이런 일은 한두 번이면 괜찮았지만 여러 번 하다 보니 쉬디의 원래 기숙사 친구들도 귀찮아하기 시작했고, 여러 번 옷을 그냥 세탁실 통에 던져놓고 아무도 가져가지 않아서 셔츠에서 냄새가 나는 상황이 종종 발생했다.

나중에 이 일은 자연스레 산제제가 맡게 되었다. 여학생 기숙사에서 옷을 말리고 잘 개어서 그에게 다시 건네는.

쉬디는 속옷과 냄새나는 양말을 같이 세탁실에 맡겼는데, 세탁실 아가씨는 딱히 신경 쓰지 않고 세탁기에 한꺼번에 돌렸다. 그걸 발견한 산제제는 속옷을 죄다 골라내어 자기가 따로 빨았다.

그 모습을 오직 위저우저우만 목격했다. 산제제는 항상 오후 두세 시 세면실에 사람이 없을 때만 몰래 남자 속옷을 빨았고, 그렇게 4년이 지나는 동안 결국 위저우저우에게 들키고 만 것이다.

너 대체 뭘 바라는 거야?

위저우저우는 산제제가 걱정한 것처럼 욕을 퍼붓긴커녕, 그저 묵묵히 세숫대야를 바라보다가 고개를 저었다. "산제제, 너 대체 뭘 바라는 거야?"

그리고 위저우저우는 다시는 이 일을 언급하지 않았다.

산제제는 사실 이런 행동을 한다는 것 때문에 자기 뺨을 백 번이나 후려치고 싶었다.

난 대체 뭐 하는 거지?!

하지만 이미 벌어진 일이었다.

스무 번째 생일을 맞이했을 때, 위저우저우는 그녀에게 삐뚤빼뚤 쓴 붓글씨를 선물했다.

'천생 왕언니'.

다른 사람의 눈에 산제제는 확실히 정의감이 폭발하고 성격이 대단한 왕언니 같은 모습이 있었다.

그녀는 매우 기뻤지만 만족하지 못하고 큰 소리로 불평을 늘어놓았다. "쓸 거면 '천생 여왕'이라고 써야지?!" 그러자 위저우저우는 그녀 앞에서 대놓고 허리춤에 손짓으로 몰래 남자 속옷 모양을 그렸다.

산제제는 자신이 순간 멈칫한 것이 부끄러워서인지 아니면 울고 싶어서인지 헷갈렸다.

"무슨 일 있어요? 언니 남자친구는요?" 아가씨의 떠들썩한 목청에 산제제는 정신이 확 들어 겸연쩍게 웃었다.

"그 사람 이사해서 집에 세탁기가 생겼어요. 남자친구 아니라고 몇 번이나 말했는데."

아가씨는 말도 안 된다는 표정을 지었다.

산제제가 웃었다. "정말이에요. 사실 저도 진짜 인정하고 싶은데, 정말 아니에요."

말을 마치고 그녀 자신도 놀라 어안이 벙벙했다.

아무리 인정하기 부끄러운 독백들도 항상 낯선 이에겐 쉽게 툭 튀어나오는 법이다.

대화에서 낯설었던 건 상대방이 아니라 자신인 듯했다.

마음에 깊이 숨겨두고 여러 해 동안 하려다가 못한 말은, 이리저리 둘러대 봤자 결국 이 한마디였다.

이렇게 여러 해 동안.

난 그가 내 남자친구이길 바랐지만, 그는 아니었어.

사람들은 그가 내 남자친구라고 생각했지만, 그는 아니었어.

사람들은 이미 그가 내 남자친구가 아니라는 걸 믿게 되었지만, 난 여전히 그가 남자친구이길 바라.

산제제는 기숙사로 돌아와 남은 모든 물건을 캐리어에 담은 후, 바닥판만 남은 침대에 앉아 조용히 태양이 서쪽으로 기우는 걸 바라봤다.

쉬디는 각종 쫑파티를 개최하고 참가하느라 바빴다. 어차피 학교 기숙사에 살지 않으니 산제제처럼 기한 안에 기숙사를 떠나야 한다는 긴박감이 없었고, 그래서 졸업을 이별의 아픔이라고는 없는 끝없이 이어지는 파티로 만들 여건이 충분했다.

산제제는 어제 마시고 남은 모든 술을 땄다. 술은 맛있진 않았지만 취한 느낌은 정말 좋았다.

술을 딱히 마신 적 없었던 산제제와 위저우저우 두 사람은 어젯밤 처음으로 취해보려고 시도한 거였다. 위저우저우가 취했는지는 모르겠지만 산제제는 자신이 취했다는 건 알았다. 그렇지 않고서야 임시 저장함의 문자를 보내도록 내버려 두지 않았을 것이다.

"너 나 좋아해, 쉬디?"

산제제는 기숙사의 시멘트 바닥에 비친 노을빛에 대고 건배를 했다.

딱히 진술하지 않은 관계, 같은 교실에서 무르익었던 청춘, 뭐라 확실히 설명할 수 없어도 척척 맞는 호흡, 결국엔 버림받은 습관.

남들은 쉬디가 예전에 뭔가 애매한 말을 했으니 산제제가 지금껏 오해한 거 아니냐고 여겼지만, 진짜로 아무것도 없었다. 어쩌면 아무것도 없었기 때문에 산제제는 그럴지도 모른다고 굳게 믿었다.

그에게는 한 명, 두 명, 세 명의 여자친구가 있었지만, 그녀는 유일하게 그의 인터넷뱅킹 비밀번호를 아는 사람이었다. 그가 애매한 약속으로 그녀를 붙잡은 적이 한 번도 없었기에 그녀는 오히려 더 소중함을 느꼈다.

산제제는 예전에는 남들이 뭘 잘 모른다고 생각했다. 하지만 나중에야 비로소 자신이 모르고 있었던 걸 수도 있다는 생각이 들었다.

자세히 생각해보면 애매한 상황이 없진 않았다.

밝은 달이 하늘에 걸렸을 때, 그녀는 그와 함께 호숫가에 자전거 연습을 하러 갔다. 갑자기 흥이 오른 그는 그녀를 태우려 했고, 그녀는 죽어도 안 타려고 했다.

"자전거가 안 움직이면 어떡해? 너 같은 앤 분명 날 뚱뚱하다고 원망할 거야."

"뭐 그렇게 엄살이 심하냐. 나한테 넌 뚱뚱하고 날씬하고 마르고 그런 기준 자체가 없다니까."

산제제는 그 말을 어떻게 해석해야 할지 몰라 얼떨떨하게 있었고, 쉬디도 당황하지 않고 그 말을 취소하지도 않은 채 가만히 그녀를 바라봤다.

"무슨 뜻이야?" 결국 그녀가 물었다.

쉬디가 별안간 웃음을 터뜨렸다. 그러면서 처음으로, 평생 처음으로 손을 내밀어 그녀의 머리를 가볍게 쓰다듬었다.

"넌 산제제잖아. 뚱뚱하든 날씬하든 산제제라고. 절대 못 알아볼 리 없지."

그녀는 어디서 이런 느끼한 말이 생각났는지 용기를 내어 추궁했다. "사람들 속에서도 날 한눈에 알아볼 수 있어?"

"응. 한눈에 알아볼 수 있지."

소년의 눈 속에 담긴 달빛은 물결치듯 부드러웠다.

술을 좀 많이 마신 산제제는 창밖으로 머리를 내밀어 하늘 위 초승달을 바라봤다.

젠장맞을, 넌 대체 누구 마음을 대신하는 거야*? 네 마음은 개한테 먹혀버린 거지?

산제제는 계속 웃다가 침대에 엎어져 잠이 들었다.

휴대폰 알람 소리가 그녀를 깨웠다.

산제제는 캐리어를 끌고 기숙사에서 나와 마지막으로 그

---

* 중화권 국민 노래 〈월량대표아적심(月亮代表我的心, 달빛이 내 마음을 대신하죠)〉에서 차용.

녀들의 방 창문을 막아주던 대추나무를 돌아봤다.

베이징 기차역 앞은 밤이든 낮이든 늘 황급해 보였고 경비가 삼엄했다. 산제제는 광장 한가운데에 서서 고개를 들어 거대한 시계탑을 바라봤다.

5시 반. 하늘빛은 아침인지 저녁인지 구분하지 못할 색채를 띠었다. 눈을 감았다가 다시 떠보니, 마치 매미 소리에 잠이 깼던 24시간 전으로 돌아간 것 같았다. 위저우저우가 굼뜨게 오래된 캐리어를 끌고 말도 없이 떠나려고 하던 그때.

산제제는 결국 휴대폰을 꺼냈다.

날 좋아하냐고 물었던 그 문자에 대한 답장은 지금까지 딱 하나뿐이었다. 산제제는 꾸물거리며 보지 않았다. 떠나려는 지금 이 순간을 기다린 거였다.

엄마 말이 맞았다. 그 물건들은 집으로 부치는 게 아니라 곧장 국유기업 신입 직원 기숙사에 보내는 게 나았을 것이다.

왜냐하면 가지 않을 생각이었으니까.

또 다른 일자리는 남쪽 지방에 있었다. 베이징처럼 대우가 좋지도 않았고, 낯선 도시이기도 했다.

하지만 거기에는 쉬디가 없었고 의지할 것도, 익숙함도 없었다.

산제제는 이미 결정을 내렸지만 새벽에 그 문자를 쉬디에게 보낸 후 그래도 조금 마음이 흔들렸다. 만약 그가 뭐라도 대답한다면.

만약 그가 기차역 사람들 속에서 한눈에 그녀를 알아본다면.

산제제는 살짝 떨리는 손으로 받은 문자함을 열었다.

"우리 오늘 퇴교하는 마지막 날이지? 그럼 학생카드는 사용 못 하는 건가? 오늘 친구 한 명 데리고 학교 도서관에 갈까 하는데 학생카드가 없으면 안 되잖아. 확실히 좀 알아봐 줘. 내가 말한 건 오늘이야. 벌써 12시가 지났으니까."

산제제는 갑자기 웃었다.
쉬디가 말한 그 12시가 지났다는 오늘은, 이미 어제였다.

어릴 때는 똑똑했네

잔옌페이는 턱을 앞자리 의자 등받이 위에 받치고 무대 위에서 한창 리허설 중인 두 진행자를 물끄러미 바라봤다. 주변에 마찬가지로 담임에게 대회장 배치를 돕도록 끌려 나온 다른 학생들은 선생님이 없는 틈을 타 함께 모여 잡담하며 소란을 피웠다. 여자아이들은 그녀가 그들에게서 벗어나 혼자 구석에 앉아 정신을 집중해 듣고 있다는 걸 눈치채지 못했다. 짙게 화장을 한 학생 진행자의 간드러지고 가식적인 목소리가 뭐 들을 게 있는지는 아무도 몰랐다.

잔옌페이의 입가에 자신도 설명하기 힘든 아주 옅은 미소가 걸렸다.

방금 촌극을 연기한 세 사람은 연기를 주고받을 때 계속 무대 밑을 등지고 서서 관객들과 표정으로 소통하지 않았다. 금기.

노래한 소녀는 무대에서 왼쪽으로 치우친 위치에 나무토막처럼 뻣뻣하게 서서 조명에 안경알을 빛내며 목소리를 떨었다. 금기.

　　두 진행자의 목소리는 너무 날카로웠고 서로 앞다퉈 말하려고 했다. 남학생은 작은 몸동작이 너무 많았고, 여학생은 숨 쉬는 소리가 너무 컸으며 매번 말을 하기 전 '그리고'라고 덧붙였다. …… 모두 다 금기, 금기, 금기였다.

　　잔옌페이는 속으로 묵묵히 리허설 중인 개개인을 평가했다. 마치 옛날에 그녀를 소년궁에 입문시켰던 정보칭 선생님처럼 말이다. 하지만 그녀는 그저 습관적으로 품평하며 잘못된 점을 찾아내는 것뿐, 다른 사람을 비웃으려는 의도는 조금도 없었다. 이들은 전문적으로 훈련을 받은 게 아니었고 그럴 필요도 없었다. 그저 각 반에서 대표로 차출돼 1년에 한 번 있는 예술제에 참가한 것뿐, 어쨌거나 그녀처럼 붙잡혀서 청소하고 책걸상을 옮기는 데 힘쓰는 역할보다는 나았다. 게다가 무대 위 연기자와 진행자도 자신이 제대로 하는지에 대해 그다지 신경 쓰지 않았다. 어차피 반 친구들이 큰 소리로 환호를 질러댈 테니 말이다.

　　잔옌페이는 그 시절 아주 오랜 시간이 지나고 나서야 마침내 이해했다. 무대 위에서 가장 중요한 건 내가 어떻게 실력을 발휘하느냐가 아니라, 내가 누구며, 누가 날 보러 오느냐라는 걸.

　　그녀가 꼬마 제비였을 때, 그녀를 아는 사람이든 모르는 사람이든 모두 그녀에게 엄지를 치켜세우고 안아주고 흠모하는 눈길을 보냈다.

다른 사람이 꼬마 제비 역할을 할 땐 그녀의 아빠만 여전히 그녀에게 엄지를 치켜세우고 안아주고 가장 자랑스럽다는 눈빛을 보냈다.

남들이 보는 건 무대 위 꼬마 제비였고, 오직 아빠만이 무대 아래의 잔옌페이를 봐줬다.

6학년 때, 그녀가 사대 부중 입학시험에서 고작 22점밖에 받지 못한 수학 올림피아드 성적표를 쥐고 엄마가 길길이 날뛰자, 아빠는 그녀를 데리고 집을 나갔다. "잔씨 집안 꼬락서니가 이렇지, 어른이든 애든 하나같이 쓸모가 없어!"라는 저주를 등 뒤의 방범용 철문 뒤에 가둬 미약하게 웅웅거리는 진동으로 만든 채.

당시 그녀는 더 이상 꼬마 제비가 아니었다. 텔레비전에는 새로 깜찍이 용과 귀염둥이 토끼 역할이 만들어졌고, 대여섯 살 된 남자아이와 여자아이가 캐스팅되어 모든 게 딱 맞았다. 잔옌페이는 한동안 강변에 서 있는 지역 방송국 은회색 건물을 볼 때마다 두려움과 부끄러움으로 위가 아팠고, 너무 아파서 구역질이 났다.

아주 좋아.

그녀는 기지개를 펴며 남녀 진행자가 무대를 나가는 걸 주시했다. 다음 무대는 아코디언 독주였다.

마침내 학교 문예 공연을 이렇게 편안히 바라볼 수 있게 됐다. 자신도 의식하지 못하는 세월 속에서 상처는 천천히 회복되었지만, 만져보면 여전히 거친 흉터가 있어서 지금의 만족스럽고도 편안한 그녀에게 희미해진 과거가 실은 순탄치 않았음을 일깨워 주었다.

잔옌페이는 아주 오랜 시간이 지난 후에야 옛날에 아빠가 발레단 부단장이었고, 엄마는 그 발레단에 들어간 학생이었다는 걸 알았다. 그 발레단이 어떻게 망했는지는 모르겠지만, 어쨌거나 그녀가 기억하는 어린 시절부터 아빠는 폐결핵으로 몸이 망가졌고, 엄마의 체형도 젊었을 적 전공을 아무도 떠올릴 수 없을 정도로 완전히 변해 있었다. 오랜 세월 엄마는 한 번의 좌절로 재기하지 못한 아빠에 대해 원망과 잔소리를 퍼부었고, 잔옌페이는 아주 어릴 때부터 빽빽한 언어 공격 속에서도 모든 방해를 물리치며 마론인형에 몰두해서 노는 법을 터득하게 되었다.

그 후로 얼마 안 있어 정보청 선생님은 잔옌페이가 아주 어린데도 그 어떠한 상황에서도 방해받지 않고 원고를 집중해 외운다며 칭찬했다. 그때는 잔옌페이가 아직 '전화위복'이라는 말을 몰랐을 때였다.

어쩌면 어릴 적의 모든 천부적 재능은 고생 끝에 얻은 낙에서 온 것인데 자신이 모르는 것뿐이었는지도 모른다.

잔옌페이는 처음 극장에 들어선 게 언제였는지 기억나지 않았다. 아마도 다섯 살이었거나 더 빨랐을 것이다. 병원 복도의 차가운 플라스틱 의자에 앉아 페니실린 링거를 맞을 때, 한 아저씨가 지나가다가 갑자기 놀라워하며 아빠의 이름을 불렀다.

아마도 아빠의 예전 동료일 텐데, 아빠보다 훨씬 활기차고 반듯해 보였다. 어른들끼리 하는 인사치레는 어린아이에겐 아무런 흥미도 일으키지 않았기에, 그녀는 얌전히 "아저씨 안녕하세요"라고 인사한 후 고개를 돌려 수액병 조절기에서 약액이 한 방울씩 떨어지는 걸 계속해서 진지하게 바라봤다.

그러다 갑자기 누군가 자신의 머리를 토닥이는 걸 느끼고 그녀는 어리벙벙하게 정신을 차렸다. 어른들은 대화를 마쳤고, 그 아저씨는 빙그레 웃으며 말했다. "자네 딸 정말 귀엽네. 조금도 꾸밈이 없어. 이래야 아이답지. 자네, 얘 데리고 가서 한번 도전해봐. 내가 우리 윗분한테 말해놓을게. 틀림없이 다른 집 애들보다 잘할 거야."

잔옌페이의 기억 속에 이 무심코 한마디를 던져 그녀의 어린 시절을 바꿔놓은 그 아저씨의 얼굴은 이미 흐릿했지만, 그 의기양양하던 말투는 줄곧 잊히지 않았다.

2주 후, 잔옌페이는 처음으로 무대에 섰다.

"제1회 캉화제약배 청소년 연주 대회 수상자 갈라쇼, 지금 시작합니다!"

그녀는 더듬거리며 다른 소년 진행자들 곁에서 분명하게 끊어 읽지도 못하는 개막사를 읊었다. 우레와 같은 박수 소리는 마치 무감각하게 흐르는 물처럼 본디 그녀에게 속해야 할 조용한 어린 시절을 가만히 휩쓸어 갔다.

오랜 시간이 지난 후, 위저우저우가 자기 대신 캉화제약 배 이야기 콘테스트에 참가한다는 소식을 들었을 때, 고작 일곱 살이던 잔옌페이의 마음속에는 나이에 어울리지 않는 상전벽해의 감정이 떠올랐다. 그 시절 그녀는 어떤 약품을 생산하는지도 모를 이 제약 회사에 마음속 깊이 감사했다. 많은 아이들을 그 스포트라이트가 쏟아지고 사람들의 사랑을 받게 해주는 무대 위로 이끌어줬기 때문이었다.

나중에야 알았다. 실은 그들 모두 한참을 잘못 생각했다는 걸.

많은 아이들이 세상에 '추억'이라는 게 있는지도 아직 잘 모를 때, 잔옌페이는 자신이 얻은 각종 수상과 영예 이력을 시간 순서대로 열거하기 시작했다. 해마다 성 및 시 단위 모범 학생으로 뽑힌 것과 학교 스타, 우수 소선 대원, 전국학생연합회 위원 재선출……. 처음에는 아빠가 신청 자료 쓰는 걸 도와줬다가 나중에는 직접 능숙하게 3인칭 시점으로 '근면 성실하고 반 학생들의 학습에 좋은 모범이 되며, 남을 즐겨 도와주는 좋은 친구' 같은 자화자찬을 얼굴도 붉히지 않고 태연하게 써 내려갔다. 잔옌페이는 다른 아이들보다 많은 무대에 올랐고 더 많은 세계를 봤으며, 많은 사람이 평생 받지 못할 박수 소리에 휩싸였다. 그녀의 어린 시절은 너무

나도 찬란해 자신의 눈까지 멀게 할 정도였다.

처음으로 캉화제약배 연주 대회를 진행할 때, 그녀는 주연이 아니라 기껏해야 다른 큰 아이들 셋 옆에 '곁들임' 같은 역할로 사람 수를 채우며 얼마 되지 않는 유아부 연주 소개를 맡았을 뿐이었다. 손에 든 명함 크기의 대사 카드에 적혀 있던 글자는 대부분 몰랐고, 다른 아이들이 하는 대로 눈치껏 카드를 손 안쪽에 숨겼다. 비록 카드가 그녀의 손과 비슷한 크기여서 절대 숨겨지지 않았지만.

재미있게도, 그녀는 한 번도 긴장해본 적 없었다. 암홍색 두꺼운 장막과 그 장막 뒤로 들려오는 사람들의 웅성거리는 소리를 처음으로 맞닥뜨렸는데도, 아마 당시에는 체면이 뭔지도 모를 정도로 너무 어려서 망신당한 후의 결과도 따져보지 못했을 것이다.

원래 이렇게 어중간한 경험은 그저 잔옌페이가 과거를 추억할 때 떠올리는 하나의 에피소드가 되어, 훗날 '내가 어릴 때 그 큰 무대에서 진행을 했었구나!' 하고 놀라워하는 데 그쳤을 것이다.

그러나 하늘이 바로 이때 복인지 화인지 모를 손길을 내밀었다.

잔옌페이가 다음 참가자인 유아부 전자피아노 연주자 이름과 소속을 확실히 외우고 무대 위로 올라가 조명 아래에 모습을 드러낸 찰나, 무대 뒤 선생님의 경악한 목소리가 들려왔다. "내가 오늘 한 아이가 연주하러 못 온다고 말하지 않았니? 대신 다른 아이가 들어갔는데 왜 재한테 알려주지 않은 거야?!"

잔옌페이는 그 순간 머릿속이 하얘졌다. 얼른 고개를 돌려 목소리의 출처를 찾으려는데 무대 왼쪽 뒤에서 침착한 목소리가 들려왔다.

"내가 말하는 대로 똑같이 말해. 이쪽은 절대 돌아보지 마."

"전자피아노 연주자, 성정부 유치원, 링샹첸."

잔옌페이는 이상하리만치 태연하고 자연스럽게 앞을 주시하며 미소를 유지한 채 앳된 목소리로 다음 무대를 소개했다. "다음 연주자는 성정부 유치원에서 온 링샹첸 어린이입니다. 여러분을 위해 연주할 곡은⋯⋯."

잠깐 멈칫.

무대 뒤 목소리가 빠르게 말을 이었다. "〈꽃이 핀 달밤의 봄〉."

"전자피아노 독주곡, 〈꽃이 핀 달밤의 봄〉."

잔옌페이는 〈꽃이 핀 달밤의 봄〉이 무슨 곡인지 몰랐고 제대로 듣지도 못했지만, 그래도 들리는 대로 대충 따라 말했고 거의 아무도 실수를 눈치채지 못했다.

그런 다음 박수 속에서 몸을 돌려 무대 뒤로 돌아왔다. 무대 조명이 스포트라이트 하나만 남은 채 꺼지자, 스태프들이 의자와 전자피아노 받침대를 들고 와 무대 위에 설치했다. 잔옌페이와 그 머리를 양 갈래로 묶은 연주자는 서로 어깨를 스치고 지나갔다.

잔옌페이가 멍하니 고개를 들어 사람들의 다행이라고 안심하는 표정을 바라보고 있을 때, 별안간 누군가의 목소리가 들려왔다.

"꼬마 아가씨가 임기응변도 잘하고 침착하구나. 하지만 걸을 땐 등이 굽어선 안 돼. 보폭도 너무 크던데, 이 단점은 꼭 고쳐야 한다."

여전히 그렇게나 엄격하고 냉정한 목소리였다. 그 목소리의 주인은 소년궁의 정보칭 선생님으로, 서른네 살인데 아직 미혼이었다. 그 시절에 이런 난처한 나이는 의심할 바 없이 괴팍한 노처녀라는 걸 말해줬다.

노처녀 선생님이 위에서 아래로 그녀를 내려다보며 말총머리를 잡아당겼다. "이 머리는 누가 해줬니? 너희 엄마? 나중에 무대에 오를 땐 이렇게 낮게 묶지 말고 양 갈래로 묶도록 해. 정면 관중들도 볼 수 있게. 그렇게 하면 아이다운 활발할 느낌을 줄 수 있어."

잔옌페이는 어리둥절해하며 눈앞의 이 머리를 빈틈없이 말아 올린 냉랭한 얼굴의 아주머니를 바라봤다.

아주머니도 무표정하게 그녀를 바라보다가 한참 후에야 비로소 미소를 지으며 눈가의 주름을 드러냈다.

"이름이 뭐니?" 그녀가 물었다.

"잔옌페이요." 잔옌페이는 말을 마치고 잠시 멈췄다가 갑자기 뭔가 생각난 듯 한마디 덧붙였다. "…… 잔톈유*의 잔, '제비' 옌燕, '비상' 할 때의 페이飛예요."

이건 엄마, 아빠가 가르쳐준 거였다. 어른들이 이름을 물으면 그렇게 대답하라며, 잔톈유가 누군지는 신경 쓸 필요 없다고도 했다.

"잔옌페이라……."

아주머니는 무슨 생각을 하는지 살짝 미간을 찌푸렸고, 잔옌페이는 혹시 엄마, 아빠가 이름을 잘못 지었나 하고 갑자기 두려움이 몰려왔다.

그러나 아주머니는 곧 쪼그리고 앉아 그녀와 시선을 맞추더니 반론을 용납하지 않겠다는 듯 말했다. "그럼 꼬마 제비라고 부르자."

그날부터 잔옌페이는 꼬마 제비가 되었다.

"오늘 저녁엔 내가 강변에 있는 고모 집에 가야 하는데, 우리 같은 방향이니까 같이 가자."

잔옌페이가 정신이 돌아왔을 때는 대청소가 거의 끝나 있었다. 선생님이 가도 된다고 허락하자 여자아이들은 환호하며 짐을 챙겨 집에 갈 준비를 했고, 잔옌페이와 친하게 지내던 선칭이 다가와 그녀를 이끌며 집에 같이 가자고 했다.

"고모 집이 어딘데?"

"너희 집 뒤쪽으로 돌아가면 나오는 그 작은 단지. 5분이

---

* 詹天佑, 근대 중국의 철도 전문가.

면 돼." 선칭은 어깨를 축 늘어뜨리며 속상한 듯 말했다. "우리 고모네 그 꼬마 어르신이 요즘 얼마나 날 짜증 나게 하는지 몰라. 어른이나 애나 정말 똑같이 성가셔."

모두들 투덜거릴 일이 있을 때마다 잔옌페이를 찾고 싶어 했다. 잔옌페이는 늘 평화로웠고 웃으면 보조개가 생겼으며, 착하고 따스했다. 그녀가 그저 위로하는 성격의 하나 마나 한 소리만 한다 해도, 상대방의 마음을 편하게 만들어준다는 게 진짜로 중요했다.

그래서 그녀는 옅게 미소를 지으며 계속해서 물었다. "무슨 일인데? 왜 이렇게 분노에 휩싸였어?"

선칭은 거만한 모습으로 고개를 쳐들고 목을 길게 빼더니, 눈을 내리깔고 콧구멍으로 잔옌페이를 바라보며 엉덩이를 씰룩거리며 걸어갔다.

"봤어? 이게 바로 우리 사촌 동생 평소 꼬락서니야. 친척들이 다 같이 모여서 밥 먹을 땐 아무도 끼어들지 못하고 고모랑 고모부가 자기 아들 자랑하는 것만 실컷 들어야 한다니까. 한번 입을 열면 한 시간 내내 멈추질 않아. 그 꼬맹이 이마에 '인민 예술가'라고 크게 써 붙이고 불단에 넣어서 하루에 세 번씩 향을 피울 기세라니까."

선칭은 말이 굉장히 빨랐다. 잔옌페이는 가는 길 내내 그녀의 속사포 같은 말에 웃겨서 허리도 제대로 펴지 못했고, 나중에야 비로소 생각난 듯 물었다. "근데 걔가 대체 뭘 어떻게 했는데?"

"말하자면 너무 웃겨." 선칭도 웃음을 터뜨렸다. "소년궁 갈라쇼에 걔가 어린이 합창단 선창자로 뽑혔어. 너도 알지, 어린이 합창단 남자애들 목소리는 다 내시 같잖아. 남자애들뿐만 아니라, 일단 거기서 훈련을 받은 애들은 남자든 여자든 상관없이 틀에서 찍어낸 것처럼 똑같다고. 그게 뭐 그렇게 법석을 떨 일이라고. 걘 진짜로 자기가 전도유망하다고 생각하나 봐. 이렇게 코딱지만 한 작은 도시의 작고 낡은 소년궁 소속이면서 말야. 여기에 대고 내가 뭐라고 말해야해? 게다가 우리 고모부는 말끝마다 연예계가 어쩌고저쩌고 한다니까. 퉤퉤퉤!"

선칭이 끊임없이 터지는 폭죽처럼 불만을 터트리는 와중에 잔옌페이는 딴생각에 빠졌다. '전도유망'과 '연예계', 이 두 단어는 마치 자석처럼, 흩어진 쇳가루 같은 기억을 단단히 불러 모으며 묵직한 과거를 소환해냈다.

"이 아이는 정말 전도유망한 꿈나무예요. 지역 연예계에서도 이미 유명해서 앨 모르는 아이가 없다니까요!"

그들은 예전에 모두 꼬마 제비를 알았다. 단지 나중엔 잊었을 뿐이다.

잔옌페이는 선칭이 흉내 낸 것처럼 거만하게 굴어본 적 없었고, 아빠는 그런 그녀를 칭찬하기도 했다. "경박한 연예계에서는 더더욱 교만하거나 조급해하면 안 돼." 다만 아빠는 아무리 해도 엄마에게 그걸 실천하게 하진 못했다. 잔옌페이는 자신의 친척도 지금의 선칭처럼 뒤에서 '남이 가진 걸 배 아파하고 없으면 비웃는' 엄마를 거침없이 욕하진 않았을지, 엄마가 입에 달고 다니던 "우리 집 옌옌은……"이라는 말이 얼마나 많은 무고한 아이들의 마음을 다치게 했을지 영원히 알 수 없었다.

나중에 커서 잔옌페이는 잡지 가십란에서 이런 내용을 봤다. 수만 명의 환호 속에서 무대를 내려간 마이클 잭슨은 조명이 꺼지고 관객들이 떠나면 진정제를 맞으며 마음을 가라앉힌다고. 이런 기사의 신뢰도가 얼마나 높을지는 모르겠지만 그녀는 이해할 수 있었다. 만약 자신이 그렇게 많은 사람들에게 둘러싸여 마치 세상의 중심에 서 있는 것처럼 뭇사람들의 숭배를 받는다면, 역시나 약간의 진정제가 필요할 것이다.

확실히 필요했다. 자신에게 주사하려는 게 아니라, 딸이 더는 텔레비전 화면에 나올 수 없다는 사실을 인정하지 못하는 엄마에게 주기 위해서.

때로는 그녀도 터무니없는 생각에 빠지곤 했다. 엄마는 그녀를 자랑스러워한 걸까, 아니면 단순히 공연이 끝난 후 떠나는 관객들이 그녀를 가리키며 "봐, 저기 꼬마 제비다. 그럼 저 사람은 꼬마 제비의 엄마?"라고 수군거리는 걸 듣는 게 좋아서였을까? 감히 더 깊이 생각할 수 없었다. 자식으로서 감히 모성애의 깊이와 동기를 추측할 수는 없으니까.

"잔옌페이?"

정신을 차린 잔옌페이는 살짝 민망했다. 선칭이 어디까지 이야기했는지 알 수 없었다.

"방금…… 좀 어지러워서." 그녀는 아무렇게나 둘러댔다.

"어머, 괜찮아?" 선칭이 깜짝 놀라 다가왔고, 잔옌페이는 연신 손을 내저으며 괜찮다고, 이젠 멀쩡하다고 말했다.

"네가 어지럽다고 해서 하는 말인데, 나 아직 너한테 말 못 한 게 있어. 사실 우리 고모네 그 꼬마 어르신이 선창을 맡게 된 건 소년궁 선생님한테 열심히 알랑거려서야. 우리 고모부가 암웨이 대리점을 하지 않았겠어? 그 합창단의 리 선생님, 정 선생님 손에 암웨이 뉴트리라이트 쥐여주느라 돈을 얼마나 쏟아부었는지 몰라. 한번은 밥을 먹는데 고모 가 한참이 지나도록 안 오지 뭐야. 그래서 수다를 떨면서 하 염없이 기다렸지. 나중에 알고 보니 정 선생님이 머리가 어 지럽다고 해서 고모네 병원에 가서 공짜로 CT를 찍었다는 거야……."

잔옌페이는 손이 살짝 시렸다. 이 북방 작은 도시에 부는 10월 말 가을바람은 이미 매서운 겨울의 느낌이 들었다. 그 녀는 옷을 꽉 여미며 선칭이 말하다 잠시 숨을 돌릴 때만 간 헐적으로 맞장구치며 말을 덧붙였다. "정말 속이 검네. 하지 만 네 고모와 고모부가 원해서 갖다 바치는 거잖아."

"그니까!" 선칭은 그녀의 지지를 얻자마자 자신이 아는 소년궁의 어두운 내막을 열거하기 시작했다. 잔옌페이는 들으면서 고개를 숙이고 웃었고, 그렇게 계속 웃다 보니 입꼬리가 살짝 아래로 쳐졌다.

지금 말하는 정 선생님이 그 정 선생님일까.

"소년궁에 정 선생님이 몇 명이나 되겠어요?!"

마치 눈을 들면 여전히 수발실에서 눈살을 찌푸리며 괴상한 질문을 해대는 할아버지를 볼 수 있을 것만 같았다.

첫 무대를 마치고, 정보칭은 잔옌페이의 아빠에게 자신의 연락처를 남기며 아이가 잘되길 바라면 자신에게 맡겨달라는 말을 전했다.

피가 끓어오른 건 오히려 그날 오지 않은 엄마였다. 엄마는 정 선생님에게 전화를 걸어 약간 조심스럽게 수다를 늘어놓았지만, 전화 저편의 냉담한 목소리에 한동안 가식적인 웃음을 유지하지 못했고 전화를 끊고 나서는 30분간 욕을 해댔다. 그런데도 결국 잔옌페이를 데리고 소년궁을 방문했다.

다만 상대방의 실명도, 소속 부서도 몰랐다. 아는 거라곤 성이 정씨라는 것과 여자 선생님이라는 것뿐이었다. 엄마는 웃으면서 수위 할아버지에게 "소년궁에 여자 정 선생님이 있나요?"라고 물었다가 잔뜩 무시하는 눈길만 받았다.

"소년궁에 정 선생님이 몇 명이나 되겠어요?!"

잔옌페이는 이 복잡한 말투를 이해할 수가 없어 옆에서 조심스럽게 물었다. "그럼…… 몇 명인데요?"

할아버지는 그 말을 듣고 하하 웃음을 터뜨렸다. 아까보다 훨씬 상냥해 보였다.

"요 바보……." 그는 고개를 들어 잔옌페이 엄마에게 눈치를 준 후, 다시 그 성가시다는 듯한 표정으로 말했다. "2층 계단 앞 사무실로 가세요."

적잖게 화가 난 엄마는 고맙다는 인사도 하지 않고 잔옌페이를 끌고 몸을 돌려 자리를 떠났다.

문 뒤쪽에서 들려오는 "들어오세요"라는 목소리에 잔옌페이는 단번에 그 얼음장처럼 차가웠던 목소리의 주인 얼굴을 떠올렸다.

찾아온 뜻을 분명히 밝히자 정보칭도 뜬구름 잡는 소리 대신 합창단, 진행자반, 악기 지도 등 각종 프로그램을 잔옌페이 엄마의 눈앞에 하나하나 소개했다. "이건 모두 기초 과정이라 아이에게 큰 도움이 되죠. 기초 실력을 단단히 쌓지 않으면 크게 발전할 수 없거든요."

엄마는 정보칭의 엄포에 어리둥절해서 연신 고개를 끄덕이면서도, 아이의 자질을 키워준다는 이런 프로그램 뒤에 존재하는 수업료에 무척 곤란해했다. 한참 교육 투자를 해야 하나 말아야 하나 고민하고 있을 때, 잔옌페이가 옆에서 천진난만하게 물었다. "선생님, 크게 발전하는 게 뭐예요?"

엄마는 입 다물라며 그녀의 손을 때렸다. 정보칭은 그저 입꼬리를 올리며 무성의하게 웃을 뿐이었다. 진짜로 이렇게 너무 뻔해서 아이들만 이해하지 못하는 문제 따위에 대답할 생각이 없어 보였다.

여러 해가 지난 후, 잔옌페이는 당시 자신이 진짜로 이렇게 물었는지 확신이 서지 않았다. 이건 그녀의 첫 의문이자 최후의 결론이기도 했다.

어른들은 다 거짓말쟁이다.

하지만 그들은 이 점을 인정하지 않는다. 그들은 아이들이 크게 발전하지 못한 건 자신이 속여서가 아니며, 탓을 하려면 자신이 그 재목이 아님을 탓하라고 말할 것이다.

집으로 돌아온 엄마는 아빠와 방문을 닫고 오랫동안 상의했고, 중간에 서너 차례 크게 다투기도 하다가 결국 마음을 굳게 먹고 잔옌페이를 진행자반에 등록하기로 했다.

서 있는 자세, 표정부터 목소리, 어조, 말하는 속도, 어감에 이르기까지, 잔옌페이는 아무리 해도 그 과장된 높낮이와 리듬감을 배울 수 없었다. 가르쳐주는 선생님이 그렇게 해야 목소리에 생동감과 감정이 풍부하게 담긴다고 했지만 말이다. 잔옌페이는 너무 어렸기에 선생님은 한 단락씩 이어지는 긴 멘트를 제대로 읽으라고 엄격하게 요구하지 않았고, 잔옌페이도 흔쾌히 그저 가만히 앉아 큰 아이들이 열심히 해보려는 모습을 바라봤다. 그러나 그 시절 그녀의 운은 막으려야 막을 수가 없었다. 방송국에서 〈빨간 모자〉 프로그램 진행자를 뽑으러 왔다가 그녀가 행운아가 된 것이었다. 선발 이유는 간단했다. 네다섯 살짜리 아이가 필요했는데 그녀가 마침 다섯 살이기 때문이었다. 그 나이의 아이는 잔옌페이뿐이었다.

중학교에 들어간 후, 어느 날 국어 시간에 새로운 단어를 읊조리다가 문득 익숙한 느낌이 들고 나서야 비로소 문득 그 기억이 났다. 다섯 살 때 처음 방송을 녹화할 때 자신의 바보 같은 모습에 감독이 웃으며 했던 말이 무슨 뜻이었는지 이제야 알게 된 것이다.

다듬어지지 않은 옥석.

안타깝게도 그 시절 그녀는 자신을 칭찬하는지도 몰랐다. 그렇지 않고서야 자신이 다른 두 어린이 진행자처럼 머리를 흔들며 천진난만하고 활발한 모습을 꾸며내지 못했다고 자괴감에 빠져 있지 않았을 것이다.

장아이링이 말했다. 유명해지려면 일찍 유명해져야 한다고.

너무 늦으면 기쁨도 그렇게 통쾌하지 않을 거라고.

그러나 잔옌페이는 살짝 유감이었다.

너무 일찍 유명해지는 것도 안 될 말이었다.

너무 이르면 명성이 뭔지도 몰라서 기쁨도 느낄 수 없으니 말이다.

잔옌페이는 방송국 단골이 되어 출입할 때마다 접수실 아주머니가 그들 모녀에게 고개를 끄덕이며 인사를 했고, 그 시절 엄마의 등은 언제나 꼿꼿이 펴져 있었다. 잔옌페이는 가족 식사 때마다 화제의 인물이었다. 식당에서 룸을 잡고 식사를 할 때면 거기엔 항상 노래방 기계가 있었고, 어른들은 그녀에게 마이크를 주면서 식사 자리를 진행하면서 노래를 부르고 흥을 돋우게 시켰다. 그녀는 어린 나이에도 일정이 빽빽했다. 매주 목요일 오후에는 방송국에서 프로그램을 녹화하고 각종 공연과 행사 리허설이 줄줄이 이어졌으며, 금요일과 토요일 저녁에는 시간 맞춰 소년궁으로 가서 진행과 낭송을 배웠다…….

모두가 그녀를 칭찬할 때 오직 정보칭 선생님만이 그녀에게 생략하거나 '이렇다 할' 좋은 표정을 지어주지 않았고, 여전히 냉랭하게 남들과 똑같이 대하며 간혹 기이하게 웃을 뿐이었다. 매번 행사에 참여한 후에는 정보칭 선생님과 단독으로 면담을 해야 했고, 등이 굽으면 안 되고 말하는 속도가 너무 빠르면 안 되고, 말이 막힐 때 코를 문지르거나 앞머리를 건드리거나 눈을 자주 깜빡거리거나 하지 말라는 이야기를 들어야 했다…….

선생님이 한마디 할 때마다 잔옌페이는 고개를 끄덕이며 얌전히 고쳐나갔다.

잔옌페이의 가장 큰 기쁨은 유명한 꼬마 스타가 된 게 아니라, 어느 날 정 선생님이 지나가는 말로 "괜찮네, 들어줄 만해. 나쁜 습관은 다 고쳤고, 거만해 보이지도 않는구나"라고 했을 때였다.

그녀는 기뻐서 온종일 날아다녔다.

때로는 비난에 시달리기도 했다. 다른 학부모와 아이들은 그녀가 아무런 능력도 없는데 뒷구멍으로 들어간 거라고 수군거렸다.

뒷구멍으로 방송국에 들어가고, 뒷구멍으로 사대 부초에 입학했으며, 뒷구멍으로 중대장이 되었다는……

잔옌페이는 너무 억울해서 따지고 싶었다. 이건 다 모두 내 힘으로 이룬 거라고! 그러나 생각을 좀 바꿔보니, 뒷구멍으로 들어갈 수 있는 건 꼭 그렇게 나쁜 일이 아니라 꽤 영광스러운 일이 아닌가 싶어서, 아예 그들이 계속해서 오해하도록 내버려 뒀다.

질투, 모든 건 질투 때문이다. 잔옌페이는 엄마가 하는 것처럼 등을 꼿꼿하게 폈다.

잔옌페이는 자라면서 차츰 유명세가 가져다주는 즐거움을 알게 되었다. 행사가 끝나면 흩어져서 보이지 않는 관객들과 달리, 동급생들 사이에서의 인기와 흠모는 실제적이었고 볼 수도, 만질 수도 있게 언제나 그녀의 주변을 맴돌았다. 잔옌페이는 아빠의 가르침을 명심하며 거만하게 굴거나 남을 괴롭히지 않았고, 오히려 항상 좋은 사람이 되려고 지나치게 노력했다. 그녀는 "별거 없어"라는 겸손한 말투로 방송국에서 일어난 재밌는 에피소드를 반 아이들에게 들려줬고, 수업하다 말고 대대 지도원의 호출을 받아 반 전체의 눈길을 받으며 파견 행사에 나갔다. 모두의 사랑을 받고 모두의 화젯거리가 되었다.

하지만 더 자란 후의 잔옌페이는 이 아름다웠던 시절을 자주 떠올리진 않았다.

왜냐하면 결과를 알았기 때문이다. 마치 텔레비전에서처럼, 관객들은 영화 중반까지 주인공이 아주 잘나가면 이후 3분의 2 지점에서는 그 주인공이 큰 어려움을 맞닥뜨릴 거라는 걸 짐작할 수 있었다. 이건 먼저 고통을 겪게 함으로써 결말에서의 반전을 꾀하기 위한 장치였다.

잔옌페이는 추억할 방법이 없었다. 그 시절의 즐거움들은 나중에 겪은 고난에 모두 그대로 짓밟혔기 때문이었다.

세월은 마치 책갈피의 양면처럼, 고통을 피하려면 반드시 즐거움을 먼저 던져버려야 했다.

"참, 우리 학교에서 작년에 푸단復旦대 합격생 학부모가 대강당에서 경험담을 공유한다는데, 가서 들을 거야? 이번 주 토요일이래."

선칭은 언제부터인지 사촌 동생에 대한 불평을 그만두고 다음 화제를 이야기하고 있었다.

"우리 학교에 푸단대 붙은 사람이 있을 줄은 정말 몰랐네." 잔옌페이가 탄식했다.

"뭐 불가능한 건 아니잖아. 전화고 같은 대단한 학교에서도 성내 3차 모집 대학*에 겨우 진학한 사람도 있는걸. 왕후장상의 씨가 어찌 따로 있겠어!" 선칭이 턱을 치켜올리니 그녀의 사촌 동생과 찍어낸 듯이 똑같아 보였다.

잔옌페이는 느닷없이 정신이 아득해졌다.

초등학교를 졸업할 때, 그 마지막 졸업식에서 그녀와 위저우저우는 무대 뒤에서 포옹하며 이별했다.

두 사람은 사대 부중이나 8중 같은 좋은 학교에 입학할 수 없어서 본래 호적지로 돌아가야 했다. 또는 원래의 모습으로 되돌아가야 했다.

잔옌페이는 잔뜩 아쉬움을 담아 말했다. "네가 사대 부중에 안 가는 건 너무 아까워."

위저우저우는 그렇게나 똑똑하고 빛나는 아이였다.

항상 특이한 발상을 하는 위저우저우가 그녀를 바라보며 고개를 저었다. "아까울 게 뭐 있어?"

잔옌페이는 이 아이의 빛나는 눈을 영원히 잊을 수 없었다. 그 눈에는 뜨거운 불꽃이 일렁이는 듯했고, 그녀가 알지 못하는 희망이 가득 담겨 있었다.

"사대 부중 학생들만 잘되는 것도 아닌데 뭐 그리 대단하겠어?"

서글퍼진 잔옌페이는 그녀의 어깨를 토닥이며 말했다. "난 널 믿어."

꼬마 제비는 벌써 마음을 접었는데 다른 이는 아직 비상

---

  * 대입시험 후 수험생들은 4년제 대학을 1차, 2차, 3차에 나누어 지원하게 된다. 1차 모집 대학은 전국 명문 공립대, 2차 모집 대학은 1차를 제외한 4년제 대학, 3차 모집 대학은 대부분 사립대며 학비가 비싸다.

하려는 꿈을 버리지 않았다. 그녀는 자신의 열정이 불타기 도 전에 세태염량의 무상함을 겪어버린 것이 유감스러웠다.

잔옌페이의 어린 시절은 정말이지 너무나 잔혹했다.

그녀는 자신이 가장 의기양양하게 잘나가던 시절을 여전히 기억했다. 위저우저우와 나란히 전시관의 커다란 무대 뒤편에 앉아 성 내 소선 대원을 대표해 나와 발표할 차례를 기다리고 있을 때, 그 여자아이가 느닷없이 그녀에게 물었다. "잔옌페이, 넌 크면 뭘 하고 싶어?"

아무도 물어보지 않은 질문이었다.

모두들 물어보는 절차를 생략한 채 그저 웃으면서 꼬마 제비는 크면 중앙방송국에 진출해 대스타가 되어 설날 특집 방송에 나올 거라고 말했다.

마치 정 선생님이 말한 '크게 발전하는 것'처럼 말이다.

잔옌페이도 생각해보지 않은 건 아니었으나, 아직 어렸기에 내성적인 자만심과 이제껏 드러내지 않은 허영심이 조금은 있었다. 그녀는 지역 코미디언과 가수와 함께 사진 찍는 게 좋았고, 남들 눈에 높으신 지도자가 자상하고 친근하게 자신과 악수를 해주는 게 좋았다. 소위 말하는 꿈이라는 건 딱히 품어보지 않았다.

그러다 자라면서 차츰 전국으로 더듬이를 뻗어나갔다. 청소년기금회, 전국청소년학생연합회……, 그녀는 대체 무슨 조직인지 모를 이런 단체에서 이름만 있는 사무장 등의 직함을 받았다. 물론 사무장은 그녀 말고도 아주 많았다.

알고 보니 그녀와 같은 아이들은 참 많았다. 누구네 집 셋째는 부모를 모두 여의고 아르바이트를 하면서 공부에 힘써 '중국을 감동시킨 중국 소선 대원 모범 학생 10인'에 뽑혔고, 누구네 넷째는 부유한 학자 가문에 태어나 일찍이 미국 대사와 한 무대에서 대화를 나눴으며, 또 누구네 다섯째는 영화 예닐곱 편에 출연해 '최고 신인상'을 거머쥐었다.

그녀는 정말 별거 아니었다.

우물 안 개구리가 꿈이 너무 크면 그건 죄였다.

그때부터 누가 그녀에게 크면 유명한 스타가 될 거라고 칭찬하면 그녀는 고개를 깊이 숙였다.

이번에는, 진짜로 겸손한 거였다.

그래서 위저우저우가 물었을 때, 잔옌페이는 아무리 생각을 짜내봐도 답을 내놓기 어려웠다.

아이의 눈은 얼마나 멀리 내다볼 수 있을까?

잔옌페이는 이 하나의 질문에서 눈앞에 자욱하게 깔린 화려한 안개를 꿰뚫어 볼 수 있었다.

이런 빛이 얼마나 더 오래갈지, 그녀는 걱정되기 시작했다.

확실히 얼마 가지 못했다.

〈빨간 모자〉가 개편했다. 세 명의 진행자가 너무 커버렸기 때문이었다. 그녀는 하룻밤 새 얼굴에 여드름이 났다. 원래부터 포동포동하고 발육이 비교적 빠른 편이었기 때문에 계속해서 귀여운 방향으로 밀고 가기는 더욱 어려워졌다. 아이는 토실토실하고 천진난만한 귀여움이 있어야 하지만, 소녀가 되면 예쁘고 호리호리해야 했다. 그 중간의 변화 시기를 겪는 잔옌페이에게는 조금의 시간도 주어지지 않았다.

잔옌페이는 지우개를 들어 기억 속 그 시기와 관련된 흔적을 힘껏 지워버렸다. 그녀는 그렇게나 상냥하고 겸손했지만, 반 아이들은 여전히 남의 불행을 고소해했고, 마치 묵은 원한을 푸는 것처럼 즐거워했다. 선생님도 책장 넘기는 속도보다 빨리 태도를 바꿔, 마치 선견지명 있는 제갈량처럼 굴었다. "내가 너 계속 그렇게 하다간 안 된다고 진작 말했잖니." 그럼 예전에 그녀에게 전도유망하다고 했던 건 모두 개소리였던 걸까?

하지만 그녀가 가장, 가장 받아들일 수 없었던 건 엄마의 변화였다.

그 "우리 집 옌옌이……"라는 칭찬을 다시는 들을 수 없었다. 엄마는 마치 그녀가 이제껏 쓸모없는 애였던 것처럼 그녀를 바라봤다.

"네 아빠랑 똑같아. 너네 잔씨 집안은 다 이 모양이지!"

잔옌페이는 어릴 때처럼 얌전하게 그 모든 걸 받아들였다. 마치 그 시절 운명이 그녀에게 던져준 무거운 기회를 받아들일 때처럼 아무 말도 하지 않았다. 다만, 그녀가 많은 일을 떠올리지 않는다고 해서 잊었다는 건 아니었다.

그 기억의 마지막 한 장면은 아무리 지우개로 지워도 지워지지 않고 어제 있었던 일처럼 선명했다.

그녀는 소극장에 앉아 있고, 정보칭 선생님은 꼬마 진행자들의 멘트를 지도하고 있었다. 이튿날에는 소년궁에서 1년에 한 번 열리는 갈라쇼 주요 행사가 있었다. 잔옌페이는 엄마의 당부대로 정 선생님한테 자신을 사대 부중 행사에 참여시켜 줄 수 있는지 물어보러 왔다. "그때 선생님이 널 사대 부초에 넣어준 것처럼 특기생 입학 있잖니. 그동안의 정을 봐서라도 선생님은 널 도와줘야지!"

사실 엄마도 불가능하다는 걸 알았다. 엄마가 직접 오지 않은 건 정보칭이 뇌물을 요구할까 봐 두려워서였다.

그래서 잔옌페이 혼자 맨 뒷줄에 앉아 있었다. 정보칭은 바쁘다며 그녀를 상대하지 않고 아무 데나 앉아서 기다리라고 했다.

잔옌페이는 웃으면서 주변의 아이들을 바라봤다. 아이들은 저마다 '내가 가장 중요해'라는 얼굴로 고개를 든 채 아주 자랑스럽게 '연예계'를 오갔다.

마치 고개를 들면 눈앞의 눈부신 빛을 볼 수 있는 것처럼.

잔옌페이는 그렇게 계속 웃다가, 눈물이 눈가를 따라 흘러내렸다. 뜨거웠다.

극장 안은 조금 추웠다. 얼마나 오래 앉아 있었을까. 마침내 리허설 하는 연기자들이 차츰 줄어들었고 정보칭도 허리를 굽혀 무대 위 소품들을 정리하며 떠날 채비를 했다.

"선생님."

잔옌페이가 다가가 가만히 그녀를 불렀다. 왁자지껄한 무대 위의 누구도 이 한물간 아역 스타를 주목하지 않았다.

정보칭이 고개를 돌렸다. 여전히 그렇게 냉랭한 얼굴이었다.

옛날에 이 사람은 차가운 목소리로 대수롭지 않게 그녀에게 말했었다. "그럼 꼬마 제비라고 부르자."

지금 이 빌려온 예명을, 결국엔 돌려줘야 했다.

"무슨 일로 날 찾아왔니?"

잔옌페이는 아주 차분하게 고개를 저었다.

"아무 일도 아니에요. 아무 일도 없어요. 선생님, 전 작별 인사를 드리려고 온 거예요."

정보칭은 마침내 그녀를 정면으로 바라보며 놀란 듯 눈을 크게 뜨고 잔옌페이가 자신에게 정중하게 허리를 굽히는 모습을 바라봤다.

"얘가……."

그러나 말을 더는 잇지 않았다. 정보칭은 칠흑같이 어두운 관중석을 바라보며 한참 있다가 잔옌페이에게 미소를 지었다. 아주 다정한 미소였다.

"잔옌페이, 공부 열심히 하렴."

그녀는 눈빛으로 주변의 휘황찬란한 모든 걸 가리키며 말했다. "이것들은 다 쓸데없는 가짜야. 장래가 더 중요하지.

너도 이제 어리지 않아. 공부야말로 바른길이야."

그리고 마지막으로 정중하게 말했다. "그러니까 공부 열심히 해."

정보칭은 결국 솔직하게 말해줬다. 전도유망한 미래와 커다란 발전에 대해.

그녀는 그것들이 다 가짜라고 했다. 잔옌페이는 그녀의 지도와 당부에 대해 고맙다고 인사해야 한다는 걸 알면서도, 그 순간에는 부들부들 떨면서 그녀에게 달려들어 뺨을 때리고 싶은 걸 겨우 참았다.

자신은 그저 무고한 어린아이일 뿐이었다. 그들은 어떻게 자신에게 이럴 수 있을까?

잔옌페이는 가볍게 얼굴을 닦았다. 손바닥에 눈물이 가득 묻어 차갑게 느껴졌다.

옆에 있던 선칭이 당황해서 허둥거렸다. 그저 "어느 학교 시험 볼 거야? 뭐 하고 싶어?"라고 물었을 뿐인데, 이 성격 좋은 여자아이가 멍하니 그녀를 바라보더니 순식간에 눈물범벅이 될 줄은 상상도 못 했다.

"잔옌페이? 잔옌페이? 너 왜 그래? 왜 울어—"

잔옌페이는 손을 흔들며 부끄럽다는 듯 웃었다.

"…… 아니, 아니야. 그냥 예전 일들이 생각나서."

그러고는 콧물을 들이마시며 큰 소리로 말했다.

"난 사범대에 가서 좋은 선생님이 되고 싶어."

선칭이 묻는 듯한 눈길로 그녀를 바라봤다. 눈앞의 잔옌페이는 평소의 온화한 모습과는 완전히 달랐다. 마치 이제껏 본 적 없는 빛을 몸에서 발산하는 것처럼, 수많은 사람 속에서 광채가 이글거리는 것 같았다.

"난 좋은 선생님이 되고 싶고, 좋은 엄마가 되고 싶어."

그녀는 다시 한 번 반복했다.

미래의 어떤 아이에게 하는 정중한 약속이었다.

그렇게 되면 내가 예전에 받지 못한 사랑과 존중을 모조리 네게 쏟을 수 있을 거야.

신메이샹 번외.
37.2도

"배고파 죽겠네." 원먀오가 탁자 위에 엎드렸다. 덥수룩한 머리카락이 몸을 움직일 때마다 흔들거려 초가을 바람에 흩날리는 강아지풀처럼 보였다.

"너 아침 안 먹었어?"

신메이샹이 무의식적으로 입술을 움직여서 하려던 말을, 왼쪽 앞에 있는 위저우저우가 이미 말해버렸다.

그렇게 자연스러웠고, 익숙하고도 친근한 말투였다. 신메이샹은 살짝 실망한 동시에 속으로 마음을 놓았다.

그 말을 내가 했으면 분명 아주 딱딱했을 거고, 아주 어색해졌겠지. 다른 사람이 들으면…… 이상하게 생각하겠지?

어떻게 하면 걔네들처럼 자연스러울 수 있을까? 그렇게나 보기 좋고 친밀한 태도, 동작 하나하나에 자기들도 의식하지 못하는 잘난 척까지 겸비하고서.

신메이샹이 고개를 숙이고 계속해서 연습장에 전기 회로도를 계산하는데, 샤프심이 툭 하고 부러지며 작은 샤프심 조각이 왼쪽 아주 좁은 통로를 사이에 둔 원먀오에게 날아갔다. 그녀의 시선이 샤프심이 날아가는 궤적을 따라 이동했다. 원먀오는 마침 불쌍하게 책상에 엎드려서는 고개를 들어 앞에 있는 위저우저우의 등을 바라보고 있었고, 이마를 찌푸려 주름이 진 채로 오른쪽 손은 계속해서 위저우저우의 말총머리를 잡아당겼다.

"너 먹을 거 있는 거 맞지? 요즘 너 살찐 것 같은데. 진짜야, 얼굴도 동그래졌고. 너 어떻게 이렇게 되도록 먹었어? 위얼얼, 내놔봐. 너 먹을 거 있잖아……."

마위안번이 남의 불행이 재밌다는 듯 과장되게 웃는 와중에 위저우저우는 말없이 책상 위 『현대중국어사전』을 들고 뒤를 돌아 곧장 내리쳤다. 깔끔한 동작에 눈빛은 서늘했고, 신메이샹은 심지어 원먀오의 턱이 책상에 부딪힐 때 나는 둔탁한 소리까지 들을 수 있었다.

"왜 때려?" 원먀오가 펄쩍 뛰어오르며 턱을 부여잡고 꽥꽥 소리쳤다. "날 때려죽일 셈이야?"

위저우저우는 눈을 가늘게 뜨며 음험하게 웃었다. "넌 너무 많은 걸 알고 있어."

신메이샹은 눈길을 거두고 계속해서 아직 풀지 못한 전기 회로도를 생각하려고 노력했지만, 이미 주어진 조건을 바탕으로 전기 저항을 어느 구간에 연결해야 하는지는 죽어도 생각나지 않았다.

"젠장, 중3 때부터 시작해서 대입시험까지 아직 1년이나 남았는데 뭘 이렇게 서두르는지. 아침 자습을 7시로 당겨버려서 6시 넘으면 일어나야 하는데 어떻게 일어나겠냐. 늑장 부리다가 아침도 못 먹었다구……. 너 먹을 거 있어 없어? 아니면 벌써 다 먹어버렸냐……."

원먀오의 억지 부리는 목소리가 조잘조잘 귓가에 울렸고 갈 곳 없는 전기 저항은 마치 정박할 곳 없는 조각배처럼 신메이샹의 머릿속을 하염없이 떠돌았다.

"얼얼, 이거 네 거야?" 마지막 순간에 교실로 뛰어 들어온 원먀오는 의자에 털썩 주저앉아 책상 위의 차예단*을 들고는 나머지 빈손으로 가볍게 위저우저우의 등을 찔러댔다.

위저우저우는 뒤돌아 한번 바라보더니 '내가 진작에 눈치챘지' 하는 의미심장한 표정으로 웃으며 대꾸했다. "난 알 같은 거 낳지 않아."

마위안벤이 비몽사몽한 상태로 보충 설명했다. "내가 왔을 때부터 있던데. 누가 네 책상에 놓은 건지는 모르겠다. 더 빨리 온 사람한테 물어봐."

신메이샹은 즉시 경계 태세에 돌입했다. 심지어 등줄기가 팽팽하게 당겨지는 것도 느낄 수 있었다. 그녀는 언제나 아

---

* 간장, 오향, 찻잎 등과 함께 삶은 달걀.

주 일찍 교실에 도착했고, 그건 그들도 다 아는 사실이었다. 만약 원먀오가 물어보면, 만약 원먀오가 물어본다면…….

그러나 원먀오는 그저 주변을 쓱 둘러보더니 헤헤 웃으면서 예의도 차리지 않고 손을 뻗어 계란 껍데기를 벗기기 시작했다.

신메이샹의 마음속에서 미약한 탄식 소리가 들렸다.

그녀는 용돈이 많지 않아서, 어쩌면 아침을 사주는 건 이번이 유일할지도 몰랐다.

하지만 어쨌거나 그녀는 소설 속 여주인공처럼 좋아하는 남자아이를 위해 아침을 한 번 몰래 사주었다. 아주 조심스럽게 들어 살금살금 그의 책상 위에 올려놓았고 침착하고도 신중하게 아무 일도 없었던 것처럼 시치미를 뗐다. 이 일거수일투족이 그녀에게 일종의 존재감을 부여했다.

존재감. 하늘이 카메라를 들고 멀리서 찍는 것처럼, 은밀한 감정을 품은 그녀는 자신도 모르게 달콤한 스토리의 주연이 되었다.

신메이샹은 눈을 들었다가, 위저우저우가 원먀오의 먹는 소리가 너무 크다며 사전으로 그의 머리를 세차게 내리치는 걸 봤다. 다시 고개를 숙이자 마음속의 그 말로 표현하기 어려운 압박감이 한결 줄어드는 걸 느꼈다.

어째서인지는 몰랐다.

아무런 근심걱정 없는 주연들의 멋진 생활을 찍는 다큐멘터리가, 그녀의 이 은밀한 행위 때문에 심오한 주제와 독특

한 시각을 가진 청춘 문예 영화로 변한 것만 같았다.

이런 생각을 하며 미소를 짓는데, 무심코 곁눈질로 원먀오의 시선을 포착하고 말았다.

그는 계란 껍데기를 벗기며 눈빛으로 가볍게 그녀를 훑고 지나갔다. 단 1초도 그녀에게 멈추지 않고.

신메이샹의 펜 끝이 잠시 멈췄다가 다시금 재빨리 글씨를 쓰기 시작했다.

백일몽을 꿈꾸는 것도 안 되는 건가? 이렇게 빨리 발각되다니.

창밖 태양이 때마침 빌딩 사이에서 떠올랐다. 꿈도 없는 기나긴 낮이 막 시작되었다.

간혹 신메이샹은 고개를 들어 위저우저우와 원먀오 책상 주변을 에워싸고 문제 풀이를 물어보는 학생들을 보며 순간적으로 부러운 마음이 들기도 했다.

그 시절 신메이샹은 안정적으로 반 5등을 유지하고 있었다. 위저우저우의 선두적 우위를 흔들진 못했어도 만년 6등 원먀오보다는 확실히 실력이 좋았다.

그러나 아무도 그녀에게 문제 풀이를 물어보지 않았다.

어쩌면 이 혼란한 학교에서는 열심히 공부하는 학생들이 원래부터 적었고, 열심히 하는 그 몇 사람은 이미 위저우저우와 원먀오에게 물어보는 게 습관이 되었는지도 모른다. 어쩌면 그녀는 한때 모두의 눈에 바보로 찍혔기 때문에 체면 때문에라도 '자기보다 못한 사람에게 부끄러움 없이 묻는 행위'를 할 수 없는지도 모른다. 또 어쩌면, 신메이샹이 늘 '날 귀찮게 하지 마' 하는 딱딱한 얼굴을 하고 있어서일지도 모른다. 물론 이건 원먀오가 한 말이다.

그 시절 신메이샹은 아직 표정을 억제하는 게 서툴러서 때때로 부러워하는 표정을 드러냈고, 그 모습을 일 처리에 바쁜 위저우저우에게 걸리기도 했다.

위저우저우는 농담을 하며 말했다. "메이샹, 너도 와서 좀 도와주라." 말투에는 약간의 가식적인 책망이 담겨 있었다.

위저우저우 방식의 상냥함과 이해심.

그녀는 소설과 영화 속 주인공처럼 후광을 업고 주변 사람의 눈을 어둡게 만들면서, 또 그렇게나 세심하고 나무랄 데 없었으니 가장, 가장 가증스러웠다.

신메이샹은 본능적으로 거절하려 했지만, 한편으로는 이 상황에서 만인의 연인인 위저우저우에게 지고 싶지 않아 갈등하다가 가까스로 미소를 지으며 쓸데없이 입술을 움직였다.

"됐다고 봐. '날 귀찮게 하지 마'라는 얼굴 안 보여? 내가 담이 세 개라도 쟤한텐 감히 못 물어봐!"

원먀오의 놀리는 웃음소리가 울려 퍼지자, 위저우저우는 다짜고짜 다시 사전을 들어 그를 내리쳤다. 신메이샹은 이 기회에 고개를 숙이고 냉랭한 얼굴로 원먀오의 농담을 사실로 확인해주었다.

학교가 끝나고 집으로 돌아갈 준비를 할 때, 위저우저우는 책가방을 싸며 원먀오와 입씨름을 했다. 그들의 화제는 차츰 또 '위얼얼'이라는 별명으로 옮겨갔고, 원먀오는 '선선 친위대' 같은 태도로 거리낌 없이 위저우저우를 놀려댔다. 옆에서 듣고 있던 신메이샹은 마음이 어지러웠다.

달라. 원먀오는 아무리 밉살스럽고 신랄한 말을 해도 뭔가 달라.

그녀들이 얻은 건 달랐다. 정말 달랐다.

위저우저우가 화제를 돌렸다. "참, 난 메이샹이 선선과 약간 닮은 것 같아."

똑같이 말수가 적고, '날 귀찮게 하지 마'라는 얼굴로 필사적으로 공부하는.

그런데 원먀오가 다시 큰 소리로 외쳤다. "뭐가 닮아?"

신메이샹은 책가방을 들고 문을 나섰다.

맞아. 원먀오의 말이 맞아.

그들은 닮지 않았다.

선선이 어찌 그녀처럼 이렇게 욕심이 많겠는가?

신메이샹은 다시금 고개를 들어 저 멀리 잿빛 하늘을 바라봤다. 이 도시의 겨울은 이렇게나 사람을 억눌렀다. 그녀는 심지어 여름에 자기 집 식품점 앞에서 윗옷을 벗은 채 마작을 하고 맥주를 마시며 욕을 해대는 아저씨들도 그리워졌다. 그들이 있으면 적어도 아빠가 시간을 때울 곳이 있었으니 엄마도 분노를 분출할 상대가 없었다. 그럼 신메이샹은 조용한 작은 방구석에 몸을 웅크린 채, 마치 동면 중인 뱀처럼 언제 올지 모를 봄을 기다릴 수 있었다.

하지만 지금, 그녀는 어쩔 수 없이 비좁은 실내에서 끊임없이 싸워대는 부모를 대면해야 했다. 서로 악독하고도 저속하게 퍼붓는 욕설을 들으며 신메이샹은 새해가 되면 용기를 내어 선물을 하나 받아내야겠다고 결심했다.

그녀는 CD 플레이어가 필요했다. 뭘 들어도 다 좋았다. 그들의 목소리가 들리지 않기만 하면 되었다.

이런 생각을 하며 그녀는 머리를 기울였다가, 위저우저우가 은백색 Sony CD 플레이어를 책상 위에 내려놓고 오른쪽으로 귀를 후비며 피곤한 듯 책상에 엎드리는 걸 봤다. 위저우저우는 요 며칠 특히나 쇠약해 보였다.

왠지 모르게 갑자기 동경심이 든 신메이샹은 몸을 기울여 긴 팔을 뻗어 위저우저우의 등을 찔렀다.

"무슨 일이야, 메이샹?" 위저우저우가 가볍게 눈을 비볐다.

"너 그거, 나 빌려줄 수 있어? 잠깐만 들을게."

위저우저우 뒤에 앉은 원먀오도 마침 이어폰으로 음악을 들으면서 문제를 풀며 도취한 듯 노래를 흥얼거렸다.

"가져가." 위저우저우가 시원스레 웃으며 신메이샹에게 CD 플레이어를 건넸다. "갑자기 머리가 아파. 좀 열이 나는 거 같기도 하고. 안 들을래. 가져가."

신메이샹은 엄지와 검지로 이어폰을 집어 왼쪽과 오른쪽을 구분한 후 가만히 귀에 끼웠다.

위저우저우가 끄는 걸 잊어버렸는지 스코틀랜드 백파이프 소리가 흐르는 물처럼 신메이샹의 머릿속으로 흘러들어왔다.

그녀는 고개를 돌려 똑같이 하얀 이어폰을 낀 원먀오를 보고는, 지금 자신의 모습을 상상하다가 별안간 코끝이 찡해져 고개를 깊숙이 숙였다.

그러나 위저우저우는 그 CD 플레이어를 신메이샹에게 돌려받아야 한다는 걸 완전히 잊어버렸다. 수업이 끝나기도 전에 위저우저우는 열이 나서 벌겋게 달아오른 얼굴로 병가를 내고 집으로 돌아갔다.

그녀가 교실을 떠나기 직전, 원먀오는 여전히 장난스럽게 손가락을 내밀어 그녀의 목에 대어보며 짐짓 진지하게 물었다. "익은 거야?"

그러고는 장민에게 사뭇 진지하게 위저우저우가 아파서 집으로 데려다주고 오겠다고 신청했다.

신메이샹은 미소가 절로 나왔다. 이게 바로 원먀오지.

약간은 장난스럽지만 아주 분별력 있고, 온화하며 무해하면서 책임감 있는 사람.

그녀가 어렸을 때부터 좋아했던 소설 속 빛나는 남자아이들과는 달리, 원먀오는 젠닝이 아니었고, 심지어 이름을 알 만한 그 어떤 역할도 아니었다.

그러나 신메이샹 자신도 이유를 설명할 수 없었다. 위저우저우와 원먀오, 모두 그녀가 부러워하거나 질투할 만한 사람이었다.

그런데 그녀는 오로지 위저우저우만 미워했다.

원먀오가 남자라서일까?

아니면 다른 게 있는 걸까?

그날 저녁, 신메이샹은 아주 만족스럽게 이어폰을 끼고 어스름한 스탠드 불빛 아래에서 막힘없이 전기 회로도를 연결했다. 곁에 있는 부모의 의례적인 욕설은 마치 멀리 떨어진 건너편에서 들리는 듯했고, 그녀는 이쪽 끝에서 오롯이 홀로 달콤한 미소를 지을 수 있었다.

그녀는 수시로 그 작은 파란 스크린에 표시된 배터리 잔량을 흘끔거렸다. 위저우저우가 충전기까지 빌려주진 않았기 때문에 배터리가 떨어지면 손안의 이 은백색 원형 철제 케이스는 그저 겉보기에만 훌륭한 장식품이 될 것이다…….
하지만 그녀는 애초부터 그 물건의 주인이 아니었다.

그들은 매일 저녁을 이렇게 보낼 수 있을 것이다. 공부하면서 노래를 듣고, 배터리가 다 될까 봐 걱정할 필요도 없고, 진짜 주인이 돌려달라고 하는 걸 걱정할 필요도 없이. 이 사람, 저 사람, 이들, 그들, 모두 그럴 것이다.

다만 신메이샹의 오늘 저녁은 빌려온 거였다.

하지만 언젠가는.

신메이샹의 생각이 그 전기 저항을 타고 머릿속을 유유히

표류했다.

언젠가는 꼭.

이튿날은 토요일이었다. 신메이샹은 창밖에 매서운 찬바람에 시달리는 나뭇가지를 바라보며 뭉그적거리다 책가방을 들고 문을 나섰다.

위저우저우 혼자 열을 올리는 그 낡은 도서관에서의 공부 소모임에 신메이샹은 전부터 참가하고 싶지 않았다.

그곳에서의 학습 효율은 집에서보다 떨어졌다. 두 활발하고 쾌활한 구성원들이 항상 재담을 늘어놓으며 입씨름을 벌였기 때문이었다. 하지만 오늘은 위저우저우가 아파서 참석하지 못할 걸 뻔히 알고 있었으므로 신메이샹은 그래도 도서관에 갔다.

아마도 그녀 자신도 뭐라 말하기 어려운 희망을 품고서 말이다.

그녀는 차디찬 낡은 책상 앞에 앉아 꽁꽁 언 손으로 책을 조금씩 책가방에서 꺼냈다. 문 앞에 앉은 할아버지는 여전히 신문을 보고 있었고, 책상 위에 놓인 다갈색 병에서는 뜨거운 차가 김을 모락모락 뿜고 있었다. 신메이샹은 그 따뜻함을 바라보며 잠시 멍하니 있다가 고개를 숙이고 시간을 아껴가며 책을 봤다.

다만 마음속이 조금 쓰라렸다.

역시, 안 왔구나.

태양이 없으니 지구는 누구를 중심으로 돌아야 하는지 몰랐다.

신메이샹은 방금 감히 꺼내지 못한 CD 플레이어를 책상 위에 놓고 이어폰을 꼈다. 유일하게 다행스러운 건 CD 플레이어를 돌려줘야 한다는 걱정을 할 필요가 없다는 점이었다.

이 CD는 참 좋았다. 〈버드나무 아래서Down by the Salley Gardens〉. 신메이샹은 속으로 이 제목을 묵묵히 기억에 새기며 나중에 CD 플레이어를 산다면 꼭 이 CD를 찾아보는 걸 잊지 말아야겠다고 다짐했다.

만약 그날이 온다면.

그날이 올까?

언젠가는 꼭 올 것이다.

생각에 잠겨 있다 보니 눈앞에 안개가 자욱해졌다. 별안간 도서관의 그 오래된 문이 밀리며 삐걱거리는 소리가 나더니, 그녀가 얼굴에 흐르는 눈물을 채 닦기도 전에 원먀오가 패잔병처럼 뛰어 들어왔다. 외투를 활짝 열고 머리는 헝클어진 모습이었다.

"날씨가 뭐 이러냐. 바람이 좀만 더 불었으면 난 와르르 무너져 흩어져 버렸을 거야."

신메이샹은 저도 모르게 웃음이 나오며 마음이 풀렸다.

"흩어지면 세 그룹으로 나눠서 다시 이곳에서 집결하면 되겠네."

원먀오는 본능적으로 이를 드러내며 반박하려다 갑자기

입을 다물었다.

아마도 눈앞의 이 영리하고 경쾌한 사람이 놀랍게도 그 '날 귀찮게 하지 마'의 신메이샹이라는 게 익숙지 않아서일 것이다.

두 사람 모두 잠시 침묵했다.

결국 털털한 본성을 회복한 원먀오가 털썩 주저앉더니 "위저우저우는 못 와"라고 말했다.

신메이샹이 조심스럽게 물었다. "그럼…… 넌 왜 온 거야?"

원먀오는 웃음을 거두고 눈을 들어 그녀를 바라봤다.

살짝 주눅 든 신메이샹은 당황한 듯이 웃으며 말했다. "오늘 날씨가 이렇게나 안 좋잖아."

원먀오는 오른손으로 턱을 괴며 눈썹을 치켜올렸다. "넌 네 자매가 왜 못 오는지 물어보지도 않냐?"

신메이샹이 움찔했다. "걔는 왜……." 그러고는 뒷말을 삼켰다. "내 말은 걔가, 걔 아직 열이 안 내린 거야?"

원먀오가 익살스러운 표정을 지으며 눈을 찡긋했다. "열만 난 게 아니라, 온몸에 여드름이 잔뜩 났어!"

신메이샹이 한참 후에야 비로소 반응했다. 원먀오의 말이 썰렁한 농담으로 변해버리기에 충분히 긴 시간이었다.

원먀오의 실망한 기색이 말과 표정에서 드러났다.

신메이샹은 별안간 괜스레 화가 났다. 그녀는 숨을 꾹 참으며 더는 마음에도 없이 가식적으로 위저우저우에 관해 묻는 걸 그만두었다. "근데 그럼 넌 왜 온 거야?"

원먀오는 억울하다는 듯 눈을 깜박였다. "너네 집 전화도 모르는데 모임이 취소됐다고 어떻게 알려줄 수 있겠냐? 이렇게 추운 날 여자애 혼자 여기서 벌벌 떨면서 뭐 하려고? 가자, 가자. 내가 집까지 데려다줄게!"

신메이샹은 그제야 원먀오가 책가방도 안 가져왔다는 걸 깨달았다.

"우리 집 전화를 모르면 위저우저우에게 물어봐도 되잖아."

"내가 닭대가리냐? 당연히 너한테 전화해봤지. 근데 네가 이미 나갔다더라고."

신메이샹의 마음이 갑자기 꽉 죄어들었다.

누가 전화를 받았을까? 아빠일까 아니면 엄마일까? 말도 제대로 하지 못하는 술주정뱅이일까, 아니면 사리 분별도 못하고 말끝마다 욕을 퍼붓는 막돼먹은 여편네일까?

더는 원먀오의 얼굴을 보고 싶지 않아 살짝 눈을 감았다. 마치 그렇게 하면 원먀오가 자신을 보지 못할 것처럼.

"어서 가자. 집까지 데려다줄 테니까."

신메이샹은 가볍게 고개를 저었다. "그럴 거 없어. 난 여기서 공부할래."

삐딱하게 하는 말은 아니었다. 단지 원먀오가 자신의 집을 보는 걸 원치 않았을 뿐이었다. 마치 남에게 말 못 할 범죄 기록을 지키는 것처럼, 온몸이 만신창이가 된다 해도.

그러나 원먀오는 갑자기 집요하게 굴기 시작했고, 신메이샹이 아주 좋아하는 원먀오의 책임감이 결국 그녀의 발등을 찍고 말았다. 그녀는 옆에 앉아 창밖의 쌩쌩 부는 북풍을 배경음악 삼아 여유롭게 콧노래를 흥얼거리면서 잡지를 보는 원먀오를 줄곧 곁눈질로 관찰했다. 펜 끝의 방정식은 아무리 풀어도 맞지 않았다.

원먀오가 흡족한 듯 두 다리를 책상 가장자리에 걸치고는 신메이샹의 손 옆에 있는 CD 플레이어를 한눈에 알아봤다.

"위저우저우 거지? 그걸 듣는다고? 걔가 만진 물건이잖아. 지금 거기 수두 바이러스가 득시글거릴걸? 버섯처럼 바람 따라 한들거릴 텐데!"

신메이샹이 움찔하며 무의식적으로 이어폰을 뺐다가, 원먀오의 입가에 걸린 교활한 웃음을 보곤 냉담한 얼굴로 계속해서 문제를 풀었다.

그러나 그는 가지 않았다.

신메이샹은 시간을 끌수록 마음이 추워져, 결국엔 더는 견딜 수 없어 정의를 위해 희생하듯 일어나 말했다. "집에 가자."

그녀는 원먀오를 뒤따라 걸으며 꾸물거렸다. 원먀오가 문을 밀어 열자마자 세찬 북풍이 정면으로 불어오며 문을 다시 안쪽으로 밀었고, 그는 비틀거리며 뒤로 밀려나다가 본의 아니게 신메이샹의 발을 밟으면서 두 사람이 함께 넘어지고 말았다.

바닥에 쓰러진 신메이샹은 왼쪽 발목을 감싼 채 아파서 말도 하지 못했다. 원먀오는 당황해서 그녀 주위를 파리처

럼 맴돌았지만, 아무리 물어봐도 신메이샹은 창백한 얼굴로
아무 소리도 내지 못했다.

그 표정은 쉬즈창에게 떠밀려 구석에서 책가방을 꽉 안고
있던 상황으로 돌아간 듯했다. 마음속에 잔뜩 울분을 품은 채.

그러나 자신이 책을 훔친 사실을 들키는 것이든, 엉망진
창인 집과 부모를 다른 사람이 보는 것이든, 사실 하나같이
고집부릴 일은 아니었다.

원먀오는 신메이샹에게 집 주소를 여러 차례 물어도 답이
없자, 결국 다급해져 자기 머리를 탁 쳤다. "됐다, 됐어. 내가
널 업고 우리 집으로 가면 되지. 저기서 꺾으면 바로야."

신메이샹은 순간 숨 쉬는 걸 잊고 믿을 수 없다는 듯 고개
를 들어 눈앞의 그 여드름 가득한 얼굴로 미소 짓는 소년을
바라봤다.

신메이샹은 문을 들어서며 긴장한 듯 가식적인 미소를 지
었고, 원먀오 엄마의 친절한 환대 속에서 고개를 숙이고 천
천히 신발 끈을 풀었다.

그녀는 눈앞에 있는 원먀오와 그의 엄마가 얼른 자리를
떠나 자신을 주시하지 않길 바랐다.

오늘 아침 신은 양말에는 구멍이 나 있었고, 꿰맬 시간이
없었다. 신발을 벗고 슬리퍼로 갈아 신는 걸 주인이 주시하
고 있다는 게 얼마나 잔혹한 형벌인지 그녀는 마침내 알게
되었다.

다행히 원먀오는 그녀가 너무 꾸물거리자 짜증이 났는지 몸을 돌려 안으로 들어가 엄마에게 물을 달라고 했다. 원먀오의 엄마는 키가 작고 통통한 여인이었다. 눈가에는 오랫동안 웃느라 쌓인 잔주름이 있었고 친절하고 선량한 인상에 목소리도 사근사근해서, 신메이샹은 왠지 따스한 담요가 떠올랐다.

"메이샹 맞지? 어서 들어와. 의자에 앉아서 천천히 갈아 신으렴. 가서 물 따라줄게."

한시름 놓은 신메이샹은 얼른 슬리퍼로 갈아 신고 천천히 소파 쪽으로 걸어가 앉았다.

단정하고 따스한 아담한 집이었다. 방 두 개, 거실 하나, 집은 큰 편이 아니고 인테리어도 딱히 좋진 않았지만, 깨끗하고 행복한 느낌이 공기 중에 가득해서 신메이샹은 감히 힘껏 숨을 쉴 수조차 없었다.

그녀는 이제껏 감히 그 누구도 집에 부를 수 없었고, 이런 갑작스러운 방문은 말할 것도 없었다.

발은 이제 그리 아프지 않았다. 그녀는 어색하게 소파에 앉아 앞으로 어떻게 시간을 보내야 할지 몰라 난처했다.

이제껏 주인이 되어본 적도, 손님이 되어본 적도 없었다.

그러나 원먀오의 엄마는 주인 노릇을 해본 경험이 풍부했다. 원먀오 엄마는 콜라, 과일, 미국산 아몬드를 곁들인 찻상을 차리더니 웃음 가득한 얼굴로 신메이샹 옆에 앉아 질문을 쏟아내기 시작했다. 다리가 아프진 않은지, 공부하느라 바쁘진 않은지, 어느 고등학교에 진학하고 싶은지, 원먀오가 학교에서 장난이 심하진 않은지, 친하게 지내는 여학생이 있는지 등…….

마지막 질문까지 했을 때, 원먀오는 자기 방에서 사과를 깨물며 한마디 던졌다. "엄마, 뭘 그렇게 시시콜콜 물어요?"

원먀오의 엄마가 손을 뻗어 아들의 귀를 잡아당겼고, 원먀오는 돼지 울음소리 같은 비명을 질렀다. 신메이샹은 저도 모르게 웃음이 터져 나왔다.

그렇게 병아리색 새 벽지를 빤히 바라보며 웃다가, 마음속에서 가벼운 탄식이 흘러나오기 시작했다.

"메이샹, 넌 아침에 몇 시에 일어나니?"

"6시요."

원먀오의 엄마는 즉시 '애 좀 봐라' 하는 표정을 지었다.

"우리 집 이 어르신은 매일 6시 40분에 겨우 침대에서 일어나. 7시부터 자습하러 가야 하는데 말이야. 결국 내가 힘들게 만든 아침은 한 입도 못 먹고, 괜히 날 헛수고시키는 게 아니면 뭐니?"

"아니에요, 엄마. 전 마음은 받았어요."

"저기 가서 찌그러져 있어!" 원먀오 엄마는 크지 않은 눈으로 열심히 눈을 흘겼다. "내 애타는 마음으로 이따가 간장 갈비찜을 푹 쪄줄 테니까!"

원먀오가 두 손을 펼쳐 보였다. "그럼 아드님은 오늘부터 영원히 엄마 마음속에서 살겠네요."

원먀오의 엄마가 재빨리 먼지떨이를 낚아채 그를 때리려 하자, 원먀오는 반사적으로 뒤로 한 걸음 물러나 피했다. 물 흐르는 듯 자연스럽고 죽이 척척 맞는 동작을, 신메이샹은 한쪽에서 넋을 잃고 바라봤다.

그리고 곧 살짝 침울해졌다.

행복은 가까이에 있어 이렇게나 쉽게 접근할 수 있는 건데도, 오직 그녀의 마음속에서만 살아 있을 수 있었다.

원먀오 엄마는 신메이샹에게 밥 먹고 가라고 거듭 권했고, 신메이샹은 묵묵히 식탁 한쪽에 앉았다. 원먀오의 부모는 과도하게 친절하거나 예의를 차리지 않았다. 식사 자리에서는 각자 편하게 먹었고, 한 명이 더 늘었다고 해서 평소와 다를 건 없었다. 원먀오 엄마는 계속 두 아이에게 반찬을 집어줬는데, 원먀오가 계속 반항을 하자 두 사람은 계속해서 입씨름을 벌였다. 가끔 소리가 너무 커서 아빠의 뉴스 시청을 방해하면 "좀 조용히 해봐!"라는 말이 간간이 들리기도 했지만, 그 목소리조차 부드럽고 웃음기가 담겨 있었다.

그녀는 그저 따뜻한 주황빛 불빛 아래에 앉아, 원먀오 엄마가 친절하게 권하는 말을 들으며 거절하지 않고 고개를 숙인 채 연신 입에 밥을 밀어 넣었다. 그러다 저도 모르게 너무 많이 먹어서 배가 불러 눈물이 나올 지경이었다.

밥을 다 먹고 나니 머리가 조금 어지러웠다. 원먀오 엄마는 그녀의 이상한 낌새를 눈치채고 손으로 가볍게 그녀의 이마를 짚으며 말했다. "좀 뜨거운데 심각한 건 아냐. 먀오 먀오, 가서 체온계 좀 가져와라!"

37.2도. 높지도 않고 낮지도 않은, 그럭저럭 미열이라고 할 수 있었다. 신메이샹은 그저 뺨과 귓불이 따뜻하다고 생각했고, 머리가 어지러웠으며, 여태껏 겪어보지 못한 속상함을 느꼈다. 그녀는 이 기회에 원먀오 엄마의 따뜻하고도 든든한 품에 안겨 심각하게 아픈 척했다.

37.2도. 집 전체가 37.2도였다. 원먀오도 그렇고 원먀오 아빠와 엄마도 그랬다. 가장 적합한 온도, 그녀는 단지 전염된 것뿐이었다.

그러나 결국엔 가야 했다.

원먀오 엄마는 신메이샹의 외투를 단단히 당겨주고 머리에 모자를 씌워주며 아주 따스하게 웃어줬다. "앞으로 자주 놀러 오렴. 이제 서로 아니까, 아줌마 대신 원먀오한테 너무 놀지만 말고 공부 열심히 하라고 잔소리도 좀 해줘. 애 친구 중에 위저우저우가 공부 잘하는 건 알고 있었는데, 메이샹도 훌륭한 학생이니까 아줌마 대신 애 좀 감시해주렴!"

신메이샹이 부끄러운 듯 고개를 숙였고, 원먀오는 급히 그녀를 문밖으로 떠밀었다. "됐어요. 애 보고 가라는 거예요, 말라는 거예요? 눈코입만 달려 있으면 꼭 이렇게 절 감시하라고 부탁해야겠어요? 엄마 아들이 무슨 떠돌이 범죄자예요?!"

원먀오는 곧장 문을 닫아 엄마, 아빠의 당부를 집 안에 가
둬버린 후, 몸을 돌려 흔치 않게 진지하고도 엄숙한 태도로
말했다. "집에 데려다줄게. 얼른 가자. 너무 늦었어."

심리 작용인지는 몰라도, 원먀오 곁을 따라가면서 신메이
샹은 그렇게 춥지가 않았다. 37.2도 여운이 몸에 남아 있었
다. 어렴풋이 보이는 반달은 털옷을 입은 것처럼 보송보송
매우 귀여웠다.

너무 편안해서였는지 얼떨결에 말이 불쑥 튀어나왔다.

"원먀오, 난 줄곧 네가 아주 똑똑하다고 생각했어."

원먀오는 웬일로 손으로 허리를 짚으며 "하하하, 내가 원
래 훌륭하잖아"라고 크게 웃지 않았다. 그저 조용히 들으며
다음 말을 기다리는 것 같았다.

"…… 그래서, 어쩌면 네가 노력만 하면 진짜 1등을 할 수
있을 거 같아."

신메이샹은 말을 마치고는 자신조차 어안이 벙벙했다.

잠깐의 침묵 후, 원먀오는 다시 평소의 냉소적이면서도
히죽거리는 모습으로 돌아왔다. "됐거든? 위얼얼한테 살길
을 마련해줘야지. 내가 너무 똑똑해지면 걔가 속으로 견딜~
수 없~ 잖~ 아!!"

메이샹은 잠시 멈췄다가 화제를 돌렸다.

"너희 아빠랑 엄마 정말 좋으시더라. 너희 집은…… 참 따
스해."

원먀오는 그저 웃으면서 들을 뿐이었다.

그는 그 말을 평범한 아부와 인사치레로 받아들였고, 심지어 자신의 평범한 집에 대체 무슨 부러울 만한 점이 있는지 깨닫지도 못했다. 그가 당연하다는 듯 웃는 모습을 본 신메이샹은 깊은 한숨을 내쉬었다.

어쨌거나 신메이샹은 자신이 아까 '똑똑하다'는 것과 '1등'을 언급하지 말았어야 했다는 걸 알았다. 다만 그 이유가 원먀오가 위얼얼을 신경 쓰기 때문인지, 아니면 원먀오의 뭐라 이해하기 힘든 처세관 때문인지는 알 수 없었다.

그 후로 걷는 동안 두 사람은 줄곧 말이 없었다.

다음 모퉁이를 돌면 바로 신메이샹네 식품점이었다. 그녀는 별안간 멈춰 서서 원먀오에게 말했다. "여기까지면 돼. 저 앞이 바로 우리 집이야."

원먀오는 문 앞까지 데려다줄 생각이었는지 눈썹을 치켜올렸다.

그러나 신메이샹은 결국 용기를 내어 조용히 말했다. "우리 집은 너희 집이랑 달라."

따스한 달빛에는 노란색 거짓 온도만 있었다. 뼛속까지 파고드는 찬바람이 신메이샹의 이마 앞에 새로 자른 앞머리를 헝클어트렸다. …… 그녀가 머리 스타일을 바꿔 앞머리를 가지런히 내린 걸 위저우저우 외에는 아무도 알아채지 못했다.

원먀오는 제자리에 서서 조용히 그 말을 곱씹었다. 그의 얼굴엔 자신을 아프게 할 만한 깨달았다는 표정 대신, 그저 웃음만 떠올라 있었다. "그래, 그럼 들어가. 집에 무사히 도착하면 우리 집으로 전화하고."

신메이샹은 상대방이 이해한다는 걸 알았다. 원먀오가 상상하는 자신의 집이 어떤 모습일지는 감히 추측할 수도 없었다. 그는 자신의 구멍 난 양말을 봤고, 차마 떳떳하게 소개할 수 없는 엄마나 아빠의 전화 응대를 들었을 테니 "우리 집은 너희 집이랑 달라"라는 그 말을 이해했을 것이다.

그 불쌍한 체면 때문이었을까, 신메이샹은 몸을 돌려 허겁지겁 줄행랑을 쳤다. 어렴풋이 원먀오가 외치는 소리는 바람 소리에 묻혔다. 그가 무슨 말을 했는지, 그 말과 그녀의 몸에 남아 있던 37.2도가 함께 차가워지며 모퉁이에 남았다.

그녀가 맞닥뜨려야 하는 건 역시 그 낡고 오래된 식품점과 작고 낡은 간판, 그리고 가슴 가득 불어오는 매섭게 차가운 북풍이었다. 그게 바로 신메이샹이었다.

쪽팔릴 거 뭐 있어? 그녀는 고개를 들어 눈물을 억지로 삼켰다.

일어나서 말 한마디 못 하는 자신을 모든 선생님들이 바보 대하듯 혼내던 그 시간은 주변 동창들의 기억 속에 단단히 아로새겨졌다. 쪽팔릴 일은 없어진 지 오래였다. 엄마, 아빠, 그리고 반 친구들을 초대해서 밥도 같이 먹을 수 없는 낡아빠진 집……, 이 모든 건 신메이샹 자신보다 훨씬 부끄럽지 않았다.

그래서 떠나려고 했다. 아주 멀리, 주변에 열다섯 살 이전의 신메이샹을 아무도 모르는 곳으로.

그녀가 다시는 신메이샹이 아닐 때까지.

그런데 예상과는 달리, 그 후로 원먀오는 오히려 그녀에게 온화하고 사근사근하게 대했다. 위저우저우가 수두에 걸려 중요한 시기에 집에 갇혀버려서인지, 줄곧 시시껄렁하던 원먀오가 자발적으로 가정교사와 택배원 역할을 맡아 매일 위저우저우를 위해 연습문제와 시험지를 정리했다. 그중 대부분의 시험지는 신메이샹이 제공한 거였다.

그들에게는 떳떳하고도 정당한 화젯거리가 생겼다. 그는 그녀에게 달려와 빨리 시험지를 풀라고 독촉했고, 그녀도 시험지의 각 부분 주의사항을 가리키며 원먀오에게 전달해달라고 요구할 수 있었다……. 더욱 중요한 건, 원먀오가 그녀의 가정환경을 어렴풋이 알게 된 후에도 소원해지거나 동정하는 모습 없이, 아주 정상적으로 행동한다는 거였다.

정말 흔치 않은 정상적인 모습이었다.

때로는 원먀오가 시험지를 베끼려고 그녀 곁에 바짝 다가와 앉기도 했다. 신메이샹은 다시금 귀에서 희미하게 열이 나는 걸 느꼈다. 어질어질한 것이 아주 편안했다.

37.2도의 미열.

열원은 왼쪽에 있었다.

수두에 걸린 위저우저우가 접수실의 투명한 유리막 뒤에 등장하자, 원먀오는 모두를 불러 위저우저우를 보러 갔고 신메이샹도 처음으로 선선과 나란히 걸을 기회가 생겼다.

두 사람은 확실히 좀 닮아서, 똑같이 말수가 적고 음침했다.

신메이샹은 절반쯤 가다가 조용히 원먀오에게 물었다.

"야, 나랑 선선이랑 대체 어디가 닮았다는 거야?"

원먀오가 피식 웃었다.

"난 예전에 너희 둘이 안 닮았다고 했는데?"

"왜?"

신메이샹의 반문에 원먀오가 어깨를 으쓱하며 대꾸했다.

"안 닮았다면 안 닮은 거야."

동물원 원숭이가 된 위저우저우는 약이 바싹 올라 원먀오에게 뭐라고 소리쳤지만, 유리벽 밖의 신메이샹 무리에게는 들리지 않았다. 신이 나서 싱글벙글한 원먀오는 익살맞은 표정을 지으며 유리를 두드리더니, 또 가방에서 바나나 하나를 꺼내 먹여주는 척하며 위저우저우를 극도로 화나게 했다. 마위안번은 옆에서 불난 데 부채질하듯 양손 엄지와 검지로 사진 찍는 시늉을 했고, 심지어 선선도 전에 없이 통쾌하게 웃기 시작했다.

신메이샹은 그 순간 갑자기 정신이 아득해졌다.

사실 위저우저우가 회복해서 돌아오는 걸 전혀 바라지 않았다.

옛날에 위저우저우를 도와 쉬즈창의 의자에 압정을 뿌렸던 신메이샹은 이미 세월의 물살에 빠져 사라진 지 오래였다. 지금의 신메이샹은 압정 한 주먹을 쥐고 이 세상을 향해 무차별하게 던져버렸다. 그 순간 질투심에 눈이 멀 것 같았다. 유리벽 안의 원숭이가 자신이기를 얼마나 바랐는지. 위저우저우의 화난 표정 밑에 감동과 기쁨이 가득한 걸 그녀는 이해했다.

진정으로 사랑받는다는 기쁨.

일순간 그녀는 유리벽 안에 있는 위저우저우에게 자신을 대입하며 상상하다가 얼굴에 겸연쩍은 미소를 띠었다.

정신을 차리고 보니, 위저우저우가 그녀의 이 딴생각에 팔린 미소를 포착하곤 고맙다는 듯 웃고 있었다.

그 찰나 신메이샹은 자신과 선선의 차이를 깨달았다.

선선은 1등만을 바랐다. 예쁜 옷을 입지 않아도 상관없었고, 인간관계가 어떻든 상관하지 않았다. 모든 걸 상관하지 않고 그저 1등만을 원했다.

그러나 신메이샹은 위저우저우로 변하고 싶었다. 혹은, 위저우저우 같은 사람이 되고 싶었다.

그들은 사람들에게 사랑받고, 집안이 행복하고, 생활이 풍족하고, 친구가 많고, 성적이 뛰어나고, 전도유망하고, 걱정과 근심이 없었다.

신메이샹은 어찌 이렇게 욕심이 많을까.

신메이샹이 위저우저우를 제치고 1등을 했을 때, 그녀는 소위 우정이라는 게 끝났음을 알았다.

그녀는 위저우저우의 알 수 없는 호의와 친절을 더는 받아들이지 않고, 진짜 신메이샹의 모습을 드러냈다.

이기적이고, 어둡고, 야심에 찬.

소녀 협객 위저우저우는 역시나 자신이 동정하던 상대에게 보좌를 빼앗긴 걸 견딜 수 없어 했다. 신메이샹은 속으로 냉소를 지으며 그녀가 책상에 엎드려 언짢음을 감추는 걸 바라봤다.

그런데 그때, 원먀오가 큰 소리로 위저우저우를 위로하는 말이 들렸다. "너 5등 해."

"너 5등 해. 그거 꽤 스킬이 필요한 거야. 게다가 난 내 앞자리를 너한테 양보하는 거라고."

원먀오의 따뜻한 목소리가 신메이샹의 마음속 어두운 기운의 공격을 덮어버렸다.

나중에 그녀는 원먀오를 거의 볼 수 없었다.

기억 속에서 그가 했던 마지막 한마디는 곧 다시 1등을 찾아올 다른 여학생에게 한 말이었다. "너 5등 할 거야, 말 거야?"

나중에 신메이샹은 열다섯 살 이전의 그녀를 아무도 알지 못하는 전화고에 갔고, 나중에 신메이샹은 정말로 더는 신메이샹이 아니었다.

심지어 나중에 그녀는 자신처럼 갑갑한 청춘을 가진 남학생을 좋아하게 되었다. 그는 여드름도 없고 뭇사람의 숭배

를 받았으며 잘생기고 우수했지만, 그녀처럼 뭔가에 날개가
묶여 있었다.

심지어 그 겉모습을 벗기면 또 다른 신루이가 드러날 것
같은 느낌마저 들었다.

자신이 그를 좋아한 건지, 아니면 다른 어떤 여학생이 미
워서였는지, 아니면 아예 동류라서 끌린 것인지, 그것도 아
니면 그의 위장술이 자신보다 훨씬 빈틈이 없어서 탄복한
것인지는 몰랐지만…….

그러나 그런 따스한 느낌은 다시 오지 않았고, 자연스럽게
다가가고 싶어 주체할 수 없었던 느낌도 다시 오지 않았다.

햇살의 느낌.

원먀오에게만 존재하는 느낌이었다.

비록 냉담한 위저우저우를 늘 쫓아다니는 그 린양이라는
남학생의 웃는 얼굴과 입씨름하는 고약한 취미가 원먀오와 비
슷하긴 해도, 신메이샹은 알았다. 원먀오는 그와 다르다는 걸.

원먀오는 위저우저우에게 죽기 살기로 매달리지 않았고,
위저우저우에게 희로애락을 휘둘리지 않았다. 더구나 원먀
오는 태양이 아니어서 온몸이 달아오를 정도로 내리쬐지도
않았다.

그와 그의 집은 모두 햇빛 아래에서 말린 이불처럼, 몸에
덮으면 딱 적절하게 따스해서 잔잔하게 취한 느낌이 들었다.

어찌 됐든 그녀는 아무것도 없었기에 본능적으로 접근하
고 동경했다.

하지만 상대방은 끝내 그녀를 따스하게 해줄 생각이 없었다.

아주 오랜 시간이 지난 후, 신루이가 어느 키 작은 남학생에게서 위저우저우의 떳떳지 못한 가정사를 알게 되었을 때, 그녀는 순간 그날 저녁 원먀오가 북풍을 맞으며 그녀를 집에 데려다줄 때 헤어지기 전 마지막으로 외쳤던 말이 떠올랐다.

아주 솔직한, 꾸밈없는 한마디였다.

"넌 왜 항상 남들이 너보다 잘 지낸다고 생각하냐?"

신루이는 별안간 자조하듯 웃기 시작했다.

세상에는 원먀오보다 뛰어나고 우수하고 총명하며 행복한 사람이 수천수만이 있을 테지만, 그는 다른 사람이 그보다 낫다고 생각하지 않았다.

그는 그렇게 느끼지 않았고 그래서 가장 행복했다.

신루이는 일찍이 이런 깨달음을 원했으나, 어찌 된 일인지 어떤 일은 시작이 있으면 끝낼 수가 없었다.

예를 들어 신메이샹은 신루이로 변하고 싶었고, 신루이는 다른 사람이 되고 싶었다.

왜냐하면 다른 사람이 되면 더 행복했기 때문이다.

식품점이 철거되기 전, 그녀는 집에서 물건을 정리하다가 무심코 햇빛 아래 잡동사니 더미에 반사된 빛에 눈이 부셔 눈을 찡그렸다.

다가가서 보니 그 빛나는 물건은 놀랍게도 은백색 CD 플레이어였다.

수두 사건 이후 위저우저우와 신메이샹의 관계는 급속도로 어색해졌다. CD 플레이어는 배터리가 방전된 지 오래였고 그녀도 더는 CD를 듣지 않았지만, 물건을 원래 주인에게 돌려주는 걸 잊고 말았다.

3년도 더 지난 참이었다.

CD 플레이어는 햇빛 아래에 한참을 놓여 있었다. 손을 가볍게 대어보니 따스한 느낌이 마치 그 37.2도의 미열이 있던 저녁 같았다. 그때 그녀는 행복한 작은 집에서 배불리 먹었고, 무척이나 울고 싶었었다.

얼마 후 졸업식에서 위저우저우는 그녀에게 고맙다고 했다.

그때까지도 신메이샹은 여전히 그 고맙다는 말에 조금 혐오감이 일었다.

그들의 이런 가식적인 태도와 이런 억지가 혐오스러웠다. 위저우저우, 링샹첸, 하나같이 그랬다.

일상을 영화처럼 계획하면서 무슨 일이든 모두 알려고 한다. 마치 다른 사람들이 자신들의 조연으로 참여하는 게 마땅하다는 듯이.

위저우저우가 그리워한 모든 것, 짤그락 봉, 압정, 『17세는 울지 않아』, 이것들에 대해 신메이샹은 아무런 미련이 없었다.

그런데 위저우저우가 이런 말을 하는 게 아닌가. "내가 수두에 걸렸을 때 보러 와주고, 유리벽 바깥에서 나한테 미소 지어준 거 고마워."

신루이의 입가에 갑자기 비아냥거리는 미소가 걸렸다.

그 시절 그 미소는 그녀 자신을 위한 거였다. 그 시절 그녀의 눈에는 위저우저우가 없었고, 원먀오를 비롯한 아이들이 둘러싸고 관심을 쏟는 대상이 자신이라고 상상하고 있었다.

그녀가 미소를 지은 건 모두 자신을 다른 사람이라고 생각하기 때문이었다.

왜냐하면 언젠가 그녀는 다른 사람이 될 것이기 때문이었다.

비록 원먀오는 다른 사람이라고 꼭 행복하진 않다고 했지만.

신루이는 몰랐다.

그녀가 아는 건 오직, 자신으로 산다면 불행하리라는 것뿐이었다.

히말라야 원숭이

"혹시 이런 얘기 들어본 적 있어?"

저우선란이 고개를 들었다. 곁에 있는 위저우저우는 그에게 말하는 것 같으면서도, 그를 쳐다보지도 않은 채 여전히 서가만 뚫어져라 바라보며 무슨 책을 찾고 있었다.

그는 그녀가 어떻게 이리 가볍게 그에게 말을 거는지 이해할 수 없었다. 마치 오랫동안 만나지 못한 초등학교 동창, 그것도 그다지 친하지 않은 사이인 것처럼 말이다.

그러나 자제력을 잃고 멋대로 반문하고 말았다. "무슨 얘기?"

"히말라야 원숭이에 대한 얘기."

집에서 엄마 잔소리 때문에 정신이 무너져버릴 것 같았던 그는 하는 수 없이 대학원 입시 참고서를 사러 간다고 밖으로 나와 쏘다니다가, 서점 한 귀퉁이에서 익숙한 뒷모습을 발견했다.

3년 만에 보는 그녀는 더는 말총머리가 아니었지만, 뒷모습만 봐도 한눈에 알아볼 수 있었다.

서점 안에는 손님이 적었다. 그 순간, 그는 문득 머리 위에 햇볕이 쨍쨍 내리쬐는 느낌이 들었다. 고개를 숙이자 자신은 다시금 그 작고 여윈 고적대 대원이 된 것만 같았다. 빳빳한 녹색 나팔수 복장 차림에, 가슴 앞에는 심하게 못생긴 하얀색 장식 수술이 달려 있었다.

그때 이 여자아이는 고적대 복장을 하고 있지 않아 드넓은 녹색 바다에서 유일하게 빛났다. 세면대 앞에서 아주 오랫동안 멍하니 서 있는 모습이 무슨 지박령에 씐 것 같기도 했다.

대대 지도원의 지휘에 따라 모두는 가지런히 줄을 서서 세면대 방향으로 밀집했다. 저우선란은 고개를 돌렸다가 같은 반의 키 큰 남학생 몇 명이 작은북 치는 여학생 무리에 섞여 들어가서는 무슨 말을 했는지 다 같이 낄낄거리는 걸 봤다. 약간의 우쭐함이 담긴 얼굴은 아직 풋풋했지만, 나이가 들어갈수록 점점 성숙해졌다.

뙤약볕 아래에서 상쾌하고도 젊은 기운을 뿜어내는 안하무인인 그들.

세상에는 꼭 이런 사람들이 있다. 여섯 살 때든 열여섯 살 때든, 항상 무리 중심에 서는 사람들. 그들은 곁에 있던 흐릿한 얼굴의 다른 사람들을 기억하지 못했지만, 다른 사람들은 자신의 청춘을 회상할 때 페이지마다 그들을 볼 수 있었다.

저우선란은 아무리 해도 자신의 청춘 앨범을 지울 수가 없었다. 그의 앨범은 모조리 남들에게 자리를 빼앗겨 버린 것처럼, 수많은 사람 속에서 자신의 모습을 찾을 수가 없었다.

저우선란은 3학년 때 한 학년 월반했다. 처음 새 학급에 들어갔을 때, 선생님은 그를 유치원 아이 대하듯 하며 다른 학생들에게 그를 잘 보살펴 주라고 당부했다. 그는 선생님이 배려해주는 건 자신이 아니라 자신의 엄마라는 걸 어렴풋이 알았다. 그에 대한 반 아이들의 호기심도 차츰 사그라졌다. 저우선란은 키가 작고 평범한 얼굴에, 까무잡잡하고 야위어서 어디 있든지 눈에 띄지 않았다.

원래 있던 반에서 한 심술궂은 꼬마 아가씨는 항상 말로 그를 갈구곤 했다. 말이 좀 지나칠 때면 그도 화가 나서 얼굴을 붉히며 큰 소리로 말했다. "내가 선생님한테 이를 거야! 우리 엄마한테도 이를 거야……."

그러면 모두 한바탕 웃으며 그가 이 나이에도 엄마를 입에 달고 산다며 수군거렸고, 꼬마 아가씨는 "깔깔깔" 하고 활기찬 아기 오리처럼 유난히 환하게 웃었다. 저우선란은 그 웃음소리를 들으며 불현듯 자신이 실은 그렇게 화가 나지 않았다는 걸 깨달았다.

비록 그 꼬마 아가씨는 항상 "넌 왜 맨날 날 쫓아다니는

데? 할 일이 그렇게 없어?"라고 말했지만.

그래도 속으로는 약간 달콤했다. 관심을 받는 건 늘 즐거운 일이었다.

그러나 나중에 그 여자아이는 결국 선생님께 된통 혼나고 말았다. 엄마가 자신의 귀한 아들이 학교에서 괴롭힘당하는 걸 어떻게 알았는지 저우선란은 알지 못했지만, 엄마에게는 그의 모든 걸 알 방법이 있었다. 여자아이는 얼굴이 온통 새빨개져 울며 교실로 돌아와서는, 모두 앞에서 반성문을 읽으며 훌쩍훌쩍, 눈물을 뚝뚝 흘렸다.

저우선란은 자리에 못 박힌 듯 가만히 앉아 있을 뿐이었다. 무슨 말을 해야 할까. 그는 자신이 선생님에게 이르지 않았다고, 엄마에게 말한 적 없었다고 말하고 싶었다.

정말로 그러지 않았으니까.

그 여자아이는 그 후로 그에게 한마디도 하지 않았다. 다른 아이들도 마찬가지였다.

저우선란이 월반하던 날, 엄마는 반쯤 쪼그려 앉아 그의 옷매무새를 다듬어준 후 그를 새로운 교실로 데려갔다. 그는 지나가면서 곁눈질로 그 여자아이가 앞줄에 앉아 무표정하게 자신을 바라보는 걸 봤다. …… 엄마가 말했던 "널 괴롭히는 애들은 나중에 고개도 못 들 거다. 네가 월반한 건 걔네들보다 똑똑하고 뛰어나서야. 때가 되면 걔네들은 쪽팔려서 널 쳐다보지도 못할걸" 같은 기분은 느껴지지 않았다. 문득, 갑자기 무척 외로웠다.

알고 보니 이런 느낌이 외로움이었다.

새로 옮긴 4학년 교실에서 그는 다시 그림자 같은 존재가
되었다. 심지어 그와 같이 남들보다 한 살 어린 장촨조차 친
한 무리가 있었다. 비록 링샹첸과 린양 뒤를 따라다니며 콧
물이나 흘리는 껌딱지 같아 보이긴 해도, 저우선란은 그것
조차 매우 부러웠다.

그들은 부모들끼리 서로 잘 알아서 때로 같이 식사를 하
기도 했다. 어른들이 식탁에서 나누는 이야기는 언제나 너
무 재미가 없어서 아이들은 일찌감치 식당 룸을 빠져나와서
는 로비에 앉아 사방을 둘러보거나, 곧 잡아먹힐 운명인 자
라, 무지개송어, 드렁허리, 오골계를 구경했다. 다른 세 아이
가 한데 모여 떠들썩하게 수다를 떨고 있을 때, 그도 끼어들
고 싶어 고심했지만 항상 무슨 말을 어떻게 해야 할지 몰라
난처할 따름이었다.

"메기는 수염이 길어서 꼭 할아버지 같아."

링샹첸은 항상 뭔가를 다른 무엇과 비교하는 걸 좋아했
고, 장촨은 한쪽에서 연신 고개를 끄덕였으며, 린양은 생각
할 가치도 없다는 듯 고개를 저었다. "뭐가 닮아?"

"링샹첸이 닮았다고 하면 닮은 거야." 장촨이 콧물을 들
이마시며 아둔하게 말했다.

"링샹첸이 네 엄마라도 되냐?" 린양이 수조 앞에서 진저
리를 치자 링샹첸은 화가 나서 얼굴을 붉혔고, 곧 세 사람은
엉망진창으로 입씨름을 벌였다. 저우선란이 입을 열려고 할

때, 멀리서 장찬의 엄마가 다가오는 게 보였다.

"너희들, 밖에 나가지 말고 멀리 가지도 마. 잘 놀고 있으렴—" 그러더니 다시 저우선란을 흘끔 보고는 자애로운 미소를 지으며 말했다. "너희들만 놀지 말고 선란이랑도 같이 놀아. 동생이니까 너희가 잘 돌봐줘야지."

늘 이랬다.

차라리 남들 바깥에서 고심하며 우물쭈물할지언정, 어른들에게 떠밀려 다른 취급을 받는 건 싫었다. 얠 챙겨주렴, 얠 데리고 다니렴……. 그는 맡겨진 임무가 되었고, 그들은 그를 싫어하면서도 얼굴엔 감히 싫어할 수 없다는 표정을 지었다.

장찬 엄마의 미소는 그를 향한 것처럼 보였지만, 한편으로는 그를 관통해 등 뒤로 뚫고 지나가는 것처럼 보이기도 했다.

링샹첸은 어쩔 수 없다는 듯 입을 삐죽거리다가 불쑥 말했다. "저우선란, 메기가 할아버지 같지 않아?"

당황한 저우선란은 한참 말문이 막혔다가, 장찬 엄마의 웃는 얼굴을 곁눈질로 보곤 힘껏 고개를 끄덕였다.

린양은 더욱 하찮다는 듯 팔짱을 끼고 그를 바라봤고, 장찬은 링샹첸의 시종이 하나 더 늘어서 뾰로통했고, 링샹첸은 '저우선란을 챙기는 임무'를 성공적으로 수행한 후 계속해서 수조 앞에서 메기를 감상했다. 그의 대답이 긍정이었는지 부정이었는지는 아예 신경조차 쓰지 않는 듯했다.

그런 다음 그들 셋은 다시 말싸움을 계속했고, 무안해진 저우선란은 몸을 일으켜 화장실로 갔다. 손을 씻고 있을 때 무심코 옆에 있는 여자 화장실 앞에서 두 여자가 대화하는 목소리를 들었다.

그의 엄마와 린양의 엄마였다.

저우선란은 이 이야기를 얼마나 많이 들었는지 모른다. 엄마와 아빠 사이의 애증, 그리고 중간에 끼어 있는 또 다른 여자와 그녀의 딸. 엄마는 신경질적으로 그 이야기를 많은 사람에게 했고, 그럴 때마다 그는 늘 옆에 있었다.

갑자기 린양 엄마가 어떤 표정일지, 그 표정에 숨겨져 있는 내면의 진짜 표정이 어떨지 무척 궁금해졌다.

그는 어려서부터 아빠를 보며 어른은 동시에 두 가지 표정을 지으면서 막힘없이 이야기할 수 있다는 걸 깨달았다.

그 모녀는 당연히 괘씸했다. 두세 살 때 엄마에게 안겨 처음으로 그 모녀를 봤을 때의 상황은 거의 기억나지 않았지만, 어느 날 백화점 1층의 환한 로비에 혼자 덩그러니 서서 그를 바라보던 여자아이는 늘 기억 속에 남아 있었다.

그 두 눈이, 어린 저우선란은 치가 떨리도록 미웠다. 자신이 대체 왜 미워하는지는 몰랐지만, 어쨌거나 엄마가 화가 났으니 그도 따라 분노해야 마땅했다.

엄마가 사생아, 나쁜 년이라고 했다.

그도 따라서 사생아, 나쁜 년이라고 말했다.

어릴 때는 모든 것에 이유를 묻지 않았고, 어떤 단어들은 저도 모르는 사이에 몸과 기억에 스며들었다. 설령 크고 나서 의문이 들더라도 이거 하나만 기억하면 되었다. 우리 가족은 절대로 잘못이 없다는 걸.

잘못을 저지른 건 다른 사람이거나 운명이지 어쨌거나 자신은 잘못이 없다. 이렇게 굳게 믿으면 인생은 아리송할 것 없었다.

"듣자 하니 그 애가 학교 대대위원이라면서요? 양양이 대대장 아니었어요?"

저우선란은 린양 엄마가 조금 어색하게 호호 웃으며 말하는 걸 들었다. "대대부에 애들이 얼마나 많은데, 어떻게 다 알겠어요. 같은 반도 아니고."

거짓말.

저우선란은 그 순간 린양 엄마 내면의 진짜 표정을 귀로 읽어낸 것만 같았다.

그는 3학년 때 린양이 있는 4학년 1반으로 월반해 운동장에서 한창 고무줄놀이를 하는 여자아이를 가리키며 물어본 적 있었다. "쟤 이름이 뭐야?"

고개를 숙이고 축구 리프팅을 하던 린양은 그가 가리키는 방향을 흘끔 봤다가 힘 조절을 실패해 축구공이 담을 따라 데굴데굴 멀리 굴러갔다.

그는 고개를 휙 돌리며 저우선란을 보지도 않았다. "왜 물어보는 건데?"

저우선란은 엄마가 그에게 당부했던 말이 떠올라 말없이 그저 고개를 저었다. "그냥 물어본 거야."

린양은 그를 내버려 두고 공을 주우러 달려갔다.

저우선란은 린양이 좀 무서웠다. 어째서인지 린양은 늘 자신을 깔보는 것 같았다. 상대방이 깔보지 못하게 자신이 뛰어나다는 걸 보여주고 싶을수록 더욱 무력감을 느꼈다. 린양은 뭐든 다 잘했기 때문에, 엄마가 다시는 "린양 좀 봐라……"라는 잔소리를 못 하게 만들 그 어떤 돌파구도 찾을 수 없었다.

그는 어찌할 바를 몰라 제자리에 서 있었다. 시선이 닿는 곳에서는 여자아이의 말총머리가 뜀박질을 따라 위아래로 흔들려, 마치 활발하게 움직이는 검은 잉어처럼 보였다.

"위저우저우."

그는 퍼뜩 정신이 들었다. 린양은 어느새 축구공을 안고 그의 곁을 지나갔다. 아무렇지도 않다는 듯 아주 가벼운 목소리였지만 위장술이 그리 좋진 않았다.

그러나 저우선란은 린양의 이상한 어색함을 느낄 틈도 없었다. 그저 린양이 그를 상대하는 게 귀찮은가 보다 하고 생각할 뿐이었다.

위저우저우.

이렇게 여러 해가 지난 후에야 저우선란은 마침내 이 여자아이의 이름을 알게 되었다.

어릴 적 처음으로 이 여자아이의 존재를 알았을 때부터 기억 속 그녀는 그저 밉살스러우면서도 특히나 두 눈이 빛났다. 초등학교 등교 첫날도 여전히 기억에 남았다. 아빠와 엄마는 차로 그를 교문 앞까지 데려다줬고, 엄마는 꿇어앉아서 그의 옷깃을 정리해주며 몇 마디 당부하다가 불쑥 말했다. "그 잡종 새끼 봐도 신경 쓰지 마!"

그는 고개를 들어 아빠의 미간을 흘끔거렸다. 살짝 찌푸려진 건 그저 한순간일 뿐이었고, 곧 다시 평온함을 되찾았다.

그는 '그 잡종 새끼'가 누군지도 모른 채 얌전히 고개를 끄덕였다. 교실 입구에 다다라서야 요 며칠 부모님이 싸울 때마다 반복적으로 언급되던 그 여자와 아이가 생각났다.

부모님은 항상 싸웠다. 이유는 각양각색이었지만, 결국 모든 건 돌고 돌아 그 여자아이 문제로 귀결되었다.

린양의 가벼운 한마디로 저우선란은 한밤중에 집에서 꽃병이 깨지는 쨍그랑 소리와 문이 힘껏 닫히며 쾅 하고 울리는 소리가 모두 위저우저우라고 불린다는 걸 알게 되었다.

엄마는 위저우저우가 그와 같은 학교라면서, 반드시 위저우저우보다 성적이 좋아야 하고 우수해야 한다고, 그 애를 발밑에 둬야 한다고 했다. 또, 그런 여자의 자식은 정면으로 볼 필요도 없고 아예 존재하지 않는 사람처럼 대해야 한다고 당부했다.

저우선란은 그 말이 얼마나 모순적인지 생각할 틈이 없었다. 그는 무대 아래의 이름 없는 그림자였고, 그녀는 무대 위에 서서 환하게 웃고 떠들었다. 그녀는 이렇게 린양처럼 완벽하기만 한데, 그가 어찌 엄마의 요구를 이뤄준단 말일까?

그래서 마음속으로 욕할 수밖에 없었다. 봐, 이번 예술제 진행할 때 말이 한 번 꼬였잖아, 웃는 것도 참 가식적이네. 대대 지도원한테 혼나는 것 좀 보라지. 저거 봐, 고무줄놀이 하면서 넘어지다니……

그녀의 완벽하지 못한 구멍은 결국엔 모두 그의 마음속에 푹 파인 구덩이가 되었다.

저우선란은 무의식적으로 자신의 텅 빈 생활 속에 한 가지 일을 찾아냈다. 남들이 위저우저우를 칭찬할 때 헛소문을 내 그녀에게 상처를 입혔고, 그녀가 실수할 때면 그녀가 듣지 못한다 해도 가장 크게 웃었다. 그의 작은 즐거움은 모두 그녀의 고통을 기반으로 했다. 적어도 그는, 그녀가 고통을 받아야 한다고 생각했다.

그는 자신이 아주 강하기를, 린양이 자신에게 굽신거리기를, 링샹첸이 어떻게든 자신에게 말을 걸려고 노력하기를, 장촨이 큰 소리로 "저우선란이 그렇다면 그런 거야"라고 말하길 바랐으며, 위저우저우가 구석에 웅크려 나지막하게 흐느끼길 바랐다.

마음속 비밀이 꿈틀거렸다. 온 세상이 자신과 함께 그녀를 '나쁜 년'이라고 욕하길 바랐지만, 그 일은 그의 집과 아빠와도 관련 있었기 때문에 엄마는 여러 번 신신당부했다. "절대로 다른 사람한테 말하면 안 돼. 절대로."

바로 그날, 초록색 고적대 복장 차림으로 밝게 빛나는 햇빛 아래 선 저우선란은 별안간 뭔가에 빙의된 것 같은 느낌을 받았다. 뭘 하고 싶은지는 몰랐지만, 어찌 됐건 여학생들과 시시덕거리는 남자아이들이 자신을 봐주길 바랐다.

그의 청춘 앨범에는 자신이 가장 앞줄에 선 페이지가 한 장은 있어야 했다.

그는 뭔가에 홀린 것처럼 미친 듯이 내달리며 그 낯설고도 익숙한 뒷모습을 향해 돌진했다.

모두 영문도 모른 채 그를 바라봤다.

그는 인정사정없이 그녀의 엉덩이를 때렸고―사실 손은 아예 닿지도 않았지만―주변의 웃음소리를 듣고 씨익 웃으며 몸을 돌려 고적대 자리로 다시 달려가면서 고개를 돌려 위저우저우의 반응을 살폈다.

마음속에 성취감이 가득 찼다. 태양은 가장 밝은 스포트라이트였고, 무대에 선 그는 모두의 시선을 받으며 키 큰 남자아이들의 휘파람 소리를 들었다.

여자아이는 마침내 몸을 돌려 밝게 빛나는 눈으로 저우선란이 급히 달려가는 뒷모습을 바라봤다. 이제 막 잠에서 깬 듯한 멍한 얼굴이었다.

그녀는 그를 알아보지도 못했다.

왠지 모르게 당황한 저우선란은 걸음이 멈춰지며 관성에 따라 몸이 앞으로 기울어졌고, 옷깃이 목 부분을 꽉 죄어 순간 목이 막혀 눈물까지 찔끔 나왔다. 그는 허리를 굽혀 연신 기침을 해댔다.

그는 고개를 숙였다. 흐릿한 시야 속에는 흰 바지만 보였다.

"죽고 싶냐?"

스포트라이트가 너무 짧았다. 어둠이 지나니 주연이 나타 났고, 저우선란은 자신이 그저 서곡을 알리는 역할에 불과 했다는 걸 깨달았다.

기억과 추억은 다른 것이다.

기억은 누군가에게 드러나는 걸 쑥스러워하며 발가벗은 채로 울창한 숲에 숨어 있다. 우리는 가시덤불에 살이 베일 각오를 하고 숲을 헤치고 들어가야만 부들부들 떨고 있는 기억을 엿볼 수 있다.

그러나 추억은 여자아이들의 바비 인형처럼 마음대로 옷을 바꿔 입힐 수 있고 취향에 따라 마음껏 꾸밀 수 있다.

저우선란의 기억은 어느 순간 몸을 숨겼다. 그가 돌이켜 보면 화려한 외투를 걸친 추억이 그때 자신이 어떻게 린양 의 얼굴에 주먹을 날렸는지, 주변 사람들이 어떻게 손뼉을 치고 환호하며 초록색 물결을 일으켰는지 알려줄 뿐이었다.

하지만 그는 그렇지 않다는 걸 알았다. 자신은 나중에 어 떻게 사람들을 따라 의기소침하게 돌아갔는지, 또 멀리서 위저우저우가 미소를 띤 채 우뚝 선 린양과 아랑곳하지 않 고 대화를 나누는 걸 얼빠진 표정으로 어떻게 몰래 지켜봤 는지, 이런 화면들은 머릿속 상념들을 흩어버리고 모든 색채를 모호하게 섞어버렸다.

군자의 복수는 10년이 걸려도 늦지 않다. 비록 저우선란은 군자가 아니고, 아무도 그의 증오가 어디서부터 시작됐는지 몰랐지만 말이다.

나중에는 결국 그 주먹을 린양에게 휘둘렀다. 하지만 저우선란이 추억 속에서 아무리 그려보려고 애써도 활력과 맹렬한 기세는 조금도 느껴지지 않았고, 텔레비전에서 보던 것과는 조금도 비슷하지 않았으며 상상했던 것과는 완전히 달랐다.

어두컴컴한 복도에서 마침내 그가 내려다본 위저우저우는 더는 눈이 밝게 빛나지 않았으며 증오를 유발하는 활력과 생기도 찾아볼 수 없었다.

"너네 엄마 결혼 못 했지!" 그는 큰 소리로 즐겁게, 아주 즐겁게 말했다.

"넌 누군데?" 그녀가 물었다. 아주 무력하고 당황해하면서.

모든 것이 그가 마음속으로 그린 극본대로 완벽하게 진행되었다. 저우선란은 자신의 꿈이 어떻게 이렇게 예고도 없이 현실로 나타났는지 알지 못했다. 그러나 아주 간단한 '우리에 갇힌 닭과 토끼' 문제도 풀지 못해 칠판 앞에서 난감해하는 그녀의 모습을 다시 음미하기도 전에, 린양에게 옷깃을 잡히고 말았다. 그는 거의 조건반사적으로 쏘아붙였다. "감히 날 건들면 내가, 내가 엄마한테 이를 거야! 네가 다시는 날 못 괴롭히게 할 거라고. 너네 엄마가 우리 엄마한테 약속했으니까…….”

그러나 저우선란 자신도 똑같이 다시는 “내가 선생님한테 이를 거야” 혹은 “우리 엄마한테 이를 거야”라는 말을 하지 않기로 했었다는 건 아무도 몰랐다. 그는 주변 아이들이 자신을 멀리하고 고립시키는 걸 원치 않았다. 설령 그들이 그를 괴롭히고 놀린다 해도 말이다.

하지만 매번 중요한 순간마다 그는 다시 무력하게 연약하고도 음험한 어린 시절로 돌아가서는 구석에 움츠린 채 흉악하게 소리쳤다. “우리 엄마한테 너희들 모두 손봐주라고 할 거야. 우리 엄마한테 너희들 혼내주라고 할 거라고!”

어쩌면 그는 영원히 자라지 못할 것이다. 신경질적으로 지난 일을 주절거리는 엄마의 날개 밑에 서서 먹이를 달라고 짹짹거리는 아기 새처럼.

그래서 그날 사무실에서 위저우저우가 무표정하게 린양 앞을 막아선 채 그에게 허리를 숙여 미안하다고 했을 때, 그는 3학년 때 월반하던 날 첫 번째 줄에 앉아 냉담한 눈길로 그를 외면하던 여학생을 본 것만 같았다.

그녀들 모두 그를 무시했다.

비록 그도 그녀들을 싫어했고 대수롭지 않게 여기며 눈 하나 깜짝하지 않았지만 말이다. 하지만 결국 그녀들은 모두 그를 무시했다.

어쩌면 그녀들이 모두 맞았는지도 모른다. 저우선란은 가끔 자신의 얼굴에 쓴 허세스러운 자신감을 벗기고 자신의 진정한 실력을 엿보았다. 그가 수학 올림피아드 문제를 풀 수 있었던 건 엄마가 초등학교 1학년 때부터 강제로 그를 시에서 가장 좋은 수학 올림피아드 반에 보내서 다양한 유형의 문제들을 달달 외웠기 때문이었다. 그는 피아노를 조금 칠 줄 알았고, 바이올린도 좀 켤 줄 알았으며, 무술 체조도 좀 했고 영어도 좀 할 줄 알았다. 이 모든 건 엄마의 원대한 계획과 절대로 언급하지 않으면서도 결코 질 수 없는 공연한 분노로부터 비롯되었다는 걸 그는 잘 알았다.

하지만 그는 똑똑하지도, 잘생기지도, 키가 크지도 않았다. 식사 모임에서 아저씨와 아줌마들은 거짓 웃음을 짓고 그의 머리를 쓰다듬으며 양심을 저버린 과도한 칭찬을 해댔다. 그와 똑같이 별 볼일 없는 관료 댁 자제들은 우쭐해서 그런 말을 진짜로 믿어버렸지만, 저우선란은 아주 일찍부터 그 말들이 거짓이라는 걸 서서히 깨닫기 시작했다.

모두 다 거짓이다.

하지만 그녀들이 그를 무시한 진짜 이유는, 그가 키가 작고 못생기고 똑똑하지 않고 눈부시게 뛰어나지 않아서가 아니라, 그가 진실을 알면서도 뻔뻔하게 얼굴에 철판을 깔고 빈틈투성이인 자신의 모습을 죽어도 인정하지 않기 때문이었다.

저우선란의 잔꾀와 엄마의 '둔한 새가 먼저 난다'는 작전은 중학교 후반부터 그 효력을 잃었다. 엄마는 그를 원망하고 탓하기 시작했다. 차마 손가락 하나 건드리기도 아쉬워하며 소중하게 대하던 처음의 태도와는 완전 딴판이었다. 그는 엄마의 그 눈물과 포효의 절반이 자주 집으로 돌아오지 않는 아버지에게 향한 것임을 모르지 않았다. 어른들 사이의 감정은 복잡한 요소들이 너무나도 많이 섞여 있었다. 아니면, 그들에게 감정이 진짜 있긴 있는 걸까?

감정이 없어도 체면은 있었다.

단 두 사람만의 저녁 식사. 친척과 친구들 앞에서 충분히 거짓 모습을 보였던 엄마와 저우선란은 마침내 가면을 벗어 던지고 진실한 얼굴을 드러낼 기회가 생기자 서로를 비난하고 상처를 입혔다. 다만 한 명은 포효를 선택하고, 한 명은 침묵을 선택했을 뿐이었다.

하지만 설령 그렇다 해도 저우선란은 매우 즐거웠다.

매우 즐거웠다.

왜냐하면 다시는 위저우저우가 없었기 때문이었다.

엄마가 가끔 물어보긴 했지만 횟수가 예전보다 많이 줄었다. 그 눈이 초롱초롱하던 여자아이는 이미 사라졌다. 그녀는 이미 외나무다리 밑으로 흐르는 급류로 떨어져 일반 고등학교로 침몰해 중점 고등학교는 물론 명문대와는 인연이 없는 수많은 도태된 학생들처럼 얼굴이 흐릿해졌고, 그와 같이 사대 부중에 다니는 학생들과 경쟁할 권리가 없었다.

그가 이겼다.

영문도 모른 채 이겨버렸다.

중학교 2학년 겨울, 이제 막 공개수업 대회에서 무명의 군중을 성공적으로 연기한 저우선란이 무대 뒤편에서 옷 갈아입는 걸 기다리는 린양과 링샹첸에게 깡충거리며 뛰어갔다. 어찌 됐든 이렇게 오랫동안 같은 반에서 지낸 인연으로 그는 세 사람 뒤에 딱 붙은, 있어도 그만 없어도 그만인 그림자가 되었다. 린양은 더는 참지 못하고 먼저 나가버렸고, 링샹첸은 아직 커튼 뒤에서 큰 소리로 "나 기다려 줘!"라고 외쳤고, 장찬은 콧물을 들이마시며 커튼 밖에서 천천히 그녀를 위로했다. 그리고 저우선란은 이 음침하고도 일상적인 아침에 살짝 졸음이 몰려왔을 뿐이었다.

그런데 돌아가는 길에 생각지도 못하게 자신과 사실 혈연관계도 없는 사촌 누나를 맞닥뜨렸다. 저우선란은 심지어 그녀의 이름조차 기억이 나지 않았고, 발음은 같은데 성조가 다른 두 글자가 그를 헷갈리게 했다. 원래도 잘 알지 못하고 관계도 그리 가깝지 않은 데다, 약간은 서먹서먹하고 심지어 적대감마저 들어서, 그 예쁘지도 특별하지도 않은 사촌 누나를 봤을 때 엉겁결에 오만하게 굴었다.

하지만 공교롭게도 상대방은 특히나 민감하고 자존심이 센 사람이었다.

그가 "어떻게 여기 있어? 너네 그 후진 학교도 이런 대회에 나올 수 있는 거야?"라는 말을 내뱉었을 때, 곁에 있던 링샹첸은 놀란 눈으로 그를 바라봤고, 어째서인지 자신의 사촌 누나와 어떤 낯선 남학생과 함께 서 있던 린양도 순간 그 보기 좋은 눈썹을 찡그렸다.

저우선란은 줄곧 이해가 되지 않았다. 이제껏 괴팍하고 밉살스러운 사람이 되고 싶은 건 아니었는데, 어째서인지 그는 매번 아무도 주의하지 않았던 구석에서 튀어나올 기회가 있을 때마다 이렇게 음습한 공격으로 서두를 열었다.

그는 일부러 그랬다. 하지만 진짜로 일부러 그런 건 아니었다.

상대방은 과연 발끈하며 새빨개진 얼굴로 큰 소리로 대꾸했다. "거기서 머릿수나 채우는 주제에. 너네 학교가 좋은 게 너랑 무슨 상관이야? 넌 무슨 능력이 있는데, 뭘 할 수 있는데? 책상 앞에 앉아서 그저 도구 역할밖에 안 했으면서, 뭐가 그렇게 신나?"

한 마디 한 마디가 저우선란의 아픈 곳을 찔러 그는 힘없이 소리쳤다. "넌 도구 역할로 앉아 있을 자격조차 없거든!"

그러자 선선이 냉소를 지으며 한 음절 한 음절 또박또박 말했다. "네가 뭘 알아, 뭘 할 줄 아는데? 너 혼자 할 수 있는 게 뭐 있어? 그저 집에서 깔아준 지름길로 남들보다 편하게 온 거잖아. 넌 진짜로 네가 빨리 달린 줄 아니?"

저우선란은 피가 거꾸로 솟는 것 같았다. 그가 막 입을 열려는 순간, 줄곧 표정이 어둡던 린양이 갑자기 버럭 소리쳤다. "됐어. 입 좀 닥쳐! 여자애랑 말싸움하는 게 무슨 능력이냐? 얼른 반으로 돌아가 앉아!"

그는 원래 반격할 생각이었다.

그러나 마지막 남은 힘으로 가까스로 이를 악물고 더는 말하지 않았다.

더는 말하지 않았다.

안 그랬으면 또 본능적으로 이런 말을 했을 가능성이 컸다. "감히 나한테 소리쳐? 내가 우리 엄마한테 이를 거야!"

저우선란은 전에 없는 무력감과 치욕을 느꼈다.

그는 눈을 들어 그 자리에서 유일하게 낯선 남학생이, 분노로 살짝 떨고 있는 선선을 부축하며 아득하고도 연민에 찬 눈빛으로 그를 바라보는 걸 봤다.

저우선란이 매서운 눈빛으로 받아치자, 상대방은 더욱 아득하고도 연민에 찬 눈빛을 보냈다.

그는 이런 적나라한 연민을 받아본 적 없었다.

그러나 위저우저우와 그 낯선 남학생이 함께 강단 위에서 활짝 웃는 얼굴로 실험을 하기 시작했을 때, 저우선란은 갑작스러운 현기증을 느꼈다.

죽은 사람이 다시 돌아온 것과 다름없었다.

그녀는 전보다 더욱 빛났고, 더욱 대담하고 자연스러웠으며, 더욱 자신감이 넘쳤고, 더욱 쾌활해졌다.

머릿속이 하얘진 그는 그저 듣고만, 듣고만 있을 뿐이었다.

심지어 그들의 실험이 누군가의 질문으로 궁지에 몰렸을

때도, 그는 어릴 때처럼 큰 소리로 그녀를 비웃는 것조차 잊어버렸다.

왜냐하면 다음 순간, 린양이 예전에 고적대의 초록색 물결 앞에서처럼 태연하게 일어나 그녀를 위해 모든 위기를 해결해줬기 때문이었다. 그들은 손발이 척척 맞는 게 흠잡을 데 없이 완벽했다.

그는 여전히 무대 아래에 앉아 있었다. 엉덩이 밑의 관중석이 이미 그와 한 몸이 되어버린 것처럼, 그는 다시는 일어날 수 없었다.

저우선란 엄마는 신문에 실린 시 전체 고입시험 10등 명단에 있는 위저우저우를 보고 노발대발했다. 저우선란은 한마디도 하지 못하고 그저 식탁 앞에서 말없이 국물을 마시던 아빠가 아주 조심스럽게 곁눈질로 신문 지면을 흘끔거리는 걸 봤다.

그 여름은 정말이지 혼란스러웠다.

위저우저우의 뛰어난 성적 때문에 그가 고통스러워하고 있을 때, 느닷없이 그녀의 엄마와 계부가 교통사고로 함께 죽었다는 소식이 들려왔다. 저우선란 엄마는 "죽은 사람을 존중해야 하니 나도 인과응보라는 말은 하지 않겠어"라는 말로 기쁨을 감췄고, 결국 저우선란 아빠는 그 말을 듣고는 식탁을 엎으며 귀가 먹먹해질 정도의 큰 소리로 "당신 자신과 아들을 위해 덕 좀 쌓지 그래!"라는 말을 남기곤 문을 박차고 나가버렸다.

저우선란은 작은 방의 침대 위에 웅크렸다. 엄마가 아빠를 쫓아가며 울면서 외치는 소리가 들렸다. "당신 언제 나랑 아들한테 관심을 가져본 적이나 있어? 재수 없게 자비로운 척은 그만둬!" 그는 이불로 머리를 감싸고 피곤한 듯 눈을 감았다.

그는 이제껏 걱정할 필요가 전혀 없었다.

시험을 망쳤다? 괜찮았다. 그는 그래도 전화고에 들어갈 수 있었다.

위저우저우와 선선 그녀들이 십분 노력해야만 들어갈 수 있는 입학 자격이 그에겐 아무 문제가 되지 않았다.

돌고 돌아서 그 눈이 초롱초롱한 어린 마녀가 다시금 그의 세계에 모습을 드러냈다. 탕비실, 중간 체조, 국기게양식, 점심시간의 식당, 우수 작문 전시회, 학년 게시판……. 그는 어디서든 항상 그녀를 볼 수 있었고, 그녀는 혼자이거나 린양과 함께였다.

그는 여전히 자제력을 잃고 그녀에 관한 조그마한 뜬소문과 실마리를 쫓았다.

그러나 괜찮았다. 그는 그녀가 이미 마력을 잃어버렸음을 알았다.

어렸을 때 그는 그녀와 그녀 엄마를 사악한 뱀 요괴와 가가멜이라고 여기며, 요괴를 물리치고 마력을 없애면 그의 집은 다시금 웃음꽃을 되찾을 수 있을 거라고 생각했다.

그러나 차츰 자라면서 그는 결국 힘들게 인정할 수밖에 없었다. 그 온갖 잡귀들은 그저 엄마가 직접 배치한 내면의 악마라는 사실을.

그랬다. 아빠를 유혹했던 그 천한 여자는 결국 사라졌다.

하지만 그는 사실 그녀가 한 번도 나타난 적 없었음을 알고 있었다.

저우선란은 복잡하게 얽힌 회상 속에서 빠져나왔다. 눈 깜빡할 사이에 여러 해가 지나, 그는 대학원 입학시험을 준비하고 있었다.

"너…… 넌 뭐 사러 왔어?" 그는 정말이지 인사치레에 서툴렀다. 아버지의 기품이나 말투며 태도를 조금도 익히지 못했다.

"그냥 집에서 새해 보내려고 왔는데, 가만히 있기 심심해서 나와서 돌아다니는 중이야." 위저우저우가 옅게 웃으며 기지개를 켜더니 서가 옆 창턱에 앉았다. "넌 뭘 사러 왔는데?"

"그냥 둘러보는 거야." 말을 마치고 고개를 숙여 품에 안은 대학원 문제집을 바라보니 살짝 민망해졌다.

"응……, 잘 지내? 졸업 후에 뭐 할 거야?"

그는 거짓말을 하려다가 돌연 입을 다물고 어색하게 품에 안은 책을 가리켰다.

위저우저우가 이해한다는 듯 웃었다. 눈썹이 부드럽게 휘는 게 여전히 어렸을 때처럼 예쁜 모습이었다.

"집이 정말 너무 추워서 견딜 수가 없어. 너…… 너희 아빠와 엄마는 건강 어떠셔? 잘 계셔?" 그녀는 머리를 갸우뚱하며 너무도 자연스럽게 말했다.

저우선란은 잠시 넋을 잃었다.

창밖은 북방의 스산한 거리로, 온통 썰렁해서 매서운 바람 소리만 들려왔다.

그들은 놀랍게도 이렇게 아무 일도 없다는 듯 자연스레 날씨를 이야기했고, 미지근하게 서로 근황을 물었다.

저우선란은 자조하듯 웃었다. "두 분…… 다 잘 계셔."

엄마는 다시 집에서 난리를 치기 시작했다.

왜냐하면 아빠가 밖에 딴 여자를 두고 있다고 의심했기 때문이었다.

그녀는 자신의 열정을 두 남자에게 바쳤다. 한 명은 집에 오지 않았고, 한 명은 쓸모가 없었다.

대학 입학시험 하루 전 여름밤, 저우선란은 홀로 자기 집 단지의 긴 벤치에 앉아 멍을 때렸다. 처음으로 담배를 피웠다. 그건 아빠의 책상 서랍에서 훔친 중화中華 담배였고, 슈퍼에서 1위안 주고 산 플라스틱 라이터는 여러 번 누르고 나서야 불이 붙었다.

그는 그저 우두커니 앉아 있을 뿐, 머릿속은 텅 비어 있었다. 검정 렉서스가 소리 없이 그의 곁으로 미끄러져 다가오더니 차창이 내려가고 아빠가 머리를 내밀어 그에게 말했다. "밖에 모기 많으니까 타라."

그는 황급히 담배꽁초를 던지고 뭐라고 변명하려 했지만, 아빠의 얼굴은 그림자 속으로 사라졌다. 그는 입술을 달싹이다가 결국 입을 다물고 차 문을 열었다.

저우선란은 심지어 마지막으로 아버지와 단둘이 있던 게 언제인지도 기억나지 않았다. 자신은 마치 엄마처럼 아빠에게 한꺼번에 처리된 것만 같았다. 아빠는 늘 엄마에게 말했으니까. "맘대로 해. 멀쩡한 애를 당신이 다 망쳐놨어!"

"오호라, 그 사생아가 그렇게 보고 싶으면 데려오라지!"

그 사생아가 보고 싶으면 데려오라지.

저우선란은 어린 시절 엄마의 이 모진 말의 그림자 밑에서 살았다. 그는 진짜와 가짜를 구분할 수 없었고, 언젠가는 그 눈이 초롱초롱하고 그보다 우수하며 그보다 예쁜 어린 마녀가 대문으로 들어와 조용히 아빠를 데리고 갈 것만 같았다.

그는 지친 그림자처럼 살았다. 유일하게 날카로운 이를 드러낼 때는 늘 그녀의 아픈 곳을 물고 늘어졌다.

적극적인 방어.

그는 자신에겐 잘못이 없다고 믿었다. 적어도 예전엔 그렇게 믿었다.

그 여자아이가 졸업식에서 미소를 지으며 뒷짐을 지고 그에게 마법을 부리듯 가만히 말할 때까진 말이다. "난 어릴 때부터 지금까지 너한테서 아빠를 빼앗을 생각은 전혀 없었어."

그녀가 말했다. "저우선란, 알고 보니 넌 줄곧 내 그림자 속에서 살았구나."

저우선란이 앉은 조수석에는 음료 한 줄이 놓여 있었다. 그는 그걸 들고 자리에 앉아 불빛 아래에서 그것들을 살펴봤다.

"시러 요구르트."

자신의 묻는 듯한 눈빛을 보고 아빠는 그저 웃기만 했다. "좋아하는 거면 마셔. 나도 그게 맛있는지 어떤지는 모르겠구나. 혹시 모르지, 너도 이렇게 컸으니까."

저우선란은 말없이 싸구려 비닐 포장을 가볍게 어루만졌다.

"란란, 아빠가 너랑 네 엄마한테 정말 미안하다. 나랑 네 엄마 사이의 일은 너희 같은 애들은 몰라. 난 줄곧 일로 바빠서 너와 제대로 얘기를 나눌 시간도 없었지. 이제껏 네 엄마가 널 데리고 다녔고. 네 엄마…… 엄마도 너한테 각별히 마음을 썼지만, 너도 문제가 있다는 건 인정해야 해. 하지만 다행히 아빠는 네가 원래는 착하다는 걸 알아. 다른 철없는 부잣집 애들한테 있는 문제는 하나도 없으니까."

저우선란은 쓸쓸하게 웃었다. 그랬다. 여느 관료 집안 자제들의 방탕한 습관이 그에겐 전혀 없었다.

만약 있었다면 그의 삶도 이렇게까지 어둡지 않았으려나?

"하지만 많은 것들은 일단 만들어지고 나면 고치기가 어렵지. 다 내 잘못이다. 내가 너한테 충분히 관심을 기울이지 못했어."

저우선란은 재빨리 고개를 돌려 아빠를 바라봤다.

윤곽이 또렷한 외모와 깊이 있고 강인한 기품, 조금도 저우선란의 아빠 같지 않았다.

오히려 그녀와 닮아 있었다.

결국 그녀와 더 닮아 있었다.

"대입시험 볼 때 너무 긴장하지 말고 평소 하던 대로 하면 돼. 아빠가 너한테 기대하지 않는 게 아니라, 네가 다시는 다른 사람과 비교하지 않길 바라서야."

다른 사람.

저우선란은 주먹을 꽉 쥐었다. 눈에 눈물이 핑 돌았다.

아빠, 아빠 마음속에 다른 사람은 대체 누구예요?

"란란, 아빠는 줄곧 네가 좋은 아이라는 걸 알고 있었어. 그거면 충분해."

그는 결국 참지 못하고 대성통곡했다.

"저우선란?"

다시금 회상에서 깨어난 그는 겸연쩍게 웃었다.

"우리 아빠랑 엄마는…… 모두 잘 지내셔. 다 잘 계셔."

이 짧은 만남은 이제 마침표를 찍어도 될 것 같았다. 창턱에서 뛰어 내려온 위저우저우는 한창 원만한 고별의 말을 찾는 듯했다.

그는 기회를 놓치지 않고 줄곧 머릿속을 떠돌던 질문을 했다.

"아까 말한 히말라야 원숭이 말야. 그게 뭐야?"

위저우저우는 멈칫하더니 곧장 웃기 시작했다.

"나도 이유는 모르겠는데 방금 머릿속에서 번쩍하고 떠오르더라. 어떤 책 제목을 보다가 갑자기 생각났어. 너랑은 아무 상관없어."

"아니, 그래도 나한테 얘기해줘."

위저우저우는 정신을 가다듬고 그를 바라보며 고개를 끄덕였다.

"아주 단순한 스토리야. 해변의 한 작은 마을에 돌을 금으로 만들 수 있는 신선이 왔어. 마을 사람들은 그를 열렬히 환대했지. 신선이 그들에게 비법을 알려주길 바라서였어."

"신선은 배부르게 먹고 마신 후 아주 통 크게 마을 사람들에게 돌을 금으로 만드는 방법을 알려줬어. 그렇지만 마지막에 아주 진지하게 한마디를 덧붙인 거야. '반드시 명심하시오. 절대로 잊어서는 안 되오. 돌을 금으로 만드는 주문을 외울 때, 절대로 히말라야 원숭이를 생각하면 안 된다오.'"

"마을 사람들은 모두 이상하다고 생각했지. '왜 히말라야 원숭이를 생각한다는 거지? 우리랑 무슨 상관이 있다고?' 그래서 그들은 아주 즐거이 신선을 배웅하고는 곧장 돌을 금으로 바꾸는 주문을 시도했어."

"그런데 웃긴 건, 생각하지 않으려고 할수록 주문을 욀 때마다 자꾸 히말라야 원숭이가 생각나는 거야. 머릿속에서 쫓아내려고 해도 계속 떠오르는 거지. 그래서 결국 어느 누구도 돌을 금으로 바꾸지 못했어. 그들은 예전처럼 가난하게 살 수밖에 없었지."

"돌을 금으로 바꾸는 주문은 대대로 전해졌지만, 웃기게도 모두가 후세 사람들에게 당부하는 걸 잊지 않았어. 절대로 히말라야 원숭이를 생각하면 안 된다고 말야. 그래서 지금까지도 마을 사람 중에 돌을 금으로 바꾼 사람은 아무도 없었어……."

그녀는 이야기를 마치고 어깨를 으쓱했다. "이게 다야. 나도 왜 갑자기 생각난 건지 모르겠네. 그냥 짧은 이야기인데……. 저우선란, 저우선란, 너 왜 그래?"

위저우저우는 눈앞의 다 큰 남학생이 예고도 없이 고개를 돌리더니 눈시울을 붉힌 채 성큼성큼 서점의 인파 속으로 잠겨 들어가는 걸 아연실색해서 바라봤다.

위저우저우는 영원히 알지 못할 것이다. 그녀 자신이 저우선란의 마음속 그 히말라야 원숭이라는 걸.

20여 년을 살고 나서야 저우선란은 그가 시작된 그 순간부터 자신의 삶을 금으로 바꾸는 건 불가능했다는 걸 깨달았다. 사람들은 그에게 이 세상에 히말라야 원숭이가 한 마리 있는데, 그 원숭이가 그의 행복을 빼앗아 갈 거라고, 그는 막을 수 없다고 말했다. 하지만 넌 그 원숭이를 무서워해선 안 돼. 그럼 체통이 뭐가 돼. 네 삶은 빛처럼 찬란해. 네가 경멸하는 태도로 그 히말라야 원숭이를 잊기만 하면, 그녀를 잊기만 하면 되는 거야.

그들은 그에게 위저우저우를 끼워 넣으며 모든 싸움과 불행을 위저우저우라 불렀다. 그런 다음 그들은 그에게 위저우저우를 잊어야 한다고, 그녀가 존재하지 않는 것처럼 생각하라고 말했다.

그 활발하고 밝고 예쁜 원숭이는 그의 세계에서 근사하게 빛나며 결코 떠나는 법 없이, 산꼭대기 눈 더미에 어지러운 발자국을 남겨놓았다.

예전엔 몰랐다. 그가 바로 그 눈 더미였다는 걸.

행인들은 잇달아 의아하다는 눈빛으로 얼굴이 눈물로 엉망이 되어 빠르게 지나가는 다 큰 남자를 바라봤다.

"상관없어." 그는 목멘 소리로 자신에게 말했다.

그는 결국엔 그녀를 잊을 것이다.

언젠가는.

선선 번외.
뛰는 놈 위에 나는 놈 있다

선선은 조수석에 앉아 머리를 비스듬히 기울였다. 차창 밖에서는 한 무리의 남녀가 둥그렇게 모여서 시끌시끌 떠들고 있었다. 술에 얼큰하게 취해서 흥이 올랐는지, 옛날의 부반장이 모두에게 차에 타라고 소리쳐도 아무도 듣는 사람이 없었다.

"있잖아, 너." 운전석에 앉은 남자는 목소리가 나지막했고, 차 안에는 옅게 술기운이 감돌고 있었다. 선선은 문득 예전에 책을 보면서 줄곧 이해할 수 없었던 단어—알딸딸하다—가 생각났다.

"뭔데?" 그녀는 그를 보지도 않고 바람막이 유리만 주시했다. 마치 예전에 칠판을 뚫어져라 쳐다보던 것처럼.

"내가 묻고 싶은 게 있는데." 그가 갑자기 그녀의 어깨에 손을 올리더니, 그녀의 턱을 잡고 그에게로 돌려 얼굴에 뜨거운 숨을 뿜었다.

선선은 깜짝 놀라 눈을 휘둥그렇게 떴다. 20여 년을 살아오면서 이제껏 그녀를 이렇게 대한 사람은 없었다.

"있잖아, 너 지금, 조금도 후회하지 않아? 진짜 아주 조금이라도 말야."

그들은 다 이렇게 물었다. 모두가.

"선선, 너 후회한 적 없어? 진짜?"

"선선, 넌 내가 아는 사람 중에 가장 노력했잖아."

"선선, 넌 한 번도 밖에 나가서 논 적 없지?"

"선선, 넌 꿈에서도 공부하지?"

"선선……."

선선은 그들이 무슨 말을 하고 싶은 건지 잘 알았다. "선선, 천재는 99프로의 땀과 1프로의 영감으로 만들어지는 거래. 그런데 넌 이렇게까지 노력했는데, 어째서 운명은 엉뚱하게도 널 평범한 사람으로 만들어버린 걸까?"

"선선, 넌 고입시험 망쳐서 홧김에 일반고에 갔다가 고3 때 필사적으로 공부해서 결국엔 이 지역 대학에 들어갔잖아. 선선, 원망스럽지 않아? 이렇게 될 걸 진작 알았더라면 애초에 청춘을 실컷 즐겼을 텐데. 선선, 후회스럽지 않아?"

선선, 후회하지 않아?

"난 후회한 적 없어." 그녀가 조용히 대답했다. 그 말에는 어떤 삐딱함도 담겨 있지 않았고 침착하고 평온했다.

눈앞의 남자에게서는 중학교 때의 히죽거리고 꾀죄죄했던 모습을 더는 찾아볼 수 없었다. 그는 단정한 옷차림에 자신의 BMW X5를 끌고 동창회에 나왔다. 선선은 모두의 몸에서 시간의 기적을 발견했다. 다만 그녀 자신만이 세월 속에 정지해 있는 것 같았다.

그녀는 대학원 입시를 준비 중이었기에 성립도서관에서 자습하다 동창회에 왔고, 그래서 여학생 중에서 유일하게 백팩을 메고 온 사람이었다. 여전히 화장기 없는 얼굴에 10여 년간 변함없이 낮게 묶은 말총머리, 남색 스키 잠바에 무테안경, 하얀 털모자, 수척하고 무표정한 얼굴.

식당의 가장 큰 룸에 중학교 동창 40명이 모였다. 그들 각자는 사회 온갖 분야의 각 계층에 흩어져 일하고 있었다. 왁자지껄하게 3시간 정도 술을 마시는 동안, 그녀는 구석에 앉아 그늘 속에 숨어 있었다.

그녀 자신도 왜 동창회에 온 건지 알지 못했다. 졸업 후부터 지금까지 그녀는 한 번도 동창회에 등장한 적 없었다.

어쩌면 그 매몰찬 고모가 한 말 때문인지도 모른다. "계속 공부하다간 바보 돼. 어차피 공부해도 결과가 없잖아. 쓸모 있는 친구들이나 많이 만나. 나중에 인맥이 가장 중요하니까. 넌 평생 학교에서 늙어 죽을 때까지 공부할 거니?" 반박할 힘조차 없었다. 자신은 이미 너무나 평범해져서 저항할 의욕도 자질도 없었다.

비록 마음속으로는 졌다는 걸 한 번도 인정하지 않았지만.

그러나 듣기 싫은 말이라도 일리가 있다는 걸 모르진 않았다. 그녀는 확실히 바깥세상을 봐야 했고, 부모님은 늙었다. 운명을 바꿀 수 있는 길은 차츰 좁아져 내일도 보이지 않았다. 어쩌면 그녀는 정말로 멈춰 서서 다른 사람을 봐야 하는 건지도 모른다.

"너 내가 누군지 기억해?"

선선의 "후회한 적 없어"라는 담담한 대답을 듣고, 남학생은 손을 핸들 위에 올려놓고 담뱃갑을 꺼냈다가, 잠시 생각한 후 다시 주머니에 집어넣었다.

"내가 뭘 묻는 건지 너도 알지? 너 감히 후회하지 않는다고 말할 수 있어?"

이번에 동창회에 온 사람 중 네 명은 자기 차를 몰고 왔다. 그래서 식사를 마치고 여자들은 차를 타고, 남자들은 택시를 타고 다 함께 시내에서 가장 큰 KTV에 가서 노래를 부르기로 했다. 식당에서 먼저 나온 선선은 입구에서 찬바람을 맞으며 서 있었고, 뒤에서 떠들썩하게 호형호제하며 뭉그적거리는 동창들은 다들 술 때문에 얼굴이 붉게 달아올라 있었다. 오직 그녀만 홀로 외로이 회전문 옆에 서 있었다.

마치 이 북방 작은 도시에 뜨겁지 않은 한 줌의 눈처럼.

"선선!" 그녀는 고개를 들었다. 차를 몰고 온 한 남자가 차 문을 열고 그녀를 부르고 있었다. 그녀는 깜짝 놀랐고 약간 쑥스럽기도 했지만, 결국엔 다가갔다.

원래는 뒷자리에 앉으려고 했는데 그가 한사코 조수석에 밀어 넣었다. 그도 운전석에 앉아 문을 닫고, 네온사인 밑에서 즐겁게 웃고 떠드는 소리를 밖으로 차단했다.

히터가 꽤 세게 틀어져 있어서 그녀는 진심으로 말했다. "고마워."

남자는 아주 낯설게 보였지만 그녀에겐 약간의 인상이 남아 있었다. 기억 속 그는 싸움을 아주 좋아하던 남학생이었다. 어쨌거나 맨 뒷줄에 앉은 남학생들은 다들 비슷하게 생겼고, 행동이나 성격 모두 찍어낸 듯 똑같았다.

그리고 그는 굉장히 느닷없이 질문을 던졌다. "선선, 너 후회해?"

선선은 하는 수 없이 어색하게 웃었다. "나 너 기억나."

예전이라면 이런 기세등등한 질문에 그녀는 냉랭한 얼굴로 대꾸조차 안 했을 것이다.

"그래?" 남자의 말투는 약간 건들거렸다. "그럼 말해봐. 내가 누군데?"

선선은 말문이 막혔다.

남자는 예상했는지 크게 웃으며 핸들을 세게 내리치더니, 자신의 코를 가리키며 큰 소리로 말했다.

"다시 한번 말해줄게. 예충. '나뭇잎 하나가 눈을 가린다'*고 할 때의 '예葉, 엽'에, '뛰는 놈 위에 나는 놈 있다'**는 충從, 종."

두 이상한 사자성어가 누가 봐도 그다지 교양 없어 보이는 남자 입에서 튀어나왔다. 너무 아는 척하는 것 아닌가 싶을 정도로.

선선은 웃음이 나왔지만, 아무리 안 어울린다 해도 예전만큼은 아니었다.

그 시절 그는 그녀 앞에서 자신을 소개하면서 '나뭇잎 하나가 눈을 가린다'라는 구절도 완전하게 말하지 못했다.

그 시절. 기억하고 있는 그 시절.

선선은 한때 자신에겐 해마다 다를 바 없다고 자조했었다. 공부, 시험, 수면. 하루하루가 똑같았고 해마다 똑같았다. 기억할 만한 것이 없어서 뭘 잊었는지도 몰랐다.

하지만 바로 그 순간, 단편적인 추억들이 그녀를 덮쳐왔다. 마치 나뭇잎 하나가 그녀의 온 시선을 덮은 것만 같았다.

선선에게 '어린 시절'이라는 말에 대한 인상을 묻는다면 아마도 인적 드문 광경일 것이다.

그녀는 아빠가 모는 자전거 뒷자리에 앉아 있었다. 흐리고 무더운 날이었다.

아빠의 자전거는 매우 빠르게 달렸다. 제비가 낮게 날아

---

* 一葉障目, 일엽장목.

** 人外有人, 인외유인. 글자대로 풀이하면 '사람 밖에 사람 있다'는 뜻으로, '사람 인(人)' 자를 두 개 더하면 간체자로 '충从(從, 종)'이 된다.

곧 비가 내릴 것 같은데 그들에게는 우산이 없었기 때문이었다. 살짝 졸음이 온 선선은 온몸을 아빠의 등 뒤에 기댔고, 눈꺼풀은 점점 무거워졌다.

"선선? 자면 안 돼."

그녀는 조용히 "응" 하고 대답했지만 몇 초가 지나자 눈꺼풀이 다시금 감기려 했다.

"선선? 자면 안 돼."

아빠는 30초마다 한 번씩 말을 걸었고, 대답 소리는 점점 작아졌다. 그녀도 알았다. 아빠는 그녀가 저번처럼 잠들어서 다리가 뒷바퀴에 끼는 바람에 살이 찢기고 터질까 봐 걱정해서 그런다는 걸.

"선선, 잠들면 안 돼. 여기가 어딘지 봤니? 베이장공원이야. 다음 어린이날에 엄마, 아빠랑 베이장공원 와서 놀자, 어떠냐?"

그녀는 가까스로 눈을 떠서 길 왼편에 그들이 막 지나친 커다란 문을 봤다. 확실히 베이장공원이었다. 하늘색으로 조각된 아치문의 좌우에는 사람 키만 한 커다란 강아지 캐릭터 바람인형이 서서 그녀를 향해 혀를 내밀고 웃고 있었다.

"좋아요!" 그녀가 웃었고, 잠도 순식간에 달아났다.

그러나 엄마와 아빠는 그녀와 베이장공원에 놀러 갈 시간을 빼지 못했다. 그녀가 처음 베이장공원의 정문을 들어선 건 3학년 때 학교에서 단체로 갔던 봄 소풍 때였다. 어렸을 때는 엄마, 아빠와 함께 공원 정문 앞의 커다란 강아지 바람

인형과 사진 찍는 걸 상상했는데, 진짜로 정문 앞에 섰을 때는 바람인형은 이미 사라지고 줄지어 피어 있는 호접란으로 바뀌어 있었다.

선선과 다른 학생들은 함께 베이장공원 정문 앞에서 집합했다. 오랜만에 보는 공원 정문을 바라보며 그녀는 갑자기 좀 억울한 기분이 들었다. 그 이뤄지지 않은 약속을 떠올리니 얼굴에도 약간은 제멋대로인 불퉁한 표정이 드러나 열 살짜리 꼬마답게 보였다.

하지만 그녀는 일찌감치 철이 들어서 그 일로 엄마, 아빠 앞에서 소란을 피운 적도 없었다.

크고 나서야 과거를 돌이켜 보며 자신을 소중히 여길 줄 알게 된 선선은 자신이 너무 일찍 철이 든 게 아닌가 하고 유감스러움을 금치 못했다.

그러나 단순함에서 복잡함으로 가는 과정은 불가역적이었고, 그녀에겐 선택권이 없었다.

선선은 고등학교 입학시험이 멀지 않았던 그해 여름, 시에서 가장 큰 책 시장에서 위저우저우를 만났다. 당시 그들은 똑같이 남들에게는 인기 없는 역대 고입시험 기출 모음집을 찾고 있었다.

그 해적판과 작은 가게들이 운집한 시장통에서는 종종 좋은 책을 건질 수 있었고 가격도 합리적이었다. 그 시절 선선에게 여가 활동이라고 할 만한 건 버스를 한 시간 정도 타고

도시 반대편에 있는 책 시장에 가서 오후 내내 하릴없이 구경하는 거였다. 그녀는 어지러운 책의 바다에 빠진 채 자신이 직접 설정해놓은 끊임없는 목표와 끝이 없는 미래를 잠시 잊을 수 있었다.

그녀는 위저우저우보다 한 걸음 늦게 도착했다. 가게 주인은 구석에서 다른 책들에 눌려 잔뜩 구겨진 기출 모음집을 찾아 꺼낸 후, 두 고만고만한 여자아이들의 형형한 눈빛 앞에서 가격을 말하고는 누가 살 건지 상의하도록 물러났다.

선선은 침묵했다. 그녀는 침묵으로 문제를 해결하는 걸 좋아했다. 책략이 아니라, 단지 다른 방법을 쓸 줄 모르기 때문이었다.

위저우저우는 소문대로 처세에 뛰어난 면모를 드러냈다. 그녀는 문제집을 넘겨 보더니 선선 앞으로 밀며 빙그레 웃었다. "내가 사면 어차피 낭비야. 그저 마음 편해지려고 사는 거니까. 너한테 줄게. 네가 보기에 괜찮으면 나중에 복사할 수 있게 빌려줘."

선선이 고개를 끄덕이며 지갑을 꺼내다가 잠시 멈칫했다. "너 정말 이거 필요 없어?"

위저우저우가 정중하게 말했다. "필요 없어……, 너무 더러워. 게다가 구겨졌고."

이게 바로 진심이겠지? 선선은 웃고 싶었지만, 자신의 표정은 여전히 아주 냉담할 것 같았다.

때론 통역이 있으면 좋겠다고 생각했다. 이 세계와 소통

하는 법은 정말이지 알 수가 없어서였다. 비록 그녀가 자신에 대한 세상의 오해를 신경 쓰지 않는데도 말이다.

위저우저우는 우수하고 쾌활하고 충분한 자질과 능력이 있었다. 그래서 게으름을 부릴 수 있고, 상식적이지 않은 행동을 할 수 있으며, 중요한 문제집이 너무 더럽다고 싫어할 수도 있었다.

선선은 그럴 수 없었다. 마음먹은 물건은 아무리 더럽고 보기 흉하고 괴롭고 어렵다고 해도 반드시 얻어야 했다. 그녀는 겉껍질 따위 신경 쓰지 않았고 오직 용도에만 관심을 가졌다.

나중에 고입시험을 망친 선선은 텅 빈 창턱에 앉아 차갑게 웃으며 위저우저우가 자신 앞에서 승리한 자의 기쁨을 조심스럽게 삼가는 것과 자신의 자존심을 상하게 할 수 있는 동정심을 감히 내보이지 못하고 어찌할 바 모르는 걸 지켜봤다.

그들은 모두 선선을 잘못 봤다. 그들은 그녀가 질투하는 걸 내켜하지 않을 거라고 여겼다.

아무도 그녀를 이해하지 못했다.

사실 선선은 전교 1등을 신경 써본 적 없었다. 만약 목표를 이뤄 전화고에 합격한다면 학년 내내 10등이라 해도 상관없었다. 줄곧 고립된 채 1등이라는 위치를 차지하려고 필사적으로 노력한 건 단지 이런 목표를 이룰 가능성을 보다 높이기 위해서였다.

그뿐이었다.

하지만 지금, 이런 것들은 다 중요하지 않았다.

그녀는 위저우저우에게 물었다. "넌 너 자신의 가장 큰 장점과 단점이 뭔지 알아?"

선선이 이제껏 먼저 나서서 말을 걸어본 적이 없어서인지, 위저우저우는 신중하게 한참 생각하다가 고개를 저었다.

선선은 웃으며 말했다. "난 나에 대해 알아. 내 가장 큰 장점과 단점은 같아."

그러나 위저우저우는 물어보지 않았다. 어째서 호기심을 억눌렀는지는 모르겠지만, 그녀는 미소를 지으며 대꾸했다. "넌 안다니 참 좋겠다. 넌 우리보다…… 우리보다 더……."

위저우저우는 한참을 생각하고도 핵심 단어를 말하지 않았지만, 선선은 이해했다.

태어난 그 순간부터 선선이 짊어져야 할 모든 건 이미 결정되어 있었다. 천성적으로 이래서 감당하기로 선택한 걸까, 아니면 반드시 감당해야 했기 때문에 이런 모습으로 변해버린 걸까. 이 문제는 마치 닭이 먼저냐 달걀이 먼저냐 하는 것처럼 끝없이 순환했다.

만약 그날 위저우저우가 정말로 물어봤다면 그녀는 이렇게 대답했을 것이다. 뭔가를 하고자 하는 '의도심'.

선선은 이 단어를 자신이 발명한 것인지는 알지 못했다. 그건 목적도, 포부도, 이상도 아니었다.

그저 의도일 뿐이었다. 그녀의 가장 큰 장점과 가장 심각한 단점은 모두 의도심에서 비롯되었다.

위저우저우는 자신이 "난 기필코 전화고에 합격해야 해"라는 말을 듣고 얼굴에 의아함을 감추지 못했다는 걸 기억할까?

하지만 그 행복한 여자아이는 영원히 이해하지 못할 것이다. 선선의 삶은 처음부터 너무나 많은 '기필코'로 가득했다.

선선 아빠는 장애인이었다. 어릴 때 고열로 오른쪽 귀의 청력을 잃었고, 젊었을 때는 공장에서 일하다가 기계 고장으로 오른쪽 손가락 세 개가 뭉개졌다. 그와 선선 엄마는 같은 공장 동료로 일하다가 소개를 받아서 결혼했고, 1년 후 선선이 태어났다.

그러나 사실 상황은 그렇게 단순하지 않았다. 아빠가 여덟 살 때, 선선의 할머니는 한 간부 집안으로 개가했다. 지금이라면 아주 평범한 이런 일은 수십 년 전엔 어느 정도 파란을 일으키기에 충분했다. 윗세대 사람들의 쓰라린 우여곡절을 선선은 알 수 없었지만, 남들이 설을 쇠며 할아버지, 할머니, 그리고 여러 친척이 한자리에 모여 화기애애하게 보내는 걸 선선은 한 번도 느껴본 적이 없었다.

'할아버지'는 선선의 할머니와 결혼하기 전에 아들 하나와 딸 하나를 뒀고, 그들은 커서 모두 성 위원회에서 근무했다. 공무원 직무는 마치 가족의 관례인 듯 대대로 물려졌으나, 오직 그녀의 아빠만이 장애인을 특별히 지원하는 작은 공장의 노동자였다.

선선의 그 어느 것에도 의지하지 않고 뒷거래를 하지 않고 지지 않는 태도는 아마 아빠에게서 비롯되었을 것이다. 남에게 얹혀살려면 자기 분수를 잘 알아야 하고 선을 분명히 지켜야 한다. 선선 아빠는 오른쪽 청력을 잃어 많은 말을 정확하게 들을 수 없었지만, 옛 이웃들이 뭐라고 떠드는지는 생각만 해봐도 알 수 있었다.

더군다나 그의 눈이 이렇게나 밝은데 이복형제자매가 눈치 주는 걸 어찌 모를 수 있겠는가.

아빠는 자주 그녀에게 말했다. 네 할머니가 젊었을 때 한 선택을 내가 뭐라고 할 방법은 없다만, 남들에게 이건 보여주고 싶구나. 난 그 사람들 것을 아무것도 욕심내지 않았다고.

선선은 다시금 창밖으로 시선을 돌렸다. 어깨동무하고 명함을 교환하는 중학교 동창들은 자신이 창문에 뿜은 입김 때문에 흐릿해져서 진짜 같이 보이지 않았다. 서로 이용하는 것이야말로 옳은 길이었고, 자신과 아빠처럼 외롭고 용감하게 홀로 길을 나선다면 결국 머리가 깨져 피가 흐르는 결말을 맞이할 것이다.

"이 차 있잖아, 네 거야?"

예충은 그 말에 제대로 놀라 잠시 생각하다 대답했다. "아버지한테 돈 조금 빌리고 나머지는 대출로 샀지."

선선은 고개를 끄덕이고 말이 없었다.

"왜, 너 역시 후회하는구나." 예충이 웃더니 결국 못 참겠는지 운전석 쪽 창문을 열고 고개를 숙여 담배에 불을 붙였다.

선선이 어리둥절한 표정으로 그를 쳐다보자, 예충은 살짝 민망했다.

"너 진짜 내가 뭘 말하는지 모르는구나⋯⋯."

선선은 궁금하다는 듯 캐묻기는커녕, 매우 진지하게 방금 던진 질문에 대해 해명했다. "난 그냥 네가 이렇게 젊은 나이에 어떻게 이런 좋은 차를 모는 건지 궁금해서. 좀 이해가 되지 않았거든."

예충은 어이없다는 듯 실소했다.

과연 여전히 중학교 때 그 선선이었다.

선선은 오랫동안 학교에 머물러 있었고, 전공도 전기화학인 데다 늘 교재와 시험지에만 파묻혀 지내느라 확실히 바깥 세상에 대해 잘 알지 못했다. 돈을 어떻게 버는지, 계약은 어떻게 체결하는지, 평당 몇만 위안짜리 집에는 어떤 사람들이 사는지, 월급 3천 위안으로는 몇 년이나 모아야 하는지.

그녀는 원래부터 빙빙 에두르는 상투적인 말을 잘하지 못했고, 방금 그 질문은 더더욱 추켜세우거나 부러워하는 게 아니었다.

이건 선선에겐 그저 아무리 생각해도 이해가 가지 않는 문제였을 뿐이다.

네 돈은, 어디서 난 거야?

하지만 아버지에게 빌린 돈이라는 말을 듣고 선선은 눈앞이 탁 트이는 느낌이었다. 그저 자본주의의 원시적인 축적에 불과했던 거였다.

그건 혈연관계도 없는 고모가 성적이 엉망진창인 아들을 돈을 써서 전화고에 입학시키고, 다시 성에서 가장 좋은 대학의 가장 좋은 전공에 들여보낸 것과 비슷했다. 선선이 속으로 그런 걸 조금도 문제 삼지 않는다고 말하면 아무도 믿지 않을 것이다.

슬프게도, 어릴 때부터 1등을 다투던 선선이 정말로 그걸 한 번도 문제 삼지 않았다는 걸 사람들은 아무도 믿지 않았다.

남이 가진 걸 부러워하지 말고, 자신이 없는 걸 비웃지 마라, 능력 있으면 자신이 직접 쟁취하라.

예충은 담배 연기를 길게 내뿜었다. 마치 선선이 무슨 생각을 하는지 예상한 듯했다.

"너 쟤네랑 같이 가서 노래하고 싶어?" 그가 전혀 상관없는 질문을 던졌다.

선선이 고개를 저었다. "아니."

"그럼 왜 아직도 안 간 건데?"

그녀는 말문이 막혔다. 삐딱한 말투였지만 묻고자 하는 건 매우 실제적이었다.

그래, 왜 아직도 안 간 걸까? 왜냐하면 마지못해 고모의 제안대로 나와서 옛 동창들을 만나고, 허영심을 내려놓고 사회를 보고 배우며, 자신이 얼마나 가치가 있는지 알아봐야 했기 때문에…….그녀는 진짜로 끝까지 식견을 넓혀볼 생각이었다.

이런 일에서조차 그녀는 자못 진지하게 시작하면 끝장을 봤다. 선선은 자신에게 탄복해야 할지, 아니면 슬퍼해야 할지 판단이 서지 않았다.

그녀는 쓸쓸하게 웃으며 차문 손잡이에 손을 올렸다. "네 말이 맞아. 난 가고 싶지 않거든. 지금 바로 가려고."

그런데 뜻밖에도 상대방은 "안전벨트 매"라고 살벌하게 한마디 던지더니 별안간 가속 페달을 밟았다. 선선은 속도에 밀려 등받이에 세게 부딪혔고, 늘 책상 앞에 앉아 있느라 살짝 등이 굽고 경추가 좋지 않던 선선은 단숨에 등이 펴지면서 뚝 하고 소리가 나는 걸 들었다.

뒤를 돌아보니 식당 앞에 버려진 동창생들은 한참 후에야 비로소 상황을 파악하고 하나둘 길가로 달려 나와 두리번거렸다. 그들의 얼굴 하나하나는 점점 작아지더니 결국 어두운 밤에 묻혔다.

"내가 감히 예상하는데, 쟤네들은 분명 우리가 호텔 방 잡으러 가는 줄로 알 거야."

선선이 반응하기도 전에 그는 음흉하게 웃었다.

"난 남들이 괜한 헛소문 내는 게 가장 싫어. 기왕 이렇게 됐는데, 차라리 우리 진짜 해버리는 게 어때?"

선선의 늘 창백한 얼굴이 예충의 이 헛소리 덕분에 혈색을 회복했다.

열받아서.

예충의 차는 점점 멀리 달려 성 외곽 고속도로 방향으로 나아갔다. 선선은 차분히 조수석에 앉아, 주변 풍경이 평소 활동 범위를 벗어나는데도 전혀 당황한 듯 묻지도 않았다.

"너 정말 침착하구나. 내가 널 어떻게 할지 걱정도 안 돼?"

선선은 고개를 기울여 자기 쪽 백미러를 바라봤다. "네가 어떻게 나한테 호감이 있겠어."

예충이 멈칫하더니 이윽고 크게 웃기 시작했다. "선선, 너 이제껏 방부제만 먹고 컸냐? 어떻게 하나도 안 변했어? 하는 말도 완전 똑같네."

선선의 벌써 몇 번째인지 모를 의혹에 찬 눈길 앞에서 그는 어깨를 으쓱했다. "정말로, 이 '호감'이라는 단어도 그때 너한테 처음 들은 거야. 공부 잘하는 사람은 역시 어휘력도 좋다니까……."

차가 마침내 한창 건설 중인 공장 앞에서 멈췄다. 예충이 먼저 차에서 내려 선선 쪽으로 돌아가 재빨리 그녀보다 먼저 차문을 열며 말했다. "내려와서 봐."

"여긴……."

"다 지으면 내 거야."

"여기서 뭘 만드는데?"

"옷."

"네가 사장이야?"

"응."

선선은 뭐라도 물어봐야 할 것 같아 생각을 쥐어 짜냈다.

"너 또 나한테 돈이 어디에서 난 거냐고 물어보려고 했지? 부모님이 준 거냐, 무슨 옷을 파느냐, 언제 시작할 거냐, 회사는 어떻게 차리고, 어떻게 등록하고, 초기 자금은 얼마인지⋯⋯. 그렇지?"

선선이 진지하게 고개를 끄덕이자 그 모습이 다시금 예충을 웃게 했다.

"중학교 때는 내가 1등한테 이런 얘기를 하게 되리라곤 상상도 못 했어."

선선의 마음이 좀 불편해졌다.

이런 불편함은 마치 후회하지 않냐고 계속해서 캐묻는 것처럼 그녀에게 상당히 깊은 무력감을 안겨주었다. 그녀는 그 누구도 방해하지 않고 열심히 공부했으며, 근면하고 성실했다. 조용히 자리에 앉아 누구 하나 비웃어본 적도 없고, 누굴 괴롭히거나 가로막은 적도 없었다. 하지만 어째서 다들 '운명이 사람을 농락한다' 같은 이유로 그녀 앞에서 자신의 균형을 찾으려는 걸까?

하지만 지는 걸 인정하지 않는 그녀의 타고난 기운 때문에 그녀는 꾹 참았고, 겸허하게 듣고 있을 수밖에 없었다.

이런 마음속 갈등이 얼굴에 드러났는지 예충은 살짝 미안하다는 듯 그녀의 어깨를 토닥이며 말했다. "난 그런 뜻이 아니었어."

마침 선선이 뭔가 말하려고 고개를 돌렸고, 그 따뜻한 손은 실수로 그녀의 뺨을 스쳤다.

　두 사람 모두 어색해져 잠시 침묵하다가, 예충이 조금 텁텁한 목소리로 입을 열었다.

　"중학교 땐 내가 확실히 아주 막나갔지. 공부는 뒷전에 맨날 당구장이나 피씨방 가서 시간 때우고, 정말 너무너무…… 우리 부모님은 바빠서 날 신경 쓸 틈도 없으셨어. 탁자 위에 잔돈 넣어두는 박스가 있었는데, 부모님은 내가 야금야금 다 꺼내갔다는 걸 나중에야 알고 엄청 때리고 혼내셨지. 그런데 내가 구석에 꿇어앉아 진지하게 반성할 새도 없이, 두 분은 또 바빠서 얼굴 보기도 힘들어졌고."

　"그렇게 엄청 놀다가 중3이 되었고, 곧 고등학교 입시를 봐야 했어. 그땐 집안 사정이 그다지 좋지 않았는데, 부모님은 공부를 계속하는 게 바른길이라면서 내가 성적이 아무리 나빠도 어떻게든 돈을 써서 지역구 중점학교에 보내겠다는 뜻을 굽히지 않으셨어."

　돈을 써서 지역구 중점학교에 보낸다니.

　선선은 불현듯 그 시절 자신이 고집을 부려 지원서에 전화고 하나만 적고 시 중점학교나 지역구 중점학교는 빈칸으로 비워뒀던 게 생각났다.

　그녀는 일반 고등학교에 갔다.

　부모는 선선이 고입시험 망친 걸 탓하지 않았다. 그녀를 중점학교 자비생으로 보내기 위해 어떻게든 돈을 모으려고 할 때, 오히려 그녀가 직접 나서서 일반 고등학교에 가겠다고 진지하게 말했다.

도박을 했다면 결과도 깔끔히 승복해야 한다. 어쨌거나 다음 기회가 있을 것이고, 그녀는 영원히 지기만 하지는 않을 것이다.

이 모든 건 지금 돌이켜 봐도 여전히 조금 아팠다. 앞에 있는 예충은 중학교 내내 놀았는데도 지역구 중점학교에 갔는데 말이다.

"난 가지 않았어."

예충은 선선의 마음을 뻔히 읽은 듯했다. 선선은 그가 유달리 예민한 건지, 아니면 자신이 유난히 속을 파악하기 쉬운 사람인지 헷갈렸다.

"매일매일 그 형편없는 무리와 쏘다니면서 놀았지. 그땐 내가 좀 유치하고 철이 없어서, 부모님이 그렇게 말했으니까 나도 얼렁뚱땅 고등학교까지 다닐 수 있겠구나 하고 속으로 아무 걱정도 안 되더라고. 부모님이 얼마나 힘들게 돈 버는지 생각해본 적도 없었어. 어쩌면 내가 진짜로 공부할 재목이 아니었던 거겠지."

예충의 솔직한 태도에 선선은 방금 자신이 품은 꽁한 생각이 매우 부끄러웠다.

"그러다 어느 날 형님들이랑 제1백화점 쪽에 새로 생긴 당구장으로 놀러 가는데, 지하통로를 지나다가 우리 엄마가 커다란 가마니를 메고 있는 걸 봤어. 마대자루보다 훨씬 큰 가마니였지. 얼굴에는 땀이 줄줄 흐르고, 줄을 잡고 있는 손은 빨갛게 배겨 있고……. 그때 알았어. 우리 부모님은 다른 현縣에서 물건을 떼어 오는데, 물건은 기차역까지만 운송되는 걸로 끝이었던 거야. 두 분은 돈을 써서 차를 부르는 것도 아까워서 직접 짊어지고 운반하셨고."

"그제야 내가 얼마나 젠장맞을 쓰레기인지 깨달았어."

"그래서 어떻게 됐어?"

예충이 담배를 훅 빨더니 천천히 연기를 내뱉었다. 아득한 밤의 장막 속에서 연기와 수증기가 모락모락 피어 올라가는 걸 보며, 선선은 자신의 마음속 한 부분에도 흩어지지 않는 짙은 흰 연기가 끼어 있음을 느꼈다.

"혹시 내가 그 후로 부모님이 고생하는 걸 깨닫고 열심히 노력해서 출세했다고 생각하는 거야?"

"선선, 그건 너지, 내가 아냐."

"난 진짜로 한동안 노력을 하긴 했어. 그런데 내가 그럴 재목이 아니었는지 아니면 너무 늦게 노력했는지, 고입시험을 완전히 망쳐버렸어. 우리 아버지도 날 때리긴커녕, 내가 그 정도밖에 안 되는 걸 아니까 날 베이장취 중점학교에 집어넣으려고 긴박하게 도처에 부탁을 넣고 선물을 보냈지."

"그때 내가 나서서 죽어도 안 가겠다고 했어. 만약 꼭 공부를 계속해야 한다면 직업학교나 전문학교에 가지, 물리나 화학 같은 건 절대로 공부하지 않을 거라고, 부모님이 나 때문에 돈을 낭비하게 하고 싶지 않다고. 그럼 나도 부모님 거

들어서 짐 보따리를 짊어질 수 있잖아. 안 그래?"

"그랬더니 이번에는 아버지가 진짜로 날 정말 패더라. 죽을 정도로."

그는 말을 잠시 멈추고 담배를 한 모금 빨더니 피식 웃었다. "됐어, 우리 집안 얘기를 주절주절 해봤자 무슨 재미냐. 어쨌든 결국엔 내가 이겨서 고등학교에는 진학하지 않았어. 우리 할머니가 전화해서 우리 부모님한테 욕을 퍼붓고, 주변 이웃들도 내가 아무 데도 붙지 못한 쓸모없는 놈이라고 손가락질하고……, 어쨌거나 그 시절은 참 재미있었어."

선선은 그런 상황에 무슨 재미가 있었을까 도저히 상상되지 않았다.

지금 이렇게 자기 공장 앞에 서서 힘들었던 옛 시절을 돌이켜 보면 조금은 재미있으려나.

이 몸에겐 그런 시절도 있었지.

예충은 어째서인지 이야기를 계속하지 않았다. 선선과 그는 나란히 아직 다 지어지지 않은 공장 앞에 서서 함께 북방의 차가운 겨울 공기를 들이마시고 내뱉었다. 똑같이 실의에 빠졌던 그 여름날, 선선과 예충은 서로 다른 선택을 했지만, 그 뒤에는 똑같은 용기가 있었다. 이런 용기는 그들이 자랑스러워할 만한 것이었고, 성패와 상관없이 영원히 광택을 잃지 않을 것이었다.

"하나 물어봐도 돼? 넌 왜 날 여기로 데려와서 이런 얘기를 해주는 거야?"

"왜냐하면 내가…… 내가 이렇게까지 말했는데도, 너 설마 아직도 내가 누군지 모르는 거야?"

예충이 약간 절망적이라는 듯 자신의 눈을 가렸다.

아주 오래전, 담임이 선선은 1등 전문이라고 열정적으로 칭찬한 후였다. 불량소년 예충은 몹시 따분했는지 선선 앞으로 달려와 히죽거리며 물었다. "야, 나 좀 가르쳐주라. 우리 시험 만점이 대체 몇 점이야?"

선선은 고개도 들지 않고 대답했다. "560점."

"그럼 넌 몇 점인데?"

"542점."

"와 씨, 이 누님 정말 대단하네. 8점만 더 받으면 만점이잖아?"

선선은 여전히 그에겐 눈길조차 주지 않았고, 환심을 사려고 저지른 그의 실수조차 교정해주지 않았다.

예충은 아예 작은 걸상을 끌어와 앞에 앉았다. "누님, 비결 좀 전수해줘. 어떻게 하면 그렇게 의자에 꼼짝도 하지 않고 앉아 있을 수 있냐? 우리 아빠가 그러는데 그럼 치질이 생기기 쉽대. 공부를 위해 치질도 두려워하지 않다니, 넌 존나 우리의 본보기야!"

선선은 진지하게 부력 계산 문제를 풀다가, 한참 후에야 천천히 고개를 돌렸다.

때는 이미 중학교 2학년 2학기였는데, 그녀는 무척이나 어리둥절한 표정으로 그를 바라봤다.

"넌 누군데?"

체면을 중시하는 남학생 예충은 중학교 2년간 사방을 출싹거리며 다녔는데, 그의 앞줄에 앉은 여학생은 놀랍게도 그를 전혀 알아보지 못했다.

그는 곧장 자신의 코를 가리키며 큰 소리로 말했다. "나 예충이야. 충은 그…… 그 '사람 인人'이 두 개 들어가는 충!"

그는 선선의 웃음소리를 들었다. 푸흡, 아주 가벼운 그 웃음은 마치 까막눈을 비웃는 것 같았다.

그는 복수하기 위해 히죽거리며 바짝 다가왔다. "어이, 능력자 누님, 네 이름에도 '산山'이 두 개 들어가잖아, 내 이름에는 '사람人'이 두 개고. 우리 둘 아주 잘 어울리는 것 같지 않아?"

그는 속으로 최고 우등생의 일고여덟 가지 재밌는 리액션을 상상했다. 바짝 약이 올라 허둥거린다거나, 얼굴과 귀가 새빨개진다거나, 속이 빤히 드러나 보이는데도 아무렇지 않은 척한다거나, 아니면 다른 반응이라든지.

그런데 상대방은 놀랍게도 그를 위아래로 자세히 훑어보며 꽤나 진지하게 생각해보는 듯했다.

그러고는 침착하게 물었다. "뭐가 어울리는데?"

예충이 추억을 늘어놓는 걸 들으며 선선도 옛일이 기억나 저도 모르게 웃음을 터뜨렸다.

"실은 그러다 나중에 좌절을 겪은 후부터 난 널 자주 지켜 봤어. 그 시절 난 성숙한 척, 반항아인 척하면서 아주 유치했 지. 나중에야 깨달았어. 난 분명……." 그는 잠시 뜸을 들이 며 머리를 긁적였다. "그래…… 널 좋아한 거야. 나중엔 네가 어느 학교로 갔는지도 모르면서 너한텐 아무 문제없을 거라 고, 분명 전화고에 갔을 거라고 생각하곤 아예 네 점수도 물 어보지 않았어. 아마 열등감 때문이었겠지. 너랑 나랑은 차 이가 너무 많이 나니까 묻고 싶지 않았던 거야. 한번은 상품 출고하러 기차역에 가는 길에 전화고를 지나쳤어. 난 혹시라 도 널 마주칠까 해서 일부러 근처를 두어 바퀴 돌았지."

"정말 미안. 난 나중에야 알았어."

"그래서 이번 동창회에서 널 봤는데, 네가 기분이 안 좋아 보이더라. 그치만 사실 난 아주 기뻐. 여러 해 동안 우여곡절 이 많았는데 넌 하나도 안 변했고, 여전히…… 뭐든 따지고 들고 특히 집요하게 굴잖아. 난 그게 아주 기뻐."

"이렇게 주저리주저리 말하는 건 날 격려하고 싶어서 야?" 선선이 웃으며 안경을 벗고 가볍게 눈을 비볐다.

"사실, 나도 내가 왜 이러는지 몰라. 진짜 모르겠어."

선선이 고개를 저었다. "상관없어. 들어서 기분 좋은걸."

차가 천천히 시내로 돌아갔다. 선선이 차에서 내릴 때 손 가락이 차가운 핸들을 스치자 돌연 심장이 아주 격렬하게 뛰기 시작했다.

어려서부터 지금까지, 심지어 고입시험 점수를 기다릴 때도 이러지 않았다.

예충에게 가슴이 두근거리는 것도 아니었고 부끄러워서 그러는 것도 아니었다.

그녀 자신도 설명하기 힘들었으나, 별안간 고개를 돌려 차 안에서 작별 인사를 하는 예충에게 큰 소리로 말했다.

"나 결국 대학원 입시 준비하기로 했어. 베이징에 있는 학교야. 결과가 어떨지는 나도 몰라. 이쪽으론 평생 재수가 없었거든. 하지만 이번에 또 실패하면 이 길을 완전히 접을 생각이야."

"다들 항상 나보고 후회하지 않냐고 묻더라. 난 줄곧 너처럼 지금 출세한 사람들만이 아주 고자세로 고난도 일종의 경험이라면서, 그때의 선택을 절대로 후회하지 않는다고 말할 자격 있다고 생각했어. 넌 학업을 그만뒀고, 난 일반고에 갔지. 넌 네 차가 있고 앞으로 네 회사도 가질 텐데, 난 여전히 앞날을 알 수 없고 아무것도 가진 게 없어. 그치만 사실 난 전력을 다했어. 마음에 한 점 부끄럼도 없고 후회하지도 않아. 그런데 다들 믿지를 않아. 다들…… 예충, 넌 믿어?"

차 안의 남자는 마치 그 시절 선선처럼 그녀를 머리부터 발끝까지 훑어보더니, 몇 초간 생각하다가 정중히 말했다. "믿어."

선선이 감동한 미소를 짓기도 전에, 그는 다시 음흉하게 웃으며 한마디 덧붙였다.

"내가 전에 말했잖아, 내 생각에 우린 엄청 잘 어울린다니까."

어리둥절해진 선선이 고개를 갸우뚱하며 진지하게 말했다. "나한테 진지하게 생각할 시간을 줘. 난 지금도 우리가 대체 뭐가 잘 어울리는지 모르겠다구."

예충이 다시 담배에 불을 붙였다. "넘치는 게 시간이니까 천천히 생각해. 복습 잘하시고."

그녀가 몸을 돌려 떠나려는데, 그가 갑자기 그녀를 불러 세웠다.

"책벌레, 너 이러기야? 나한테 휴대폰 번호도 안 알려줬잖아!"

그 순간, 선선은 그를 등지고 서서 평범한 중2 소녀처럼 웃었다.

마치 그때처럼, 만점에서 8점 모자란 열네 살처럼.

추톈쿼 번외.

자욱하게 낀 저녁 안개

추톈쿼는 시선을 창가에서 거두고 복도 끝에 있는 위저우 저우를 바라봤다.

북방 작은 도시, 사람은 얼어도 물은 얼지 않는 3월. 명목 상으론 이미 봄에 들어섰지만, 바깥은 이제 막 얼음이 녹기 시작했고, 뼈가 시린 찬바람에 헐벗은 나뭇가지가 소슬하게 흔들려서 볼 것이라곤 전혀 없었다.

추톈쿼는 벌써 10여 분을 창가에 멍하니 서서 바지를 난 방기 옆에 바짝 붙여 뜨끈하게 데웠다. 그저 교실에서 멀리 떨어지고 싶을 뿐이었다. 교실 안은 처음으로 본 시 전체 모 의고사에 된통 당해서 잔뜩 억눌린 분위기가 가득했다.

동급생들은 다들 걸어 다니는 좀비 같았다. 1반에 우등생 들이 많다 해도, 마인드컨트롤에 실패한 사람이 적지 않았다.

모의고사. 몇 개월 뒤 운명의 분수령이 어떻게 될지를 찰

흙으로 세세하게 묘사한다면 누구라도 불안해할 수밖에 없다. 그리고 이런 불안을 해소하는 방법 중 하나는 이미 대학 추천입학에 성공한 추톈쿼에게 약간의 부러움을 담아 괴이 쩍게 말하는 거였다. "휴, 넌 정말 행복하겠다."

추톈쿼는 씁쓸하게 웃었다. 이런 말을 들으면 자랑스러워해야 할지 슬퍼해야 할지 알 수 없었다. 그의 행복 역시 자신이 직접 일군 거였고, 자신은 그 누구도 방해하지 않았다.

그러나 득을 좀 봤다고 잘난 체할 순 없었다. 그는 이제껏 가져보지 못한 마음가짐과 시각으로 이 외나무다리 위의 싸움을 지켜볼 수 있었으니, 결국엔 역시 행운아였다.

이때 위저우저우가 시험지 몇 장을 들고 멀리서부터 천천히 다가왔다. 그녀는 걸으면서 미간을 찌푸린 채 시험지 채점 결과를 보다가 점점 몸이 기우뚱해져, 결국엔 창턱에 부딪혀 "아얏!" 하는 비명과 함께 허리를 감싸고 주저앉았다.

추톈쿼는 소리 내어 웃으며 다가가 가볍게 그녀의 등을 두드렸다. "괜찮아?"

그녀가 고개를 들었다. 맑은 눈빛에 눈물을 머금고 있었다. "괜찮아. 좀 아플 뿐이야. 고마워."

그가 다시 말을 걸기도 전에 옆에서 어지러운 발걸음 소리가 들렸다.

"너 괜찮은 거야? 내가 멀리서부터 보니까 네가 점점 뻐딱하게 걸어가다가 결국 부딪히더라고. 머리가 쪼그라든 건 아니지?"

린양이었다. 아주 다급하게 달려오느라 숨을 가쁘게 몰아쉬며 살짝 허리를 굽히고 추텐쿼에게 대충 인사를 건넸다.

고개를 까딱했을 뿐이었다. 린양은 예전에 그와 사이가 좋은 편이었지만, 링샹첸 일 이후로 추텐쿼는 그들 관계의 변화를 민감하게 감지할 수 있었다.

린양은 분명히 말했었다. "이번 일은 추텐쿼와 무관해. 링샹첸은 정서가 불안했고 추텐쿼를 혼자 짝사랑했어. 이 모든 건 링샹첸이 선택한 거고, 추텐쿼는 링샹첸의 마음속 응어리를 풀어줄 의무가 없어. 그러니 추천입학 자격시험 땐 추텐쿼가 시험도 포기하고 링샹첸을 찾으러 갈 필요가 더욱 없었고⋯⋯."

그러나 이렇게 사리 분명한 설명 끝에 이르러, 그는 입꼬리를 살짝 올리고 아주 약간의 적의를 담아 말했다. "추텐쿼, 난 정말 널 탓하지 않아. 나랑 저우저우, 장촨이 걜 찾으러 간 건 당연해. 왜냐하면 우리 넷은 서로 정이 있으니까."

정이 있다.

마지막의 모호한 한마디에 추텐쿼의 웃는 얼굴이 굳어버렸다. 그는 전에 없이 침묵을 지키며 어색한 미소를 유지했다.

아무리 거드름을 피우지 않고, 아무리 온화하고 친밀하게 굴어도, 중요한 순간에 린양은 결국 속세에 물들지 않은 높은 도덕 기준을 들이밀었다.

추텐쿼가 가장, 가장 혐오하면서도 어찌할 수 없는 모습이었다.

"저우저우, 마침 너랑 상의할 게 있는데, 지금 시간 돼?"

그는 거침없이 말하며 그녀에게 미소를 지었다. 위저우저우는 약간 얼빠진 얼굴로 고개를 들어 눈을 깜빡거리며 그의 제안에 응했다.

옆에 있던 린양이 "무슨 일인데"라고 물으려는 듯 입술을 달싹거렸지만, 자신이 생각해봐도 이런 행동이 적절하지 않다고 느꼈는지 표정이 좀 불편해졌다.

추톈쿼는 속으로 웃었다.

분풀이인지 아니면 부러움인지는 자신도 알 수 없었다.

린양이 희로애락을 겉으로 드러낼 수 있는 밑천이 부러웠고, 열여덟 살이 되었는데도 여전히 순결하고도 선량함을 유지하는 타고난 밑천이 부러웠다.

위저우저우도 린양을 흘끔 봤다. 눈에 담긴 웃음기가 위로인지 놀림인지는 알 수 없었다.

추톈쿼의 마음속 웃음소리가 갑자기 탄식으로 바뀌었다.

역시나 분풀이가 아니라 그저 부러움이었다.

그는 두 사람이 서로 소맷자락을 잡고 미친 듯 고사장을 뛰쳐나가던 모습을 다시금 떠올렸다. 발걸음 소리가 쿵쾅거리며 그의 마음을 짓밟았다.

린양이 걸으면서 연신 뒤를 돌아보는 바보 같은 모습에 위저우저우는 푸흡 하고 웃음을 터뜨렸다.

추톈쿼는 그 와중에 곁눈질로 그녀의 손에 들린 시험지를 관찰했다.

그리 시험을 잘 본 것 같지는 않았다.

그는 갑자기 물어보고 싶었다. 만약 대입시험 때 그런 일로 시험을 망쳐서 명문대에 들어가지 못하게 된다면, 어느 날 아침에 잘 알지도 못하는 여자아이 때문에 자신의 인생을 선택할 중요한 기회를 포기했다는 게 머릿속에 수도 없이 떠오르진 않을까?

정말 후회하지 않아?

위저우저우는 스스럼없이 시험지를 펴서 창턱에 내려놓고 자세히 살펴보다가 탄식하며 농담 반 진담 반인 듯 말했다. "정말 어렵네."

그 솔직함은 아주 쉽게 그의 마음 한구석을 부숴버렸다.

"너랑 천젠샤, 고1 때 우리 반에서 짝꿍이었잖아. 기억나?"

위저우저우가 고개를 끄덕였다. "당연하지."

"걔…… 걔가 분교의 어떤 학생이랑 연애한 건 알아?"

추톈쿼 자신도 괜히 아무 말이나 꺼내고 있다는 걸 알았지만, 그저 뻔뻔스럽게 계속 말할 수밖에 없었다.

위저우저우는 그의 의도를 알아챈 듯 고개를 끄덕였다.

"위 선생님이 걔랑 여러 번 얘기했는데 아무 소용이 없다고, 나보고 좀 어떻게 해보라고 하셨어. 그래서 내가 일요일에 걔한테 밀크티 사주면서 오후 내내 얘기했는데 효과는 조금도 없었지."

그는 말을 하며 당시 천젠샤의 투명하게 빛나던 눈을 떠올렸다. 집요하게 그를 주시하는 위저우저우의 눈빛 앞에서, 그는 문득 2년여 전 무더위가 기승을 부리던 오후가 생각났다. 개학 첫날이었다.

그 시절 쑥스러운 듯 고맙다고 말하며 눈길을 슬슬 피하던 그 두 눈은 지금처럼 굳세고 용감하지 않았다.

천젠샤는 전화고가 '우수 교육 자원 공유'라는 구호에 발맞춰 지역 외 각 현에서 모집한 특기생이었다. 수줍고도 예민한 그 여자아이는 외진 소도시에서 전화고로 와 기숙사 생활을 했다. 어린 나이에 홀로 집을 떠나 취약할 수밖에 없는 상황에서 세상에 냉소적인 부잣집 도련님 리란을 만났고, 아주 자연스럽게 감정을 억제할 수 없게 되었다. 상대방의 온갖 달콤한 공세에 넘어간 그녀는 완전히 점령되어 길을 잃었고, 가장 중요한 고3 시기에 정신을 차리지 못했다.

위의 설명은 담임 위단이 천젠샤의 조기 연애에 관해 말한 대략적인 묘사였다. 그런데 그 순간, 추텐퀴는 맞은편에서 줄곧 눈빛을 빛내는 이 여자아이의 눈동자에 떠오른 이제껏 본 적 없는 집요한 기색을 보며, 전에 없이 아리송해졌다.

심지어 추천입학 자격시험 때 의연히 교실을 나간 그 두 그림자보다 훨씬 그를 아리송하게 했다.

"걔가 그러더라. 리란과 사귀면서 성적이 떨어진 적 없고, 리란과 사귀지 않는다고 해서 성적이 올라가는 것도 아니라고. 자긴 이미 극한에 이를 정도로 공부해서 더는 앞으로 나아갈 수 없으니까 성적은 그들을 갈라놓을 핑계가 될 수 없다고."

위저우저우는 들으면서 더욱 알쏭달쏭하다는 표정을 지을 뿐, 말을 끊지 않았다.

추톈쿼도 자신이 도대체 무슨 말을 하려는 건지 몰랐다. 그저 계속해서 생각의 흐름에 따라 이야기할 뿐이었다.

"사실 내가 진짜로 위 선생님 말대로 걜 설득하려던 건 아니었어. 너도 알다시피, 내가…… 좋아하는 사람이 없었던 것도 아니고."

위저우저우가 소리 없이 웃었다.

"난 그냥 걔한테 묻고 싶었어. 천젠샤, 너 그렇게 열심히 노력해서 고향에서 전화고로 공부하러 올 기회를 잡았잖아. 부모님의 자랑거리가 돼서 부모님도 더는 남동생만 편애하지 않게 됐고. 넌…… 공든 탑이 무너졌다고 생각하지 않아?"

충고나 질책의 느낌이라곤 조금도 없었고, 단순히 이해가 안 간다는 말투였다. 어째서인지 위저우저우는 이 너무나도 솔직해서 깜짝 놀랄 만한 말 때문에 표정이 누그러졌다.

심지어 뭔가를 몰래 엿본 것처럼 선의의 다정함까지도 얼굴에 옅게 떠올랐다.

"천젠샤가 그러더라. 어떤 일을 하면 그에 대한 결과가 있는 법이니, 일단 결심을 했다면 결과에 승복해야 한다고. 리란이 걔한테 부모가 자녀를 사랑하는 것과 자녀가 부모를 사랑하는 건 이유도 조건도 없어야 하는 거라고 했대. 전화고에 와서 열심히 노력해서 얻은 '잘난 결과'로 천성적으로 사랑받는 남동생과 뭔가를 다투는 건 너무 웃기고도 슬픈 일이라고 말야."

말을 마친 듯하면서도 말하고 싶었던 게 이것뿐만은 아닌 듯하기도 했다. 사실 추톈쿼는 그저 순간의 충동으로 입을 연 거였기에, 자신도 왜 위저우저우를 불러 이런 뒤죽박죽인 이야기를 하는 건지 알 수 없었다.

"실은 나 고1 때 아주 소소한 의문이 있었어." 위저우저우가 능청스럽게 웃었다. "넌 왜 유난히 천젠샤를 챙겨줬던 거야?"

추톈쿼는 손을 저으며 자신은 천젠샤에게 그 어떤 나쁜 의도도 없었다고 설명하려다가, 불현듯 그 질문에 감춰진 진짜 뜻이 뭔지 깨달았다.

추톈쿼는 EQ와 IQ 각 방면에서 우수했다. 부러움의 대상이지 질투의 대상이 아니었던 그는 인간관계가 아주 좋았지만, 줄곧 누구와도 지나치게 친근한 관계를 맺지 않았다. 누구나 자신이 속한 무리가 있기 마련인데 추톈쿼의 무리는 때론 모든 사람이 포함될 정도로 너무 컸고, 때론 그 자신만 남을 정도로 너무 작았다.

평범한 가정 형편에 평범한 외모, 개성도 뚜렷하지 않은 천젠샤가 어떻게 고등학교 3년 내내 그와 거의 진실한 친구에 가까운 관계를 유지할 수 있었는지는 그 자신도 전혀 생각해본 적 없었다.

"남들이 눈치챘는지는 모르겠지만 적어도 내가 느낀 건,

네가 개한테 베푸는 배려와 양해가 가끔은 진짜로…… 네가 평소 인간관계와 인기인 자격을 유지하려고 쏟는 노력을 넘어섰다는 거야." 위저우저우는 이 조금은 복잡한 말을 마치고 머리를 긁적이다가, 다시 눈을 가늘게 뜨고 웃었다. "나한테 솔직하게 말해줄 수 있어?"

솔직하게.

추텐쿼는 건물 아래쪽에서 올라온 찬바람에 실려 운동장 절반을 뛰어넘어 날아온 검정 쓰레기 봉지로 시선을 옮기고 한참 침묵했다.

"어쩌면 그건……."

그는 거기서 멈췄다.

어쩌면 그녀가 군사훈련 중에 쓰러져 그가 업고 양호실로 데려갔는데, 신발을 벗길 때 양말에 구멍이 나 있어서일 것이다.

어쩌면 기말고사 끝나고 다 함께 바비큐를 먹으러 갔을 때, 처음으로 포크와 나이프를 잡아본 그녀가 어떻게 할지 몰라 당황하면서도 침착한 척 노력하는 조심스럽고도 허영 있는 모습 때문일 것이다.

어쩌면 그녀가 잔뜩 부담을 진 채 홀로 퇴로 없이 고군분투해서일 것이다.

어쩌면 동병상련 신세이기 때문일 것이다.

추텐쿼는 정말이지 설명할 길이 없었다. 그 작은 마을에서 온 여자아이에게 보이는 당황스러움과 부자연스러움, 그리고 쩨쩨한 모습이 얼마나 그를 닮았는지를 말이다.

그는 위저우저우가 믿지 않으리라는 걸, 모두가 믿지 않으리라는 걸 알았다.

그리고 만약 그녀와 그들이 믿는다면, 다들 그를 불쌍한 눈으로 보면서 묵묵히, 약간은 즐거워하며 이렇게 생각하리라는 건 더욱 잘 알았다. 하, 역시 그랬구나.

알고 보니 추텐쿼는 그런 사람이었다.

알고 보니 추텐쿼는 억지로 여유롭고 대범한 사람이 되려고 노력했고, 알고 보니 추텐쿼의 뛰어난 수습력과 시선을 돌리는 능력은 모두 옛날에 그가 조금도 알지 못해서 비웃음을 당할 것 같은 화제를 피하면서 비롯된 거였고, 알고 보니 추텐쿼는 부잣집 귀공자가 아니었고, 알고 보니 추텐쿼는 가난뱅이였다.

"저우저우, 넌 나랑 린양의 차이가 뭔 거 같아?"

위저우저우는 줄곧 침묵을 지키던 추텐쿼의 난데없는 말에 놀라 "아" 하고 조그맣게 소리를 냈다가 정신을 차리고 그가 자문자답하길 기다렸다.

"좀 느끼하게 말하자면," 그가 웃으며 말했다. 눈으로는 사방으로 날리며 유난히 눈에 띄는 쓰레기 봉지를 뚫어져라 주시하며 그녀를 보지도 않았다. "만약 운명이 한 줄기 강이라면……."

"다른 점은 바로, 만약 운명이 한 줄기 강이라고 했을 때 린양은 순류고, 나는 역류라는 거야."

"이런 애가 우리 집에서 태어나다니, 참 낭비구먼."

추톈쿼는 이 말을 줄곧 기억하고 있었다.

그의 할아버지가 이렇게 말한 건 그가 갓 떡잎을 드러냈을 때였다. 절반은 칭찬이었고, 절반은 애석함이었다.

그 시절 추톈쿼는 절반의 칭찬만 알아듣고 속으로 자그마한 자부심을 품었다. 그러나 좀 더 크고 나서야 나머지 절반에 담긴 짙은 쓰라림을 알아듣고 말았다.

그의 부모는 외모가 수려하지도, 딱히 문화적 소양이 있는 편도 아니었다. 아버지는 옛날에 심리적인 문제로 대학 입시를 포기했고, 어머니는 중졸 학력에 세월에 찌들어 가시 돋친 얼굴을 하고 있었다.

오직 추톈쿼만이 왕자님같이 생겼고, 똑똑하고 예의 바랐으며, 성정이 온화했다. 어디에 서 있든 눈에 띄었고, 너무나도 훌륭해서 사람들 사이에 묻히려야 묻힐 수가 없었다.

그에게는 아무것도 없었고, 그에게는 뭐든 다 있었다.

그래서 할아버지는 만약에 집안 배경이 좀 있었더라면 그를 하늘까지 밀어줬을 거라고 했다.

만약에.

문화대혁명 이후로 깊은 상처를 입고 좌절한 할아버지는 예전에 글 쓰는 걸 꽤나 즐기던 사람이라 말투에도 간혹 문

어체가 섞여 있었다.

그래서 그는 손자에게 옛 시구에서 따온 추톈췌*라는 이름을 지어주었다. 그의 아들 이름인 추궈창처럼 흔한 이름과는 다르게 말이다.

추톈췌가 4학년일 때 노인은 급성 심근경색으로 아무런 예고도 없이 세상을 떠났다. 추톈췌는 나중에 다시 물어보려던 질문을 너무나도 많이 쌓아놨지만, 그 나중은 다시 오지 않았다.

예를 들어 그의 이름을 왜 추톈췌라고 지었냐는 질문 같은.

"이런 얘기는 하지 말자." 그가 살짝 정신을 차리고 급히 자신의 번잡한 생각 회로에 브레이크를 걸었다.

"넌 아무 말도 안 했어."

위저우저우가 냉정하게 지적했다. 추톈췌는 얼결에 미안하다는 듯 웃었다. 그는 심지어 상대방이 "별다른 일 없으면 난 자습하러 교실로 갈게"라고 대꾸할 줄 알았다. 오늘 그의 행동은 확실히 매우 이상했으니까.

그런데 위저우저우는 가지 않고 그의 옆에 한참을 서 있다가 느긋하게 입을 열었다.

"그거 알아? 사실 난 아주 옛날에 널 본 적 있어."

---

* 송나라 유영(柳永)의 「우림령(雨霖鈴)」 중 '모애침침초천활(暮靄沉沉楚天闊, 저녁 안개 자욱한 광활한 남쪽 하늘)'이라는 구절에서 따왔다.

추톈춰는 약간 의아했다. 위저우저우가 다른 애들과 다르다는 건 처음부터 알고 있었다. 왜냐하면 처음 만났을 때 아무것도 감추지 않고 그의 눈을 직시하며 끝도 없이 빤히 바라보던 유일한 여학생이었기 때문이었다.

그렇게 자세히 살피는 눈빛은 웬일로 그를 불편하게 하지 않았다.

"언제?"

"아마 내가 초등학교 5학년 때일 거야. 어느 날 대학생 오빠가 보는 신문이랑 잡지를 들춰보다가 어느 페이지에 실린 커다란 광고를 봤어. 붉은 스카프를 맨 남자아이가 컴퓨터 앞에 앉아 있는 옆모습. 그게 어떤 컴퓨터 브랜드 광고였는지는 잊어버렸네. TCL 아니면 파운더Founder나 하시Hasee였을 텐데……, 아무튼 난 그 남자아이가 아주아주 잘생겼다는 것만은 기억에 남았어. 천안보다 더 잘생긴……." 위저우저우는 혀라도 씹은 것처럼 갑자기 말을 멈췄다가 잠시 후 다시 말을 이었다. "어쨌든 정말 잘생겼었어."

추톈춰는 말이 없었다.

"어째서인지 머릿속에 어렴풋이 그 인상이 남아 있었나 봐. 방금 옆에 서서 네 옆모습을 보니까 순간 그 광고가 생각났어. 지금은 많이 컸어도 확실히 너야. 어쩐지 처음 봤을 때 굉장히 낯익더라니."

위저우저우는 말을 마치고 그의 반응을 살폈으나, 그는 조각상처럼 말없이 미동도 하지 않았다.

마치 백 년 같은 시간이 지나고 나서야 추톈퀴는 비로소 큰 결심을 한 듯 몸을 돌려 그녀에게 말했다. "너한테 해줄 얘기가 있어. 단, 아무한테도 말하지 않을 수 있어?"

위저우저우가 고개를 끄덕였다. "만약 그게 진실한 얘기라면."

진실한 이야기?

행복은 바로 아무런 양심의 가책 없이 진실을 덮는 걸 배우는 것이다.

추톈퀴가 다시 고개를 들었을 땐 검정 비닐봉지가 이미 어디론가 날아가 버린 후였다.

추톈퀴는 강변에 가는 걸 싫어했다.

저녁 안개가 자욱한 광활한 남쪽 하늘. 흐린 날일수록 광활한 수면을 바라보면 마음이 갑갑하고 울적해졌다.

그리고 강가에 구름을 뚫고 높이 우뚝 선 왕장호텔에 찔려 아팠다.

4학년 때의 어느 늦가을 아침, 그는 조심스럽게 넓고 멋진 로비에 들어섰다. 사람들에게 물어보기 부끄러워서 돌고 돌다가 어렵게 엘리베이터를 발견하곤 가만히 버튼을 누르고 안절부절못하며 기다리고 있었다.

선생님이 이건 아주 좋은 기회라고 했다. 어느 큰 컴퓨터 업체에서 신규 학생용 컴퓨터 브랜드 '쉔량샤오녠炫亮少年*'의 홍보대사로 품성과 학업 모두 우수하고 예쁘게 생긴 아이를 선발한다는 거였다. 추톈쿼는 홍보대사가 뭔지는 잘 몰랐지만, 아주 괜찮은 신분이 될 거라는 직감이 들었다.

아버지는 그를 자전거에 태웠고, 그는 아버지의 허리를 꽉 잡고 고개를 숙여 뼛속까지 파고드는 늦가을의 찬바람을 피했다. 심지어 아버지가 어쩌면 짓고 있을 이를 악물고 실눈을 뜬 표정까지 상상이 되었다.

소년이 된 그는 차츰 비교하는 심리를 알게 되었으며 허영심과 치욕을 이해했다. 한쪽에는 아버지에 대한 묵직한 사랑이 있었고, 다른 한쪽에는 어느 정도 길러진 판단력―무시와 거부감을 선사한―이 있었다.

그는 그들이 큰 포부 없이 어영부영 살아가는 걸 무시했고, 그들이 작은 걸 탐하며 근시안적으로 사는 것에 거부감이 들었다.

그러나 그들은 그가 가장 친애하는 사람이었고, 그를 가장 사랑하는 사람이었다.

이제 막 성장 궤도에 들어선 소년에게는 이 상황을 어떻게 체념해야 하는지 아무도 알려주지 않았다.

그래서 자전거에서 뛰어내려 아버지에게 말했다. "저 혼자 들어갈게요."

아버지는 허허 웃으며 오랫동안 담배를 피워 검게 착색된 이를 남김없이 드러냈다. "아빠가 같이 들어가야지! 넌 모

---

* '밝게 빛나는 소년'이라는 뜻.

르겠지만 광고 모델을 하면 돈을 줘야 해. 넌 아직 애니까 몰라. 어쩌면 선생님이 큰 몫을 차지할지도 모르고. 아빠가 너랑 같이 가서 봐야지, 그 사람들이 널 다시 속이지 못하도록 말야!"

추텐쿼는 관자놀이의 푸른 힘줄이 뛰는 게 느껴지는 듯했다.

"아빠!"

이 다급한 외침에 주변을 지나가던 사람들이 하나둘 그들을 바라봤고, 추텐쿼는 몸을 돌려 자리를 떠났다.

등 뒤 아버지의 표정을 돌아보지도 않고.

19층 비즈니스 전시장에서는 스태프들이 설비 조율에 한창이었다. 각종 스크린과 연결된 전선이 바닥에 구불구불 깔려 있어서 그는 한 걸음, 한 걸음 조심스럽게 피해 걸었고, 사방에 물어본 끝에 선생님이 준 명함에 적힌 '하이룬'이라는 이름의 스태프를 찾았다.

추텐쿼가 공손히 허리를 숙여 "하이 선생님"이라고 부르자, 상대방은 크게 웃기 시작했다.

그는 여기 있는 사람들이 뭘 배치하는지도, 무슨 일을 하는지도 몰랐다. 어쨌거나 이것도 일종의 행사고, 행사를 조직하는 사람들은 직장인이라 해도 '선생님'이라고 부르면 실례는 아니겠지?

그 '하이 선생님'은 친근하게 그를 안더니 옆에 있던 남자 스태프에게 웃으며 말했다. "어때? 내가 찾은 아이야. 내일

신제품 발표회 홍보대사로 아주 괜찮지?"

남자 스태프는 하하 웃으며 "나보다는 안 잘생겼는데"라고 대꾸하더니 그의 가슴팍에 장미 한 송이를 꽂아줬다.

짙은 붉은색 꽃이 옅은 향기를 발산하고 있었다.

"내일 쓸 꽃다발 장식인데, 몇 송이 남았어. 가져가서 놀아!"

그는 장미를 손에 쥐고 코끝으로 살살 문지르며 얌전하게 말했다. "고맙습니다."

나중에 그는 장미를 가장 싫어하게 되었다.

하이룬은 엉망진창인 현장 배치를 지휘하느라 바빠서 그를 맨 앞줄 구석으로 데려갔다.

"추텐춰 맞지? 그래, 추 학생, 잘 기억해둬. 자, 여기 가장 자리에 앉는 거야. 내일 여기에 네 이름표를 둘 거니까. 그리고 너한테 있는 옷 중에서 가장 멋진 옷을 입고 와야 해. 셔츠가 가장 좋고. 신제품 발표회의 마지막 차례가 올 때까지 정신 바짝 차리고 기다리고 있으면 진행자가 네 이름을 부를 거야. 무대 위로 올라와서 우리 부사장님이랑 같이 신규 브랜드 컴퓨터를 덮고 있는 붉은 보자기를 벗기는 거지. 이름이 불리면 넌 자리에서 일어나서……."

그녀는 말을 하며 직접 시범을 보였다. "몸을 돌려 관중에게 손을 흔드는 거야. 이때 허둥지둥 일어나서 올라가면 안 돼. 너무 매너 없어 보이니까. 그때 되면 무대가 온통 어두울 거고 스포트라이트 조명 하나만 널 비추고 있을 거야. 무대

에 올라가서는 우리 부사장님과 악수한 다음 전시대 오른쪽
에 서서 부사장님과 각자 보자기 귀퉁이를 잡고 천천히 벗
기면……."

하이룬의 활기 넘치는 미소에 그는 무척 기분이 좋았다.
"이때 플래시가 팡팡 터질 거야. 기자들이 몰려와서 사진을
찍을 건데, 넌 절대로 당황하지 말고 미소를 지으면서 딱 한
방향만 정해서 바라보면 돼. 시간이 다 되면 부사장님이 다
시 너랑 악수할 거고, 그럼 무대를 내려오면 끝이야!"

그는 얌전히 고개를 끄덕였고, 하이룬이 가르쳐준 대로
한번 혼자 해봤다.

"그래, 잘했어. 백마 탄 꼬마 왕자님, 정말 기품 있구나!
그럼 내일 보자!"

그는 문밖으로 배웅을 받았다. 오피스룩 차림의 아주 유
능해 보이는 어른 누나와 멋진 전시장에 오가는 그녀와 비
슷한 수많은 사람을 돌아보며 추톈쿼는 갑자기 마음이 간질
거렸다.

자신의 이름에 대해 뭔가 더 깨달은 바가 있었다.

더 멀리 봐야 하고 더 많이 알아야 했다. 하늘은 높고 광
활했고, 자신은 우물 안 개구리가 돼선 안 됐다.

그날 저녁, 그는 모델료가 얼마냐는 어머니의 질문을 무
시했고, 부모님은 "우리 톈톈이 내일 뭘 입어야 더 잘생겨
보일까" 하는 논쟁을 벌였다. 추톈쿼는 머리를 베개에 파묻
었다. 긴장인지 흥분인지는 알 수가 없었다.

내일은 자신의 가장 친한 친구인 학습위원 여자아이도 같이 갈 거였다.

그 응석받이로 자란 꼬마 아가씨가 직접 선생님께 가고 싶다고 조른 거였다. 그 나이에 삼가는 것도 잘 모르는, 그저 순수한 관심일 뿐이었다. 추톈취는 이 식견이 넓고 호강에 겨우면서도 자신을 깊이 숭배하는 예쁜 그 여자아이가 본능적으로 좋았다. 당연히, 이렇게나 우수한 여자아이가 자신에게 매달리는 게 더욱더 좋았다.

작은 소년의 품위를 크게 손상하지 않을 정도의 허영심.

그는 곰팡이가 핀 자신의 방 한구석을 주시했다. 위층에 사는 막돼먹은 사람들이 여러 번 물을 넘치게 하는 바람에 두 집은 복도에서 허리에 손을 짚고 서로 욕을 해대며 한바탕 건물이 떠나가라 싸웠다. 그 꼴불견은 추톈취가 벽에 머리를 박고 싶을 정도였다.

그는 이제껏 그 누구에게도 집에 놀러 오라고 초대하지 않았다.

문밖에서는 가족들이 내일 자신을 번지르르하게 보여주려고 계획하고 싸우는 소리가 어렴풋이 들려왔다. 그의 마음속에 솟는 감사와 경멸은 고약한 밧줄처럼 꼬여 그를 둘둘 감아 질식하게 했다.

이튿날은 날씨가 흐렸다.

그는 자신이 왕장호텔 앞에 서서 강을 흘끗 보던 그 순간을 영원히 잊을 수 없었다.

은회색 강물이 세차게 동쪽으로 흘렀고, 하늘에는 잿빛 구름이 가득했다. 하늘과 땅의 구분이 모호해지면서 누가 누구를 비추는 건지 분간할 수 없었다.

두 번째로 왕장호텔에 들어섰을 땐 전보다 익숙해져 자신감도 높아졌다. 그는 곧장 엘리베이터로 가서 만면에 웃음을 띠고 그를 기다리고 있던 여자아이를 찾았다.

"와, 너 오늘 정말 멋지다!"

좀 겸연쩍어진 그는 배시시 미소를 지었다.

19층, 비즈니스 전시장에는 내빈들로 가득했고, 뒷줄 기자들이 들고 있는 크고 작은 '대포 렌즈'들을 보며 혀를 내둘렀다.

여자아이는 혼자 입구 근처에 한 줄로 추가된 의자에 앉았고, 추톈취는 구석의 자기 자리에 앉았다. 손바닥에 살짝 땀이 나 있었다. 멀리서 하이룬이 자신감 넘치는 미소를 지으며 인사하는 걸 보고 나서야 비로소 마음이 서서히 차분해졌다.

그런 다음 곧 신제품 발표회 자체에 푹 빨려들었다.

첫 시작은 10분 정도 길이의 홍보영상이었다. 기업과 과거의 화려한 성과, 그리고 제품과 임원 소개가 이어졌다……. 그는 눈길도 돌리지 않고 영상에 집중했다. 그가 처음으로 접하는 아주 높고 높은 또 다른 세계였다.

진행자의 듣기 좋은 표준어 발음에는 사투리가 조금도 섞여 있지 않았고, 그 멋스러운 자태는 학교 선생님보다 훨씬 훌륭해 보였으며……, 그의 부모님은 말할 것도 없었다.

부사장이 무대에 올라가 연설을 시작했다. 테이블 옆에는 생화로 만든 커다란 꽃다발이 놓여 있었다. 그는 문득 책가 방 안에 들어 있는 장미 몇 송이가 생각났다.

혹시 가방 전체에 자연스럽게 향기가 배이게 될까?

전체 조명이 마침내 어두워졌고, 진행자가 듣기 좋은 목소리로 선언했다. "이어 시 우수 학생 대표로 선발된 위밍 초등학교 추텐퀘 학생이 허 부사장님과 함께 학생용 컴퓨터 '쉔량사오녠'의 신비로운 베일을 벗기겠습니다!"

추텐퀘는 전혀 두렵지 않았다.

그는 여유롭게 일어나 할아버지가 말한 타고난 우아함으로 공포를 이겨냈다. 환한 스포트라이트와 은하수처럼 빛나는 각양각색의 카메라 플래시를 똑바로 바라보며 손을 흔들었고, 침착한 미소와 의기양양한 모습은 소년이라고 볼 수 없는 당당하고 성숙한 분위기를 풍겼다.

천천히 컴퓨터를 덮고 있는 붉은 베일을 벗길 때도 그의 미소는 한 번도 어색하게 굳지 않았다. 마치 여러 해 동안 연기를 해온 사람처럼.

추텐퀘는 반짝이는 불빛 속에서 자신의 미래를 본 것만 같았다.

발표회가 끝나고, 자유롭게 교류하며 기자들의 질문에 답하는 순서가 되었다. 현장 분위기는 아까보다 훨씬 느슨해졌다. 기자들은 앞으로 나가 컴퓨터를 찍었고, 무대 아래에서는 내빈들이 서로 명함을 교환하며 즐겁게 담소를 나누었다. 여자아이는 신나게 달려와 그의 연기를 두서없이 칭찬했다.

그는 여전히 그저 배시시 웃을 뿐이었지만, 이번에는 더는 겸연쩍어하지 않았다.

"추텐춰, 이리 오렴!"

그가 고개를 돌리니 하이룬이 기자 무리 안에서 큰 소리로 그를 부르고 있었다.

왠지 좀 당황스러웠지만, 그는 하이룬에게로 다가갔고, 그녀가 이끄는 대로 컴퓨터 앞에 얌전히 앉았다.

눈앞 화면에는 열려 있는 빈 문서가 있었다. 추텐춰가 다니는 학교에는 컴퓨터실이 없었기에 컴퓨터 수업도 없었다. 그 역시 친척 집에서 잠깐 만져봤을 뿐이었고 지뢰 찾기와 카드 게임 몇 판 한 게 전부였다.

심지어 중학교에 들어간 후에야 그 당시 눈앞에 펼쳐진 하얀 공백 화면이 '노트패드'라는 프로그램인 걸 알았다.

"추텐춰, 기자들이 너랑 우리 신제품 사진을 몇 장 찍을 거야. 긴장하지 말고 자연스럽게 타자를 치면 돼. 기자들이 자유롭게 각도를 잡아서 찍을 거니까 따로 자세 취할 필요는 없어."

어떻게 긴장하지 않을 수 있을까?

그는 뻣뻣하게 손을 키보드에 올린 채, 어떻게 타자를 쳐야 할지 한참을 고민했다.

"입력법을 '스마트ABC'로 전환해서 '쉔량사오녠'이라고 치면 돼. 우리가 뒷모습이랑 옆모습 몇 장 찍을 거니까." 한 기자가 옆에서 참을성 없이 재촉했다.

이렇게 많은 '대포 렌즈'에 둘러싸인 채.

추텐쿼는 문득 도움을 요청하고 싶었다.

탄환이 곧 자신의 얼굴을 뚫어버릴 것 같았다. 그의 우월한 척하는 가면을.

그는 천천히 알파벳 순서와는 다르게 배열된 키보드에서 'xuan'을 찾아 순서대로 첫 글자 '쉔'을 입력했다. 그런데 실수로 다른 자판을 건드리자 화면에 커다란 글자가 나타나 공백을 모조리 차지해버렸다.

'쉔야오炫耀*'.

주변의 몇몇 기자가 웃음을 터뜨렸다. "애는 타자도 못 치는데 어떻게 컴퓨터를 쓴다는 거죠?"

추텐쿼는 귀가 화끈 달아오르는 걸 느끼고 고개를 들었다가, 하이룬의 약간 난처한 표정을 보고 말았다.

나중에 어떻게 끝났는지 그는 아무것도 기억하지 못했다.

---

* '뽐내다'라는 뜻.

그에게 장미꽃을 줬던 젊은 스태프가 400위안을 그의 손에 쥐여주며 "이건 오늘 사례비야. 고마워, 학생"이라고 말한 것도 기억하지 못했다.

컴퓨터를 쓸 줄 아는 게 분명한 학습위원 여자아이의 얼굴에 떠오른 복잡한 표정도 기억하지 못했다.

하이룬 누나가 웃으면서 "사실 오늘 아주아주 잘했어. 마음에 담아두지 마" 하고 그의 어깨를 토닥이며 위로하던 아름다운 자태도 기억하지 못했다.

부모님이 400위안을 받고 기뻐하며 그의 머리를 쓰다듬으면서 "우리 텐텐은 참 잘났지"라고 자랑스러워하던 말투도 기억하지 못했다.

곧 반 아이들 모두 그가 타자를 못 친다는 걸 알게 되어 "추텐춰, 너네 집에 컴퓨터가 없다고?"라고 소문을 앞다퉈 물어본 건 더더욱 기억하지 못했다.

그는 타자 칠 줄 모르는 어린 왕자였다. 아무리 아름다운 무대와 조명도 그저 조요경일 뿐이었다.

책가방에 들어 있는 장미는 신경 쓰지 못한 사이 책에 짓눌려 뭉개진 지 오래여서 덕분에 수학책이 붉게 물들었다.

"나 정말 변태 같지 않아? 7년 전의 그 구질구질한 일을 지금까지 기억하다니."

위저우저우는 고개를 숙인 채, 무슨 생각을 하는지 고개를 끄덕이거나 가로젓지도 않았다.

그녀가 본 추텐춰는 컴퓨터 앞에 꼿꼿하게 앉은 잘생긴

소년이었지만, 그 가식적으로 차분한 표정 뒤에는 진실을 들켜 비웃음을 받는 무력감과 두려움이 숨어 있었다는 걸 그녀는 알지 못했다.

그는 더 큰 하늘을 경험했고 비웃음을 받았으며, 진실이 얼마나 무서운지를 잘 알았다.

그래서 그는 왕장호텔을 나와 아버지가 차가운 바람 때문에 얼굴을 잔뜩 찌푸린 채 자신을 기다리는 걸 보고 만감이 교차했다.

세상의 어떤 갈등은 너무도 일찍 찾아와 그를 괴롭혔다.

예를 들어 아버지는 그가 난처해할까 봐 밖에서 찬바람을 맞으며 그를 기다렸고, 그에게 "힘들진 않았어? 춥진 않고?"라고 다정하게 물어보면서도 한편으로는 "그 사람들이 돈 줬어?"라고 다급히 묻는 걸 잊지 않은 것처럼.

예를 들어 그의 우수하고 우아한 모습을 좋아했던 학습위원 여자아이가 '쉔야오'와 그의 아버지를 보자마자 경악과 경멸에 찬 표정을 지은 것처럼.

예를 들어 그 자신처럼.

"사실 나도 오늘 너한테 무슨 말을 하고 싶었는지 모르겠어. 말하다 보니 옛날에 쪽팔렸던 에피소드를 꺼내고 말았네……. 나도 내가 아주 가식적이고 피곤하게 사는 거 알아. 감히 조금도 틀리기 싫고, 누구도 적으로 두고 싶지 않아서 가짜 모습을 하고 살아가고 있지……." 그의 자조하는 웃음은 위저우저우의 말에 끊겼다.

"알아, 린양이 링샹첸 일로 너한테 좀 듣기 싫은 말한 거. 걘 생각이 부족하니까 마음속에 담아두지 마. 너랑 린양은 달라. 각자 가진 것도 다르고 선택도 다른 법이니까. 넌 잘못한 거 아무것도 없어."

추톈쿼는 그 말을 그저 그럴싸하게 듣기 좋은 말이라고 생각했다. 왜냐하면 그런 듣기 좋은 말을 가장 많이 하는 사람은 그 자신이기 때문이었다.

"아, 그래?" 그가 웃었다.

"나랑 린양이 어떻게 전체적인 걸 고려하지 않을 수 있었는지 네가 무척 궁금해한다는 거 알아. 예전에 너랑 비슷했던 천젠샤가 어떻게 단번에 뭐에 홀린 듯이 물불을 안 가리고 행동하는지도 아주 궁금하겠지. 하지만 넌 그저 궁금해할 뿐이고, 가끔 자신의 청춘이 왜 우리처럼 요란하지 않은지 탄식할 뿐이야……"

그녀는 그의 눈을 똑바로 주시했다.

"하지만 넌 자신에게 잘못이 있단 생각은 안 하지."

추톈쿼는 더는 웃지 않았다.

"사실 따져보면 너도 아무 잘못 없어. 네가 나한테 그런 얘기를 한 건 그저 호기심일 뿐이야. 넌 어떻게든 잘 지내려고 엄청 노력하면서 많은 걸 희생했고, 내면과 외면 모두 신경 썼지만 그다지 즐거운 것 같지 않아. 그럼 나랑 린양 같은 우리는 후회하지 않을까, 너보다 더 즐거울까, 너보다 더 만족스러울까……, 넌 그냥 이런 게 궁금한 거지? 그렇지?"

꽤 오랜 침묵 후, 추텐퀴는 천천히 입을 열었다. "그럼 답은 뭐야?"

위저우저우가 웃었다. "난 이렇게 말해줄 수밖에 없어. 만약 네가 우리처럼 했다면 지금보다 훨씬 괴로울 거라고."

그러므로 더는 궁금해할 필요도, 바뀔 필요도 없다.

우리 모두는 하루아침에 지금의 이런 모습으로 자라난 게 아니다.

그에게는 그의 선택이 있었다. 옳고 그름과는 상관없이.

계산하고 경영하는 청춘이라고 해서 반드시 근사하지 않은 건 아니었다.

위저우저우는 떠나면서 그에게 링샹첸을 만났다고, 그 애는 잘 지낸다고 알려줬다.

"내 예상에 넌 개랑 같이 있으면서 아주 긴장하고 피곤했을 것 같아."

그는 반박하지 않았다.

그가 그 예쁜 여자아이를 좋아하지 않은 건 아니었다.

다만 두려웠다. 자신이 타자도 못 치는 모습을 발견할까 봐 두려웠다. 일이 이렇게 되어버린 게 안타깝지 않은 건 아니었지만, 단지 위저우저우의 말대로 그는 사실 전혀 후회되지 않았다.

아쉽지도 않았다.

길을 잘못 들어선 아이라고 해서 나쁜 아이가 아닌 것처럼 말이다.

그럼 한 걸음도 잘못 들어서 본 적 없는 아이는 아주 불쌍한 걸까?

추텐퀴는 다시는 생각하지 않기로 마음먹었다.

다만 눈을 감으면, 이 늦가을처럼 느껴지는 초봄에도 그날 아침의 묵직한 수면과 끝없이 펼쳐진 회색 구름이 떠올랐다.

별안간 그의 생각이 엉뚱한 곳으로 흘러갔다.

분명 자신은 추텐퀴, 광활한 남쪽 하늘이라는 이름인데.

공교롭게도 인용된 그 시구의 앞부분은 '저녁 안개 자욱한'이었다.

문득 그는 할아버지의 뜻을 이해할 수 있었다.

다행히도 그의 이름은 시구의 뒷부분이었다. 언젠가 그가 충분히 높이 서게 되면, 그 조그마한 세상과 구도를 뚫고 구름 밖을 바라볼 수 있을 것이다.

그가 원하는 건 내일이다.

오늘을 사는 사람들은 영원히 이해하지 못할 것이다.

미차오와 번번 번외.
미완성

"사실 걔 처음 봤을 땐 어떤 모습이었는지 전혀 기억나지 않아."

미차오는 다시금 죽을 고비를 넘긴 후로 기운이 예전 같지 않아서, 늘 피곤한 모습으로 쿠션에 기대어 한마디 할 때마다 큰 힘을 짜내야 했다.

맞은편 위저우저우의 눈빛에는 차마 못 보겠다는 듯한 안타까움이 가득했다. 미차오는 그녀가 그만 말하라고 충고하기 1초 전에 웃으면서 손을 저었다. 햇빛 아래에 스치는 손가락 마디가 창백하고 울퉁불퉁하게 보였다.

너무 말랐다.

"아니, 나 안 힘들어. 너한테 꼭 말해줘야 해."

위저우저우는 입술을 달싹이다 가만히 앉았다.

미차오가 미소 지었다.

지금 이야기하지 않으면 마음에 담아둔 채 영원히 떠나야 할지도 모른다.

미차오가 처음 번번을 만났을 땐 얼굴조차 제대로 보지 않았다. 초등학교 3학년 개학 날, 그녀는 반에서 가장 장난꾸러기인 뚱보의 등 위에 올라탄 채 왼손으로는 그의 뒷목살을 꼬집고 오른손 손가락 관절로는 그의 관자놀이를 꾹 눌렀다.

"항복할래, 말래? 뭐 할 말 있어? 앙? 소리 지를 테면 질러! 애들한테 반장으로 뽑아달라고 소리쳐 봐! 네까짓 게 반장이 되겠다고? 흥! 능력 있으면 때려봐! 네가 날 때려눕힐 수 있다고 허풍 떨었다며? 똑바로 봐, 지금 바닥에 누워 있는 게 누구냐?!"

꼬마 뚱보는 울부짖으며 용서를 구했지만, 얼굴 반쪽이 바닥에 붙어서 말도 제대로 나오지 않았고 게거품만 토해냈다. 주변을 에워싸고 구경하던 여자아이들은 큰 소리로 잘한다고 소리쳤다. 남자아이들은 놀라서 공포에 질린 얼굴로 끼어들까 말까 한참 고민하다가 결국 바깥으로 물러났다.

바로 그때, 떠들썩한 와중에 가늘고 미약한 남자아이의 목소리가 불쑥 튀어나왔다.

"있잖아……, 네가 반장이야?"

그녀는 전혀 개의치 않고 고개를 들어 대충 문 앞에 서 있는 작은 남자아이들을 훑어보곤, 다시 고개를 숙여 밑에서 꿈틀거리는 작은 뚱보를 계속해서 압박했다.

그러고는 눈을 희번덕거리며 짐짓 크게 소리쳤다. "반장을 찾는다고? 넌 어떤, 반장을, 찾는데?"

이를 악물어서 한 글자 한 글자 힘이 실려 있었다.

주변에서 놀려대는 소리가 더욱 커졌고, 뚱보는 그녀의 손아귀에서 버둥거리다가 그녀의 주먹 한 방에 다시 얌전해졌다. 미차오는 곁눈질로 가까이에 있는 작고 하얀 신발 한 쌍이 불안하게 움직이는 걸 봤다. 신발 주인이 난처한 듯 머뭇거리며 조그맣게 물었다. "미……차오?"

반 여자아이들 모두가 손을 들어 환호했다. 미차오는 다시금 작은 뚱보를 매섭게 두어 번 비틀고는 흥분해서 빨갛게 달아오른 얼굴로 튀어 오르며 큰 소리로 주변을 가리켰다. "들었지? 누가 반장이라고?!"

"미차오!!!" 구경꾼들은 만세 삼창이라도 할 기세였다.

그녀는 그제야 그 말쑥하고 잘생긴 남자아이에게로 득의양양하게 시선을 돌렸다. "야, 날 무슨 일로 찾는 건데?"

남자아이는 딱하고도 두려운 기색으로 그녀를 바라보며 조용히 말했다. "정 선생님이 나보고 널 찾아가라고 하셨어. 난 방금 전학 왔거든."

미차오는 그제야 꼬마 반장다운 진지한 모습으로 비뚤어진 옷깃과 엉망이 된 짧은 머리를 매만지며 말했다. "아, 아…… 안녕. 난 미차오라고 해. 넌 이름이 뭐야?"

"지시제."

그녀는 고개를 끄덕였다. 남자아이의 반짝거리는 눈빛이 자신에게 쏟아지자 약간 닭살이 돋았다.

뭐야……, 말투는 여자 같고, 남자애가 뭘 이렇게 예의를 차리지? 일부러 이러는 거야 뭐야…….

그녀는 두 번째 줄 빈자리를 가리키며 말했다. "정 선생님이 말해주셨어. 저기 앉으면 돼."

위저우저우는 여기까지 듣고 웃기 시작했다. "응, 번번은 확실히 그랬어. 다른 거친 남자애들과는 달랐지."

나중에 불량 학생—혹은 화쩌레이 같은 양아치—이 되어버린 번번을 생각하니 저도 모르게 식은땀이 흘렀다.

미차오는 위저우저우가 무슨 생각을 하는지 아는 듯 힘없이 웃음 지었다. "됐어. 걔 원래 그 허여멀건한 연약한 모습으로는 그때 그 애들 틈바구니에서 사흘에 한 번은 맞아서 얼룩덜룩해졌을 거라고!"

위저우저우는 다시 손을 들어 머리에 나지도 않은 식은땀을 닦아냈다.

미차오의 말은 전혀 과장이 아니었다. 도시와 시골의 경계에 있는 초등학교는 학년마다 학급이 두 개를 넘지 않았고, 학교 전체의 미래가 위태로워서 오늘은 있어도 내일은 없는 그런 상태였다. 학교 대부분의 아이들도 어릴 때부터 부근의 공장이나 황무지에서 싸우면서 자랐기 때문에 종종 패거리를 만들어 서로 싸우거나 내분을 일으키곤 했다.

반장 미차오는 온전히 실력으로 천하를 제패한 거였으므로 반장이라기보다는 '강호 맹주'라고 하는 편이 적합했다. 위저우저우가 온종일 머릿속으로 칼날에 피 한 방울 묻히지 않고 이기는 협객을 상상한 것과 달리, 미차오는 상상 따위는 할 겨를도 없었다. 그녀의 세계는 실제로 칼과 총으로 충만했다. 설령 그것들이 플라스틱이라 할지라도 말이다.

미차오는 각 패거리의 기본 질서를 수호하면서 매일 시간을 할애해 지시제가 다른 아이들에게 심하게 괴롭힘당하지 않도록 돌봤다. 이 하얗고 깨끗한 남자아이는 문명 세계의 관람차에서 야생 호랑이 숲으로 던져진 새끼 양처럼, 호랑이 떼가 그를 갈기갈기 찢어놓으려고 단단히 벼르고 있었다!

미차오가 텀블링하는 아이들 속에서 또다시 그를 빼내자, 저번에 반장 자리를 빼앗긴 뚱보가 결국 다른 남자아이들을 선동해 함께 놀려대기 시작했다. "미차오 반장님, 혹시 그 기생오라비 좋아해?"

아무도 기생오라비가 무슨 뜻인지 몰랐지만, 어쨌거나 지시제는 확실히 여자아이처럼 예쁘장하게 생겼으니 그걸로 충분했다.

"꺼져, 무슨 헛소리야! 내가 반장인데, 어떻게 니들이 앨 괴롭히는 걸 보고만 있겠냐!" 미차오의 얼굴이 새빨개졌다.

"여어, 반장님, 그때 누가 다른 사람 위에 올라타서 죽을 만큼 괴롭혔더라?" 거북한 표정의 뚱보를 제외한 다른 아이들은 그 말을 듣고 폭소하기 시작했다.

"진짜로 우리가 너 같은 여자애 하나를 두려워하는 거 같아? 우린 그냥 네 체면을 세워준 거라고. 그 자식 두고 넌 꺼져. 누구도 너한테 반장 자리 뺏을 생각 없으니까. 반장이 뭐 대수라고, 너 하고 싶으면 해. 우린 우리대로 놀 거니까!" 뚱보가 적절한 시기에 화제를 돌렸다. 미차오는 눈가에 알 수 없는 액체를 반짝이는, 맞아서 코가 시퍼레지고 얼굴이 통통 부은 예쁘장한 얼굴을 흘끗 보곤 한숨을 내쉬었다. 늘 권법을 숭상하던 그녀는 하는 수 없이 허리를 굽혀 커다란 벽돌 하나를 집어 들었다.

다행히 위치가 좋았다. 등 뒤쪽은 바로 높은 벽돌담이었다.

남자아이들 모두가 한 걸음 후퇴했다. 지시제도 미차오의 등 뒤로 물러났다.

"내가 확실히 너희 모두를 이길 순 없는데, 적어도 한 놈은 쓰러뜨릴 거야. 어느 눈깔 삔 새끼가 부상병이 될지 모르겠네. 배짱 있으면 다 덤벼!"

미차오는 목소리가 살짝 잠겨 있었고, 까무잡잡하고 가느다란 팔뚝을 가느다랗게 떨며 커다란 빨간 벽돌을 받쳐 든 모습에선 너 죽고 나 죽자는 식의 비장미까지 느껴졌다.

상황이 교착 상태에 빠졌다. 맞은편 남학생들은 미차오가 진지하게 나서자 단체로 눈이 휘둥그레져 한참을 귓속말로 소곤거렸으나 누구도 감히 먼저 나서지 않았다. 그렇다고 물러서는 건 쪽팔려서 그저 멍청하게 서 있었다.

미차오에게 안 맞아본 사람이 어디 있겠는가?

하지만 이렇게 많은 사람이 고작 여자애 하나 때문에 물러난다면 그게 무슨 꼴일까. 앞으로 어떻게 얼굴 들고 다닐수 있으랴! 두세 살 꼬마도 아니고 정말 웃기는 소리였다. 그들은 4학년이나 됐는데!

적이 움직이지 않으면 나도 움직이지 않는 법. 그러나 아무리 미차오가 기세등등하다 해도 그녀의 팔은 갈수록 눈에 띄게 떨리고 있었다.

바로 이때, 사람들이 신경 쓰지도 않던 기생오라비 지시제가 허리를 굽혀 빨간 벽돌을 양손에 하나씩 집어 들었다. 모두의 경악한 눈빛 속에서 그는 약이라도 먹은 것처럼 하늘을 향해 "이야압" 하고 크게 소리를 지르더니, 다짜고짜 맞은편 무리에게 덤벼들었다!

남학생들은 뒤늦게 상황을 파악했다. 순식간에 두 사람이 벽돌에 맞아 쓰러졌는데 그중 하나가 바로 리더 역할을 한 뚱보였다. 물론 지시제는 정도를 지켜서 어깨나 등 뒤쪽을 공격했을 뿐이라―이건 그가 벽돌을 머리 위까지 들어 올릴 힘이 없는 것과도 관련 있었다―뚱보는 심하게 다치지 않았고 기껏해야 찰과상 정도였다. 그러나 진영은 이미 무너져 오합지졸 무리는 사방으로 흩어졌다. 곧 현장에는 다쳐서 빨리 도망치지 못한 뚱보만 남았고, 지시제가 손에 벽돌을 든 채 그의 몸 위로 올라탔다.

미차오가 아직 벽돌을 들고 제자리에 서 있는 걸 본 지시

제는 벽돌로 뚱보의 짧고 굵은 목을 누르며 그녀에게 소리
쳤다. "멍하니 뭐 하고 있어?"

미차오가 입을 쩍 벌렸다. "너…… 뭐 잘못 먹었어?"

지시제가 대수롭지 않다는 듯 웃으며 대꾸했다. "난 그냥
네가 그 벽돌을 더는 못 들고 있을 것 같아서. 계속 기다렸다
간 우리 둘 다 얻어터졌을 거야."

미차오가 눈을 깜박거렸다. 무슨 감정인진 몰라도 마음속
에 깃털이 스치는 것처럼 간질거렸다.

그제야 정신을 차리고 손에 힘을 빼니 벽돌이 땅에 떨어
져 먼지가 일었다.

그녀는 재빨리 지시제를 보고 웃으면서 비키라는 신호를
보냈다.

그런 다음 익숙하게 뚱보의 몸 위에 올라타 매섭게 주먹
한 방을 날렸다.

"망할 뚱보 자식아, 네 놈이 아직 반장 자리에 미련이 남
은 걸 모를 줄 알아?!!"

두 사람은 조금 낮게 쌓인 벽돌 더미 위에 책가방을 깔고
나란히 앉아, 뚱보의 외투로 손을 깨끗이 닦은 후 뚱보가 다
리를 절뚝거리며 도망가는 모습을 지켜봤다.

그를 놓아주는 건 이번이 세 번째였다.

처음 놓아줬을 때 뚱보는 그 흔한 명대사를 내뱉었다. "미
차오, 젠장, 너 두고 보자——"

그러나 곧장 미차오에게 옷깃을 잡혀 끌려왔다. "이 마님

이 그때까진 못 기다리겠거든!"

물론 뚱보는 한바탕 얻어터졌다.

두 번째 그를 놓아줬을 땐 뚱보가 얌전히 아무 말도 하지 않고 곧장 도망쳤다.

미차오는 다시 그의 옷깃을 잡아끌고 왔다. "인사도 안 하냐? 너 반장을 뭘로 보는 거야? 예의 없네!!!!"

물론 뚱보는 또 한바탕 얻어터졌다.

세 번째, 뚱보는 웃는 얼굴로 듣기 좋은 말을 줄줄이 늘어놓고는 허둥지둥 멀리 도망쳤다. 미차오는 그저 굳은 얼굴로 "잘 가라"라고 말하며 다시는 트집 잡지 않았다.

"이번엔 왜 안 때려?" 지시제가 팔짱을 끼고 한쪽에 서서 물었다.

미차오가 덤덤하게 탄식했다. "못 때리겠어. 살이 너무 탄력 있어서 때리면 손목이 아파."

위저우저우는 여기까지 듣고 저도 모르게 미차오의 헐렁해진 환자복 소매를 걱정스럽게 바라봤다. 지금의 팔 두께가 벽돌을 들어 올렸던 4학년 때보다 더 마른 건지 알 수 없었다.

그렇게 작은 팔이 들어 올린 벽돌은 번번을 완전히 바꿔놓았다.

사실 미차오는 한 사람이 다른 사람을 완전히 바꿀 수 있다고는 믿지 않았다. 아마도 그녀 자신이 한 번도 바뀐 적 없고, 무슨 경험을 하든 여전히 미차오였기 때문일 것이다. 어릴 적 친구들은 그녀와 몇 마디 나눠보곤 모두 이렇게 말했다. "야, 넌 어렸을 때랑 하나도 안 변했다."

누군가는 바뀌었다. 일부분을 숨기거나 일부분을 드러내는 방식으로. 그러나 숨기든 드러내든, 변화한 일부분은 감쪽같이 사라진다거나 갑자기 생기는 게 아니었다. 그것들은 원래부터 줄곧 우리 안에 존재했던 것이다.

지시제는 미차오를 만났을 때, 위저우저우 등 뒤에 습관적으로 숨던 의존감을 숨기고 남자아이의 혈기와 강건한 기질을 드러냈다.

그런데 미차오는 지시제를 만나 뭘 숨겼을까?

남학생들에게 기생오라비라고 질타를 받던 지시제는 사실 일찌감치 학급 여학생들의 주목을 받았다. 자고로 남자와 여자의 심미관은 다른 법이며, 지시제가 바로 확실한 예였다. 어떤 여학생이 뽀얗고 잘생기고 욕도 하지 않고 자주 미소 짓는 남학생을 좋아하지 않겠는가?

그 이론을 들은 미차오는 당연히 콧방귀를 뀌었고, 뒤에 앉은 통통한 여학생은 지지 않으려는 듯 반격했다. "네가 반대할 거 뭐 있어? 너랑은 상관없잖아. 네가 여자야?"

미차오는 전혀 화나지 않았다.

'여자'라는 칭호가 딱히 쟁탈할 만한 가치가 있다고 느껴지지 않았다.

조금 불공평하긴 했다. 그녀는 늙은 암탉처럼 흉포하게 뚱보 무리와 세력 다툼을 했고, 대부분은 학급의 비교적 힘이 약한 여학생들을 보호하기 위해서였으나(당연히 지금은 취약한 지시제도 포함해서), 실망스럽게도 여학생들은 미차오 같은 보호자를 그다지 인정하지 않았다. 최소한 성별 면에서.

비록 겉으로는 비와 바람을 자유자재로 부르는 아이들의 왕이었지만, 나이를 먹을수록 그녀는 갈수록 고독해졌다.

다행히 지금 그녀에게는 지시제가 있었다.

미차오는 비장의 솜씨를 탈탈 털어 그에게 전수했다. 지시제는 어쨌거나 남자아이라 빠르게 습득했고, 힘도 훨씬 세져서 금세 학교에서 자신의 위신을 세워나갔다. 남학생들은 자연스레 감히 그를 괴롭히지 못했고 함부로 자기편으로 끌어들이지도 못한 채 그저 관망하기만 했다.

지시제가 이렇게 빨리 출사표를 내자, 미차오는 기쁘면서도 한편으론 모계사회와 여권 시대가 곧 끝날 것 같아 우울해졌다.

그녀의 강호는 주먹질과 발길질로 만들어낸 것이었지만, 언젠가는 남자아이들이 모두 그녀보다 크고 더 강해지고 싸움도 훨씬 잘하게 될 것이다.

그리고 여자아이들은 모두 진작 그녀보다 부드럽고 꾸밀 줄 알고, 더 여자다웠다.

그녀는 중간에 서서 한없는 무상함을 느꼈다.

아주 오래전, '어쩌고저쩌고 스키'라는 이름의 유명인이 이런 말을 남겼다. 중간에서 애매하게 굴면 좋은 결말이 없다고.

5학년이 된 미차오는 자연스레 그럴듯한 졸개 하나를 거느리게 되었다. 그는 졸개가 될 우수한 소양을 모두 갖추고 있었다. 하얗고 깨끗한 얼굴, 여학생들에게 인기 있고, 말수 적고, 세심하고, 대장이 손가락을 튕기면 쭈쭈바를 대령해야 할지 마이리쑤를 내밀어야 할지 잘 알았다.

물론 졸개라는 건 미차오가 제멋대로 상상한 거였다. 지시제가 그녀를 따라다니는 건 단지 그가 그녀처럼 외로웠기 때문이었다.

그와 동시에 뚱보 무리는 더욱더 심하게 놀려대기 시작했다. "미차오가 지시제를 좋아한대!"

미차오는 극도로 흥분해 고함쳤다. "날 반장이라고 불러야지! 어디서 반역이야?!"

반 전체가 숙연해졌다. 그리고 곧 모두는 미차오가 분노한 건 그들이 그녀를 반장이라고 부르지 않았기 때문이고, 그 소문 자체는 반박하지 않았다는 걸 깨달았다.

그리하여 '반장이 지시제를 좋아한대'라는 소문이 전교에 떠들썩하게 퍼졌다.

미차오는 화가 나서 어질어질할 지경이었다. 결국, 그녀는 싸우느라 피가 끓어올라서가 아닌 이유로 얼굴을 붉히고 말았다.

그녀는 다급히 지시제를 찾아가 책상을 내리치며 크게 소리쳤다. "젠장, 너 앞으로는 나 따라다니지 마! 정말 짜증 나!"

지시제는 마침 방과 후 옆 반의 시비 거는 남학생들 몇몇과 싸울 준비를 하려는지 고개를 숙이고 의자 다리를 해체하고 있었다. 그는 그녀의 말을 듣고 고개도 들지 않고 "알았어"라고 대답했다.

이렇게 깔끔한 대답에 오히려 어안이 벙벙해진 미차오는 약 30초 동안 멍하니 서 있었고, 지시제는 고개를 들었다가 놀라 물었다. "너 왜 아직 여기 있어?"

미차오는 무슨 말이라도 해서 체면을 되찾고 싶었지만, 입을 벌리는 순간 할 말이 모두 목구멍에 걸린 듯 나오지 않았다. 답답해서 얼굴이 빨개졌고, 머릿속이 하얘져서는 일단 지시제의 손에 들린 의자 다리를 잡아당겨 강하게 비틀었더니, 나사가 그대로 스륵 빠지면서 의자가 바로 해체되었다.

"미차오, 너 진짜 여전사구나. 내가 한참 낑낑거려도 안 풀렸는데……."

"여전사는 개뿔, 다시 그렇게 부르기만 해?!"

지시제는 그녀의 한껏 높아진 목청에 떨기는커녕, 오히려 짐짓 도발하듯 물었다. "그럼…… 반장이라고 부를까?"

미차오는 별안간 코가 시큰해져 책상을 힘껏 내리쳤고, 그 바람에 팔뚝 절반이 얼얼해진 상태에서 몸을 돌려 달아났다.

"반장, 누가 학교에서 소란을 피워!"

한창 우울해하고 있을 때, 뚱보가 갑자기 반은 두려움과 반은 흥분에 차 그녀에게로 헐레벌떡 달려왔다.

'학교에서 소란을 피운다'는 말은 다른 학교 불량배들이 대거 공격을 해왔다는 뜻이었다. 때로는 사적인 복수나 패거리의 복수를 위해, 때로는 너무 심심해서 단순히 시비를 걸기 위해서였다. 미차오는 소식을 듣자마자 급히 자신의 소소한 감정 문제를 내려놓고 뚱보와 함께 뛰쳐나갔다.

반 학생들 대부분이 그 북적이는 작은 운동장에서 체육 수업을 하는 중이었으니, 만약 무슨 위험 상황이라도 생긴다면 그건 모두 그녀의 책임이 될 터였다.

"배짱 있는 새끼들은 이 몸 앞에 나와봐! 자, 나와보라니까!"

한 손에 벽돌 하나씩 쥔 건달 티가 팍팍 나는 고학년 남학생 네다섯 명이, 사람 키만 한 담장 위에 서 있었다. 딱 봐도 다른 학교에서 할 일 없이 빈둥거리는 강호 사람들이었다.

머리 스타일이 특이한 키 큰 남학생이 자신의 형제들이 유리한 위치를 차지하고 엄호 중이라는 걸 믿고 바닥으로 뛰어내리더니, 손을 뻗어 한 여학생의 옷깃을 잡고는 땋은 머리를 잡아당기며 하하 웃기 시작했다.

그들은 운동장에 있는 무리보다 나이가 많았고 손에 무기도 들고 있어서, 평소 건방을 떨던 남학생들도 겁을 먹고 하나둘 뒤로 물러났다. 이때, 한 눈치 빠른 여학생이 별안간 하늘을 가리키며 비명을 질렀다.

벽돌 조각이 학생들의 머리 위로 우아한 곡선을 그리더

니, 담장 위의 한 키 작은 남학생의 귓가를 스치며 빠르게 날아갔다.

그 바람에 놀란 키 작은 남학생은 피하려다가 균형을 잃고 담장에서 곤두박질쳤다.

"이 바보 자식들아, 멀리 서서 쟤네들 때려 부술 생각은 못 하냐! 똥 먹고 컸어?!"

모두들 어안이 벙벙한 채 뒤를 돌아봤다.

미차오의 지저분한 교복이 바람을 맞으며 펄럭였다. 머리는 마침 지는 해를 가리고 있어 잔광이 그녀의 윤곽을 물들이며 마치 석가모니와도 같은 기품을 부각시켰다.

그리하여 똥을 먹고 자란 모두의 마음속에서 그녀는 다시금 성별 구분이 흐릿해져, 무슨 말을 하든 무슨 행동을 하든 진짜 같은 상남자 포스를 풍겼다.

정신을 차린 그들은 사방으로 흩어져 무기로 던질 만한 물건들을 찾기 시작했고, 담장 위아래는 일촉즉발의 상태가 되었다. 미차오는 담장을 내려온 키다리가 당황한 틈을 타서 비스듬히 달려들었고, 허리를 조준해 그의 왼쪽 허리 뒤쪽에 박치기 공격을 했다. 키다리는 예상치 못한 통증에 손을 풀었고, 미차오는 재빨리 인질로 붙잡힌 여학생에게 크게 외쳤다. "야, 너 바보냐? 빨리 도망쳐!!"

여학생은 그제야 울며불며 위험지대를 벗어났다. 왜냐하면 다음 순간 아군의 벽돌이 무심하게 자신에게로 날아왔기 때문이었다.

모두들 물건을 집어 담장 쪽으로 던지는 것만 알았지, 담장 밑 호랑이 굴로 뛰어든 미차오에게는 아무도 관심이 없었다.

아주 여러 해가 지난 후 장이머우 감독의 〈영웅〉을 보며, 미차오는 하늘에서 리롄제를 향해 빗발치는 화살을 오버헤드 샷으로 촬영한 장면을 보고 몸서리를 쳤다.

그건 그날 그녀가 올려다본 하늘의 복사판과도 같았다.

"야, 너 바보냐! 도망 안 가고 뭐 해!"

방금 그 여학생에게 정신 차리라고 던진 욕이 이렇게나 빨리 그녀에게로 되돌아왔다.

미차오는 처음으로 누군가의 품에 보호받는 느낌이 들었다.

그러나 너무 빨랐고, 상대방의 덩치도 작아서 특별한 느낌은 없었다.

만약 있다면 그의 호흡이 자신의 귀에 닿아 뜨거웠다는 거였다.

아주 뜨겁고, 정말 뜨거웠다.

"와! 영웅이 미인을 구했네!" 위저우저우가 눈을 찡긋하며 놀렸다.

미차오는 대꾸하지 않았다. 아직 추억 속에서 빠져나오지 못한 것만 같았다.

그녀는 그저 나지막하게 읊조릴 뿐이었다. "안타깝게도 조금도 아름답지 않았어."

지시제가 달려들어 미차오를 품에 보호한 채, 자신은 아군을 등지고 하늘에서 떨어지는 벽돌, 기왓장, 돌멩이, 페트병 따위를 맞으면서 그녀를 신속하게 전장에서 빼냈다. 도중에 얼마나 맞은 건지는 미차오도 알 수 없었다.

학교에서 소란을 피우던 불량배들은 어쨌거나 사람 수가 적어서 금방 놀라 달아나기 시작했다. 두 명이 담장을 넘어 도망쳤고, 나머지는 담장에서 떨어져 황급히 달려온 체육 선생님에게 붙잡혀 교무처로 끌려가 처분을 기다렸다.

모두가 환호하며 기뻐하고 있을 때, 미차오가 물이 반쯤 든 물병을 손에 쥔 뚱보를 마치 맹호가 사냥하듯 밀어 넘어뜨렸다.

"왜 또 날 때리는……."

"너, 혼란한 틈을 타서 내가 서 있는 쪽으로 인정사정없이 물건 던진 거 내가 못 본 줄 알아? 우라질, 아직도 반장이 그렇게 탐나냐!!!"

뚱보는 그래도 전보다 많이 성장해서 미차오의 제압을 벗어나 도망치기 시작했다. 두 사람은 운동장을 돌며, 모두가 놀려대는 와중에 추격전을 벌였다.

아무도 몰랐다. 미차오는 반드시 무리로부터 멀리 달려나가야 했다. 왜냐하면 그녀의 얼굴에 떠오른 억제할 수 없는 미소를 바람을 맞으며 가라앉혀야 했기 때문이었다.

그녀는 왜 웃음이 나오는 건지, 어째서 멈출 수 없는지 알지 못했다.

어쩌면 큰 재난을 겪고 살아남았기 때문일지도.

어쩌면 뚱보를 때리는 것 자체가 즐거운 일이기 때문일지도.

어쩌면 방금 위험지대를 벗어날 때, 그가 그녀의 귓가에 대고 꾸짖었기 때문일지도. "넌 네가 진짜로 여전사인 줄 알아? 여자애가 좀 조심하면 안 되겠어?!"

그는 깊은 잠에 빠져 있던 그녀의 성별 의식을 느닷없이 일깨워 줬다.

그는 그녀가 평범한 여자아이일 뿐이라고 했다.

미차오가 달리는 중에 고개를 돌려보니 베이지색 티셔츠를 입은 그의 그림자가 군중에게서 멀어져 가고 있었다.

손에는 자신이 뜯어낸 의자 다리를 든 채로.

그래서 나중에 그녀는 다시 의자 다리를 끼우고 있는 지시제의 책상 앞으로 달려가 큰 소리로 말했다. "너 앞으로 날 따라다녀도 돼. 내가 동의할게."

그는 여전히 고개도 들지 않은 채 덤덤하게 대답했다. "알았어."

지시제는 한 번도 다른 애들처럼 미차오를 두려워하거나 숭배하지 않았다. 미차오는 속으로 자신이 벽돌도 제대로 들지 못하는 환멸스러운 모습을 너무 일찍 보는 바람에 그의 마음속에 그 어떤 여신상도 세우지 못했나 보다고 추측했다.

그러나 얼마 지나지 않아 그녀는 지시제가 유일신 종교를 숭배한다는 것과 그의 마음속에 이미 자기만의 여신이 있음을 알게 되었다.

그 여신의 이름은 위저우저우였다.

그 여신은 싸움도 하지 않았고 문화적 소양이 있었으며, 예의 바르고 얼굴도 예뻤다.

미차오는 시멘트 파이프 위에 앉아 손등에 온종일 쌓인 먼지를 털어내면서 조용히 지시제의 말을 들었고, 고개를 숙인 채 대수롭지 않다는 듯 웃었다.

뭐야, 여자 버전 기생오라비잖아.

위저우저우는 거기까지 듣고 펄쩍 뛰며 소리쳤다. "기생오라비?"

미차오가 득의양양하게 눈썹을 치켜올렸다. "맞아. 설마 넌 아니라고?"

그런데 위저우저우는 놀랍게도 흥분해서 세면대 거울 앞으로 달려가서는, 자신의 얼굴을 만지며 미소 지었다. "고마워, 미차오. 너 정말 짱이야."

미차오는 하늘과 땅이 뒤집힐 정도로 구역질이 났지만, 이번에는 절대로 화학치료 때문이 아니었다.

미차오는 여자 버전 기생오라비인 위저우저우를 크게 걱정하지 않았다. 왜냐하면 5학년 끝날 무렵 지시제에게 여자 친구가 생겼기 때문이었다.

주변에 발육이 빠른 여학생들은 이미 월경을 시작했고, 남녀 학생들은 어렴풋이 서로 끌리기 시작했다. 지시제는 저번에 영웅이 되어…… 반장을 구한 적 있었고, 더군다나 몇 차례 다른 학교와의 패싸움에서 두드러지게 활약하며 남학생들에게 인정을 받았다. 그는 학급에 더 많이 녹아들었고, 오락실과 당구장을 제집처럼 드나들며 모두의 소환과 필요에 응하는 경우가 많아졌다. 비록 여전히 말수는 적었어도 전보다 많이 쾌활해졌다.

미차오는 인기 많은 기생오라비 지시제가 바로 자신 덕분에 바뀐 거라고 자부하며 오만하게 군 적이 한 번도 없었다. 그녀는 여전히 지시제의 내면에 차가운 삐딱선이 있다는 걸 굳게 믿었지만, 그는 한편으로 또 예의가 발라서 형편없는 남학생들과 어울리면서도 여전히 좋은 아이 같은 인상을 줬다.

이런 모순적인 면모는 그저 어느 쪽이 더 우위에 있느냐일 뿐이었다.

지난번에 그에게 구출되며 약간 솟아났던 소녀의 마음은 차츰 빛에 바래 사라졌고, 머리 위에는 새파란 하늘이, 교외에는 광활한 땅이 펼쳐져 있었다. 위저우저우가 수학 올림피아드 때문에 울던 5학년 끝 무렵, 미차오의 머리 위에는 여전히 구름 한 점 없는 쾌청한 하늘뿐이었다.

그녀가 멀지 않은 곳에서 지시제가 학급에서 자타가 공인한 미녀와 손을 잡은 걸 보기 전까진 말이다.

미차오는 지금도 당시 자신의 행동을 설명할 수 없었다.

그녀는 "내가 너희 선생님한테 이를 거야"라고 소리치며 반장의 권력을 행사하지도 않았고, 지시제의 어깨를 세게 후려치며 "너네 지금 뭐 해?"라고 의아한 듯 묻지도 않았다. 미차오는 평소 털털하게 행동했지만, 어리숙한 바보는 아니었다.

그러나 그녀는 이야기를 듣는 위저우저우가 예상한 것처럼 집에 가서 울적해하지 않았다.

그녀는 그들을 미행했다.

게다가 절반 정도 쫓아가다가 지시제에게 발각됐다.

지시제는 재미난 구경거리를 본다는 듯 웃으며 고개를 돌려 계속 걸어갔고, 여자친구를 집까지 데려다줬다. 다행히 두 사람은 텔레비전에서처럼 작별 키스를 나누지 않았다. 하물며 교외의 낡아빠진 집들과 길을 내고 건물을 짓는 시끄러운 소리를 배경으로는 어떻게 해도 낭만적이지 않을 테니 말이다.

그러더니 그는 전봇대 뒤에 숨은 미차오 앞으로 다가와 섰다. "너 생긴 게 너무 넓적해. 전봇대에도 가려지지 않잖아. 그러니 그만둬."

너 생긴 게 너무 넓적해.

너 생긴 게 너무 넓적해.

너 생긴 게…… 너무 넓적해…….

미차오 평생 영원히 잊지 못할 순간이었다.

그들이 시멘트 파이프 위에 함께 앉아 수다를 떨지 않은

지도 오래되었다. 예전에는 미차오가 계속해서 이야깃거리를 이어갔지만, 이번에는 그녀도 침묵했다.

지금 자신의 상태가 본능적으로 마음에 들지 않았던 미차오는 정신을 차리고 평소처럼 털털한 말투로 물었다. "너 눈가에 딱지가 앉았네. 또 싸웠냐?"

지시제가 웃었다. "어, 우리 아빠가 때린 거야."

지시제는 이제껏 뭘 감추려고 하지 않았다. 말하는 걸 좋아하지 않을 뿐이지, 일부러 뭘 숨긴 적은 없었다.

미차오는 대화나 인사치레를 잘하는 사람이 아니라 그 말을 듣자마자 펄쩍 뛰었다. "너네 아빠? 아빠가? …… 우리 아빠도 날 이렇게까지 때린 적 없는데. 매번 적당히 겁만 주지. 근데 너네 아빠는 어쩜 그렇게 모질게 그래?"

미차오 아빠는 부근 공사 현장의 작업반장이었고 문화적 소양은 별로 없었다. 미차오 엄마가 암으로 일찍 세상을 떠나자 그는 세 살 된 딸을 홀로 지금까지 키워냈고, 교육 방식은 비교적 단순한 편이었다. 선물을 주고, 잘 먹이고, 절대로 딸을 섭섭하게 하지 않았다. 다만 사고를 치면 때릴 뿐!

하지만 어찌 됐든 미차오는 부근에서 싸움으로 유명했고, 갈수록 맷집도 좋아져서 자신의 아빠가 얼마나 약하게 때리는지 차츰 알게 되었다.

"응, 우리 아빠는 세게 때려." 지시제가 말했다.

가벼운 묘사였다.

미차오는 마침내 방금 자신이 무슨 말을 했는지 깨달았

다. 지시제는 뚱보 무리와 달랐고, 심지어 자신과도 달랐다. 그 시절 미차오는 기질 따윈 몰랐고, 운명 같은 것도 몰랐다. 그저 지시제가 결국 그들 속에 섞이지 않을 거라는 느낌이 들 뿐이었다.

마치 저번에 지시제가 진지하게 말해준, 그가 위저우저우에게 했다는 "넌 우리랑 달라. 넌 앞으로 분명 굉장히 대단한 사람이 될 거야"라는 말처럼, 미차오도 그에게 "너도 우리랑 달라"라고 무척이나 말해주고 싶었다.

미차오가 무슨 말을 계속해야 할지 망설일 때, 지시제가 직접 입을 열었다.

"평소에는 잘해주셔. 난 엄마가 없어서 줄곧 아빠 손에 컸거든. 하지만 아빠는 술을 좋아하고 많이 마시면 완전 다른 사람으로 변해."

여기까지 말하고 그는 머리를 돌려 웃었다. "내가 너한테 고마워해야지, 미차오. 너한테 훈련 받지 않았으면 나도 그렇게 빨리 피하지 못했을 거야. 예전에 내 코가 시퍼렇게 멍이 들고 얼굴이 통통 부은 건 뚱보 걔네한테 맞아서가 아니라, 다 우리 아빠 때문이었어. 하지만 지금은 그럴 일이 없지."

미차오는 조금 어색하게 말했다. "고마워할 거 없어……. 그런데 너…… 너랑 그……."

"아, 내 여자친구 말이지."

열세 살도 안 된, 수염도 나지 않은 남자아이의 입에서 너무도 자연스럽게 나온 그 단어는 미차오를 제대로 낙담하게 했다.

"어제부터 사귀기로 했어." 지시제는 잠시 말을 멈추고 더는 쿨한 척하지 않고 아이 같은 천진난만한 기색을 살짝 드러냈다. "걔가 날 좋아한대. 뚱보 걔들이 여자친구 있으면 엄청 멋질 거라고 하더라."

미차오는 할 말이 없었다. 아마도 앞으로 한동안은 밥 먹고, 잠자고, 뚱보를 때리는 생활만 반복될 것 같았다.

"사실⋯⋯." 미차오는 뜸을 들이다 자신이 생각해도 아주 역겨운 말투로 말했다. "넌 내 졸개가 된 걸로 이미 아주 멋져."

지시제는 매우 진지하게 한참 고민하더니 느릿느릿 말했다. "난 그래도 여자친구가 있는 게 더 멋진 거 같아."

나중에 지시제는 한층 더 업그레이드되었다. "역시 여자친구를 바꾸는 게 더 멋진 거 같아."

더 나중에는 "아무래도 여자친구 여러 명을 두는 게 더 멋진 거 같아"가 되었다.

지시제의 명성이 높아질수록 미차오도 혼란스러워졌다. 지시제가 대체 뭘 추구하는지 도저히 알 수가 없었다. 미차오는 그저 건강하고 즐겁게 살 수만 있으면 좋았다. 아빠는 그녀에게 남보다 뛰어나야 한다고 요구하지 않았고, 그녀도 딱히 원대한 포부가 없었다. 그런데 지시제는 마음속에 뭔가 작은 포부를 품은 것처럼 보이면서도, 하는 행동은 정말이지 이해가 가지 않았다.

미차오가 이해하기도 전에 지시제는 사라졌다.

그가 종종 수업을 빼먹긴 했어도 이렇게 오랫동안 계속 결석한 적은 없었다. 미차오는 선생님에게 달려가 물었고, 돌아온 건 지시제가 전학 갔다는 대답이었다.

그가 떠난 건 올 때와 마찬가지로 아무런 징조가 없었다.

사람들이 수군거렸다. 지시제의 친부모가 그를 데리러 왔다고, 그의 친부모는 무척 부자라고, 멋진 검정 승용차에 그를 태워 갔다고, 지시제는 완전히 대박 맞았다고…….

뚱보가 미차오의 어깨를 토닥이며 조심스럽게 말했다. "반장, 이건 지시제가 가기 전에 나보고 너한테 전해주라고 한 거야……. 때리지 마, 나도 걔가 전학 가는지 정말 몰랐다구. 걔가 나한테 말해준 적도 없단 말야…….'

미차오는 그를 때려주는 것도 잊고 손에 들린 걸 낚아챈 후, 계단에 앉아 불룩한 편지 봉투를 천천히 뜯었다.

지시제는 비디오방에서 홍콩영화를 너무 많이 봐서인지 뭘 하든 멋있게 하고 싶어 했다. 작별도 포함해서.

가늘고 긴 쪽지에 깨끗한 필체였다.

"우리 아빠가 죽었어. 더는 날 때릴 수 없게 됐어. 아빠가 죽고 나서야 사실 아빠가 나한테 잘해줬다는 걸 알겠더라. 다만 술만 마시면 미쳐서 그렇지. 아마 평생을 너무 힘들게 살아서 그랬을 거야. 난 여길 떠나고 싶지 않아. 여기서 정말 즐거웠는데 내 친부모님이 날 데리러 왔어. 나도 나중에 어떻게 될지 모르겠다. 난 그분들을 닮지 않은 것 같아. 어색해. 하지만 방법이 없어.

우린 좋은 친구고, 가장 친한 친구지. 하지만 우리가 다시 만날 수 있을지는 모르겠다.

공부 열심히 하고 맨날 싸움만 하지 마. 사실 뚱보 걔들도 널 그냥 봐주는 거야. 남학생 무리가 어떻게 너 하나 상대 못 하겠냐?

공부 잘하고, 몸 건강하길 바라!"

미차오는 편지를 여러 번 되풀이해 읽었다. 마음이 텅 비어버린 것처럼 종잡을 수가 없었다. 어째서인지 눈이 시렸고, 깜빡거리기도 전에 눈물방울이 멋대로 떨어져 편지를 적셨다.

봉투 가장 안쪽에 뭔가 딱딱한 게 만져졌다. 손을 집어넣어 꺼내보니 놀랍게도 하늘색 나비 머리핀이었다. 위에는 쪽지가 붙어 있었다.

"너 머리 기를 생각 없어? 여자아이는 긴 머리가 예쁜 거 같아. 사실 고릴라 머리핀을 사고 싶었는데 아무리 돌아다녀도 파는 곳이 없더라. 내 생각에 넌 고릴라 모양이 잘 어울릴 거 같은데."

미차오가 여기까지 이야기했을 때, 그녀의 아버지가 갑자기 들어와 검사를 받으러 가야 한다고 말했다.

그러고는 몸을 돌려 살짝 겸연쩍어하며 말했다. "미차오랑 같은 반이지? 자주 와서 같이 있어 주느라 공부 시간을 뺏겼을 텐데, 내가 얘 아빠로서 달리 할 말은 없고, 정말 고맙구나."

목소리가 걸걸한 작업반장인 미차오의 아버지는 일찍이 부자가 되어 딸에게 '벼락부자 아저씨'라고 불렸다. 위저우저우는 눈앞의 이 초췌하고 마르고 예의 바른 남자를 미차오가 설명한 커다란 목청에 배불뚝이 골초 아저씨와는 도저히 연결 지을 수 없었다.

"그럼…… 그럼 난 먼저 학교로 돌아갈게. 내일은 모의고사니까 모레 다시 보러 올게."

미차오는 여느 때처럼 히죽거리며 "얼른 가서 '팔영팔치 八榮八恥'*랑 '3개 대표론'**이나 복습하시지. 어떻게 정치 과목에선 80점도 못 넘냐"라고 재촉하지 않고, 그저 위저우저우를 빤히 바라봤다. 하고 싶은 말이 있는데 말이 나오지 않는 듯했다.

한참 후, 그녀는 검사받으러 갈 준비로 바쁜 아버지와 간호사 앞에서, 병실 안 다른 사람들의 의아한 눈빛도 신경 쓰지 않고 위저우저우에게 큰 소리로 말했다.

"그러다 중학교 때 난 베이장취에 있는 너네 옆 학교에 다녔어."

---

 * 중국식 사회주의 영욕관. 여덟 가지 영예과 여덟 가지 치욕.
** 중국 공산당이 선진 생산력과 선진 문화, 인민의 근본 이익을 대표해야 한다는 정책 이념.

"그러다 나중에 또 걜 만났고."

"그러다 나중엔……."

뭔가를 어렴풋이 예감한 위저우저우는 집중해서 귀를 기울였다. 미차오가 아버지의 만류에 따라 얌전히 휠체어에 앉아 병실을 떠날 때까지.

병실 문이 닫히기 전, 위저우저우는 미차오가 마지막으로 그녀를 돌아보는 걸 봤다. 그 휘어진 눈은 웃고 있는 것 같았지만, 눈빛에 담긴 안타까움이 위저우저우의 머릿속을 순식간에 새하얗게 만들어버렸다.

미차오를 마지막으로 본 게 이렇게 어수선한 장면일 줄 어찌 상상이나 했을까. 옆 침대 할머니는 아이고, 아이고 신음을 해댔고, 간호사가 들고 있는 수액병이 쨍그랑 부딪혔다. 미차오는 급히 떠밀려 나갔고, 아직 다 하지 못한 말은 너무도 많았다.

위저우저우는 어려서부터 너무도 많은 위험한 고비를 넘기며 위기를 극복하는 비결을 익혔다. 어떤 일이든 만회할 여지가 있었고, 아무리 힘든 고난이라도 관점을 바꾸면 약간의 달콤함도 음미할 수 있었다.

그러나 그 순간, 그녀는 엄마와 치 아저씨가 세상을 떠난 후로 다시금 무력감을 체감했다.

나중에.

미차오는 마지막으로 떠나면서 이미 뭔가를 예감했을지도 모른다. 그녀는 필사적으로 위저우저우에게 나중에 벌어진 일을 이야기해줬다.

하지만 나중은 이미 없었다.

미차오는 20년도 채 살지 못한 자신의 인생에 아쉬움 없다고 말할 수 있었다. 그녀는 제멋대로 떠벌렸고, 당당하고 즐거웠으며, 양심에 거리낌이 없었다.

하지만 가장 큰 아쉬움은, 그녀가 그 어떠한 아쉬움을 느낄 기회도 다시는 만들지 못한다는 거였다.

나중의 나중에.

그녀에겐 아직 너무도 많은 이야기가 있었지만, 미처 벌어지지 못했다.

장찬 번외.

우리 세 사람

"장찬은 링샹첸을 좋아하고, 링샹첸은 린양을 좋아해."

말이 떨어지자마자 루위닝은 순간 큰 깨달음을 얻은 듯 "오~" 하고 내뱉었다. "어쩐지 걔네 셋 관계가 참 이상하다 싶더라. 그런데 린양은 나한테 말해준 적 없어. 삼각관계를 끝내지 않으면 안정적이지 않을 텐데."

"뭐가 안정적이지 않다는 거야. 린양이 사랑하는 사람이 장찬일 수도 있잖아."

옆에 있던 친구는 결론을 내린 후, 득의양양하게 소변기 앞에 붙은 하얀색 표어 '앞으로 한 걸음이 문명으로 큰 걸음' 을 조준하며 더욱 분발하기 시작했다.

그들은 장찬도 화장실에 있는 걸 알지 못했다.

두 사람은 지퍼를 올리곤 웃고 떠들며 손 씻으러 갔다. 장찬은 잠시 머뭇거리다 바지를 올렸다. 그리고 몸을 돌리자 하마터면 누군가와 부딪힐 뻔했다.

"여어, 장촨. 마침 널 찾고 있었어. 링샹첸이 글쎄 문과에 가겠대. 방금 나한테 얘기하던데 너 알고 있었어?"

린양의 싱글거리는 얼굴이 시야에 등장했다. 장촨은 한참을 멍하니 있다가 반문했다. "문과?"

"몰랐어?" 린양은 지퍼를 올리며 대수롭지 않다는 투로 말했다.

장촨은 수도꼭지를 틀었다.

"너도 방금 알았는데 내가 어떻게 알았겠냐."

린양의 당황한 표정을 무시한 채, 장촨은 손에서 물을 털며 성큼성큼 화장실을 나갔다.

이 눈치도 없는 바보 멍청아.

장촨은 린양을 바보 멍청이라고 부를 수 있는 유일한 사람은 자신이 아닐까 싶었다.

남들이 보기에 린양은 똑똑하고 상냥하고 우수한, 누구나 좋아할 만한 완벽한 모범생이었다. 장촨이 그를 처음 봤을 때부터 주변의 학부모, 선생님, 동급생 모두 이에 대해 이견이 없었다.

링샹첸도 포함해서.

오직 장촨만이 린양을 대단하다고 느껴본 적 없었다. 장촨의 눈에 린양은 '앞으로 한 걸음이 문명으로 큰 걸음'이라는 남자 화장실 필수 표어 앞에서도 자신의 사정거리는 충분하다고 떠드는, 가장 평범하고 찌질하고 바보 같은 친한 친구일 뿐이었다.

그래서 설령 이 친한 친구가 장찬 앞에서 태양을 가릴지라도 단 한 번도 질투한 적 없었다.

다만, "장찬은 링샹첸을 좋아하고, 링샹첸은 린양을 좋아해"라는 간단한 한마디가 느닷없이 그의 마음을 들쑤셔 버렸다.

마치 이렇게 여러 해 동안 천진난만하게 친하게 지내던 세월에 감싸인 비밀을 외부인에게 함부로 간파당한 것만 같았다.

담임은 국어 선생님이었다. 수업 시간에 칭화대 이야기를 하다가 첸중수*까지 이야기가 샜고, 첸중수에서 다시 양장**까지 이어졌으며, 마지막으로 『우리 세 사람』***이라는 책을 언급했다.

그러자 루위닝과 몇몇 애들이 슬그머니 웃으며 팔꿈치로 린양을 쿡 찔렀다. 국어 시간만 되면 정신없이 자는 린양은 잠에서 깨어 어리둥절한 얼굴로 장찬과 링샹첸 방향을 바라봤고, 이런 모습은 루위닝 일당의 속셈에 딱 들어맞았다.

"봐, 내가 말했지? 너희 셋은 역시 삼쌍둥이라니까. 나중

---

* 錢鍾書, 칭화대 교수를 역임한 중국 문학가.
** 楊絳, 중국 문학가, 첸중수의 부인.
*** 양장이 세 식구의 생활을 주제로 쓴 산문집.

에 너도 책 한 권 써봐. 제목은 똑같이 『우리 세 사람』으로 하고, 너네 그 얽히고설킨 관계를 주절주절 쓰면 되겠네."

루위닝이 까불며 웃자, 린양은 대뜸 국어책으로 그의 얼굴을 후려치더니 눈썹을 치켜올리고 야릇하게 웃었다. "그게 무슨 말이야. 아무리 얽히고설켜도 우리 둘만 하겠어?"

반 전체가 웃느라 뒤집혔다. 담임조차 자상하게 웃으며 자신이 아끼는 두 학생이 소란 피우는 걸 어쩔 수 없다는 듯 바라봤고, '우리 세 사람'에 관한 이야기는 이렇게 자연스레 지나갔다.

장촨은 불현듯 곁에 있는 링샹첸이 불쾌한 표정으로 "재미없어"라고 말하는 걸 들었다.

"너 문과 가려고?"

그는 혼란한 틈을 타 가만히 물어봤다. 책을 한 페이지씩 넘기며 아무렇지 않다는 듯 연기하면서.

링샹첸은 그가 갑자기 이런 걸 물을 거라고는 생각 못 했는지 한참 멍하니 있다 말했다. "응, 우리 반에서는 아마 나 혼자 문과에 갈 거 같아."

그럼 넌 왜 내게 말해주지 않았어?

장촨은 한참을 꽁하게 있으며 그 말도 입 밖으로 내지 못했다.

"언제 결정한 건데?" 결국엔 이렇게 절충할 수밖에 없었다.

"어제저녁. 아빠, 엄마랑 한참 얘기한 끝에 결정한 거야. 문과에 가는 사람은 적고, 가면 분교 학생들이랑 한 반이 되어야 하니까 처음엔 동의하시지 않았지만, 나중엔 그래도 나한테 설득됐지 뭐."

알고 보니 어젯밤에 막 결정된 거였다. 마음이 좀 편해진 장촨은 고개를 기울여 링샹첸이 『인류의 빛나는 시간』이라는 제목의 책 표지를 어루만지며 아주 소중하게 다루는 걸 봤다.

"그건 뭐야?"

링샹첸은 장촨의 질문을 피하려는 생각이 조금도 없었다.

"추톈취가 빌려준 거야. 내가 문과에 간다니까 인문, 사회, 과학책을 많이 읽는 게 성향에 맞을 거라고 하더라. 슈테판 츠바이크가 쓴 책이야. 나…… 난 츠바이크를 아주 좋아하거든."

장촨은 츠바이크가 누군지 몰랐고 알고 싶지도 않았다.

느닷없이 솟은 분노 때문에 용기를 얻은 그는 말이 터져 나왔다. "넌 문과에 간다면서 왜 나한테는 말도 안 한 거야? 린양이 나보다 먼저 안 건 그렇다 치고, 어떻게…… 어떻게 다른 반 애가 나보다 먼저 알 수 있어? 내가 안 물어봤으면 넌 말하지 않을 생각이었어?!"

링샹첸은 약간 의아하다는 듯 그를 바라봤다. 예쁜 봉황 눈에는 당황스러움이 가득했고, 이런 문제를 맞닥뜨릴 줄 전혀 생각하지 못했는지 한참 동안 아무런 변명도 하지 않았다.

장촨은 링샹첸에게 그 어떤 것도 원망한 적 없었다.

유치원 때 그녀는 매일 린양에게만 달라붙어 놀았다.

초등학교 때는 꼭 린양과 짝꿍을 해야 했고, 수학 올림피아드 수업을 들을 땐 모르는 문제를 린양에게만 물었다.

중학교 때 반 여자애들에게 따돌림을 당할 때, 그들은 그녀 대신 화풀이를 해주었고 그녀는 울며 린양의 품으로 뛰어들었다.

장촨은 한 번도 화를 내지 않았다.

그가 무조건 링샹첸을 따르고 지지하는 바람에 화가 난 린양이 "장촨, 넌 링샹첸이 방귀 껴도 향기롭지"라고 소리치고, 링샹첸이 커다란 청소 빗자루를 들고 온 교실을 뛰어다니며 쫓아가 때리던 나날은 장촨 마음속에서 가장 좋았던 시절이었다.

하지만 지금, 그도 어떻게 된 건지 알 수 없었다.

몇 초간 어색한 침묵이 흐른 후, 링샹첸은 입을 삐죽거리며 얼굴이 빨개져 말했다. "미안해."

그녀는 그저 사과할 뿐이었다.

이번에는 장촨이 어찌할 바를 몰랐다.

매일 지나치게 친하게 지내고 서로 훤하다 보니, 장촨 자신조차 그가 어르고 달래며 떠받들던 거침없는 작은 공주가 고개를 숙이고 사과하는 법을 배웠다는 걸 알아차리지 못한 건지도 모른다.

세 사람이 어려서부터 형성한 외부와 격리하는 보호막은 차츰 자라나는 그들을 더는 용납할 수 없는 듯했다. 외부 세계의 침식으로 공주는 고개 숙이는 걸 배웠고, 기사도 원망하지 않는 걸 그만뒀다.

그러다 어느 날 식당에서 린양 맞은편에 앉은 위저우저우의 얼굴에 떠오른 억지를 부리면서도 노심초사하는 표정을 봤다.

그러다 어느 날 탕비실에서 링샹첸과 추텐쿼가 나란히 서서 컵을 씻으며, 그들의 조심스러운 눈빛에 구차함과 기쁨이 가득 차오른 걸 봤다.

장촨은 문득 자신이 병이라도 난 것만 같았다. 마치 태어나면서부터 무균실에 있던 사람이 아무 예고도 없이 화학공장의 자욱한 먼지 속에 버려진 것처럼, 저항할 힘이라곤 하나도 없었다.

장촨의 휴대폰은 아주 오랫동안 다시 울리지 않았다. 얼마나 오랫동안 아무도 이놈의 안부를 물어보지 않았는지는 알 수 없었다.

"며칠 전에 너희 담임선생님한테 들었는데, 첸첸이 연애를 한다고?"

장촨이 힘겹게 집어 올린 동그란 어묵은 그 말을 듣자마자 다시 솥 안으로 떨어지며 뜨거운 국물이 사방으로 튀었다. 엄마는 그를 흘겨보며 급히 몸을 일으켜 종이 냅킨을 집어 들었다.

"걔네 부모는 알아?" 아빠가 옆에서 끼어들었다.

"나도 모르지." 엄마는 예전 습관대로 장촨을 어린애 취급

하며 입을 닦아주었고, 그가 귀찮은 듯 고개를 돌려 피하는
데도 전혀 개의치 않아 했다. "그 사람들이 모르고 있다 해도
내가 가서 알려주는 건 아니지. 얼마나 짜증 나겠어. 게다가
첸첸 부모 사이가 안 좋은 거 당신도 모르지 않잖아. 더구나
걔 엄마 성격이랑 그 병에, 내가 왜 괜히 미움받을 일을 해."

장촨 아빠는 한참을 멍하니 있다가 말했다. "그건 그래.
하지만 장촨 담임선생도 알았으니 문과반 담임도 벌써 걔
부모한테 연락했을지도 몰라. 이 나이 애들이 엉뚱한 생각
을 하는 건 피할 수 없지 뭐."

"말도 마. 첸첸이 연애한다는 얘길 듣고 나서 가장 먼저
양양이랑 그런 건가 하는 생각이 들었다니까."

장촨 아빠의 반응은 더욱 격렬했다. "뭐? 그럼 양양이랑
그런 게 아냐?"

장촨이 짜증 난다는 듯 그릇을 내려놓았다. "저 배불러요."

문을 닫았지만, 등 뒤에서 들리는 엄마, 아빠의 웃음기 가
득한 그 한마디를 막을 수는 없었다. "촨촨, 어렸을 때 너희
셋이 맨날 같이 놀았던 거 기억나니? 어른들이 양양이랑 첸
첸이랑 나중에 결혼시키자고 말하면 네가 울고불고 난리 치
면서 안 된다고 했잖아."

장촨은 문에 기대어 길게 한숨을 내쉬었다.

낮에 학교에서 화학 과목 사무실로 선생님을 만나러 갔을
때, 넋을 잃은 링샹첸과 실수로 부딪혔었다. 그녀는 부딪힌
사람이 장촨인지도 눈치채지 못한 채, 그저 고개를 숙이고

바쁘게 걸어가며 힘없는 목소리로 "미안한데 좀 비켜줄래"
라는 말만 남겼다.

　그건 장촨이 한 번도 본 적 없는 링샹첸이었다. 쓸쓸하고
낭패스러운, 거만함이라곤 조금도 찾아볼 수 없는 모습.

　차라리 이 여자애가 여느 때처럼 전화로 제멋대로 횡포를
부렸으면 했다. "장촨, 허구한 날 그렇게 코흘리개 애처럼
굴지 좀 말아줄래? 그래주면 안 되겠어? 들을 때마다 너무
짜증 나."

　그는 린양을 찾아갔다. 그런데 뜻밖에 린양도 다 죽어가
는 모습으로 창턱에 앉아 고개를 들어 그에게 물었다. "장
촨, 너 중학교 때 한동안 제정신이 아닌 것처럼 무슨 집착과
업보 어쩌고 떠들었잖아. 줄곧 너한테 묻고 싶었는데, 집착
하는 게 잘못일까?"

　이 세상은 링샹첸에게 권세 있는 공주는 없고 오직 무산
계급만 있을 뿐이라고 알려줬고, 이 세상은 린양에게 아무
리 우수하고 완벽하고 우월한 조건을 갖춰도, 전력을 다해
도 얻을 수 없는 게 있다는 걸 알려줬다.

　이 세상은 장촨에게 아무리 열심히 쫓아다녀도, 너희는
결국 길을 잃고 흩어질 거라고 알려줬다.

　어릴 적 장촨이 가장 두려워한 일은 링샹첸과 린양이 어
른들 말처럼 결혼하는 거였다. 아이들 눈으로는 농담을 구
분하지 못했고, 그래서 이런 일에 대해 장촨은 줄곧 매우 진
지했다.

그리하여 아주 여러 해가 지난 후, 어른들은 함께 모여 그 시절 이야기를 할 때마다 옛날에 장찬이 눈물, 콧물 범벅이 되어 링샹첸을 안고 "결혼하면 안 돼"라고 큰 소리로 외치던 모습을 웃으며 추억했다.

당시 린양은 시원스러운 형님 같은 모습으로 그를 위로하며 말했다. "걱정 마. 우리 나중에 셋이서 결혼하자. 셋이 같이 지내면 돼!"

그런 다음 그들은 어째서 모두가 뒤집어지도록 웃는 건지 조금도 이해하지 못했다.

지금 돌이켜 생각해보니 마음이 쓰렸다. 그는 키가 작아서 붐비는 교실에 파묻혀 있었고, 백열등 아래에서 선생님이 입을 열었다 닫았다 하는 걸 보면서도 그 어떤 소리도 듣지 못했다.

그는 자신을 깊이 원망하기 시작했다.

만약 당시 그가 두 사람의 결혼에 동의했다면 지금 좀 나았을까?

적어도 그랬다면 그들 모두 즐거웠을 거고, 그 역시 자주 놀러 갈 수 있었을 것이다. 세 사람이 여전히 함께, 영원히 함께 있을 수 있었다.

나중에 린양과 위저우저우는 그에게 대체 어떻게 링샹첸을 찾은 거냐고 물었다.

이 크지 않은 북쪽 도시에서, 두 바보가 머리가 빙빙 돌정도로 돌아다녀도 찾지 못한 사람을 장환은 아주 쉽게 찾아냈다.

"어릴 때 자주 갔던 곳을 하나씩 다 가봤지. 어쨌든 다 같은 구역에 있으니까."

"걔가 성정부 유치원에 갈 줄은 어떻게 알고?"

장환이 턱을 괴고 잠자코 생각하더니 느릿느릿 대답했다. "어쩌면 걔도 나처럼 어릴 때가 좋았다고 생각할 거라는 느낌이 들어서였을 거야."

고개를 드니 위저우저우는 뭔가 생각에 잠긴 듯한 표정이었다.

그리고 린양이 위저우저우의 어깨를 힘껏 감싼 채, 수상쩍게 붉어진 얼굴로 "난 그래도 지금이 더 좋은 것 같아"라고 큰 소리로 말하는 바보 같은 모습을 봤다.

과연 돌고 돌아서 결국엔 이 바보가 가장 행복했다.

장환은 그날 린양의 전화를 끊고 최대한 빠른 속도로 교실을 박차고 나가던 순간, 마음이 차분해지는 느낌을 여전히 기억했다.

아주아주 오랫동안 혼란스러웠던 고민이, 지금 이 순간 마침내 분명하고도 확실하게 아주 작은 부분까지 세세히 드러난 것 같았다.

그는 땅바닥에 쭈그리고 앉아 눈물을 뚝뚝 흘리는 링샹첸의 뒤로 다가가 패딩 점퍼를 걸쳐줬고, 멍하니 그를 쳐다보던 그녀가 별안간 그의 품으로 뛰어들던 그 순간을 여전히 기억했다.

장찬은 자신이 키가 작다는 걸 알았지만, 포옹하는 데 불편함은 없었다.

"난, 난……." 링샹첸은 우느라 목이 메어 말도 제대로 하지 못했다.

"아무 말도 하지 마. 난 널 믿어."

줄곧 널 믿어왔어. 넌 세상에서 가장 좋고 좋은 여자아이니까.

"어렸을 때 우리가 직원 단지 마당에서 같이 꼬마 삼륜차 타고 시합했던 거 기억해? 그때마다 네가 모두를 소집했잖아."

링샹첸이 웃기 시작했지만, 코는 여전히 빨갰다.

"당연히 기억하지. 난 여자애라 원래부터 속도가 느린데도 지는 걸 인정하지 않았잖아. 매번 '준비, 땅!'을 외치고 나면 다들 날 뒤에 내버려 두고 앞으로 튀어나갔고."

"응, 그런 다음 막무가내로 삼륜차를 길 한가운데에 세우고는 목이 터져라 외쳤지. '정말 재미없어! 너희 진짜 유치해!'"

장찬이 코를 쥐고 링샹첸의 앙칼진 목소리를 흉내 내자, 그녀가 주먹으로 그의 이마를 때렸다.

"린양은 매번 발을 동동 구르면서 내가 괜히 억지를 부린다고 욕했어. 다들 내가 억지를 부린다고 할 때 너만 내 편을 들어줬지."

"그랬지." 장촨이 쓸쓸하게 웃었다. "내가 참 뻔뻔해서……."

그들은 나란히 사대 부속초등학교 지붕에 앉았다. 당시 그렇게나 컸던 운동장이 지금 보니 애들 놀이터처럼 아주 초라했다.

멀리 자욱한 안개 속에 잠긴 겨울의 태양이 천천히 시멘트 숲으로 잠겨들었다.

"우리 엄마랑 아빠…… 너도 알지."

"응."

"아마 앞으로 더 견디기 어려워질 거야. 하지만 난 두렵지 않아."

"나도 알아."

"내가 도망친다고 해도 좋고, 겁쟁이라고 해도 좋아. 어쨌든 남은 반년 동안 난 학교에서 공부하고 싶지 않아."

"그래."

"커닝 사건에 관해서는 설명하기도 해명하기도 싫어."

"응."

"난 대입시험에서 좋은 성적 받아서 사람들에게 보여줄 거야."

"분명 문제없을 거야."

링샹첸이 얼굴을 돌렸다. "장촨, 너 진심이야, 거짓말이야?"

그는 그녀가 뭘 가리키는 건지 묻지 않고 그저 웃었다.

"진짜야."

정말이었다. 설령 그녀가 팔을 비틀며 크게 소리친다 해도. "장촨, 이 망할 자식아!"

그는 좋은 말도 긴 창도 없는 기사였고, 천 리 길을 마다하지 않고 제멋대로인 공주를 따라다녔다.

이 공주가 긴 머리든 짧은 머리든, 사과 먹는 걸 좋아하든 깊이 잠들어 깨지 못하든 상관없이.

나중에 어떤 개구리나 국왕이 그녀를 데려가 "그로부터 행복하게 살았습니다"라고 끝나든 상관없이.

미래는 너무나도 변화무쌍했다. 장촨은 린양이 아니었기에 야심 차게 멀리 내다보는 일 따위는 하지 않았다.

그저 이 순간, 그들은 여전히 함께 있었고, 매일의 오늘에 모두 함께 있을 것이다.

그러면 내일도 너무 멀리 떨어져 있지 않을 것이다.

블루 워터

레스토랑에서 기다리고 있을 때 여자친구에게서 문자가 왔다. 헤어지자고.

여자친구는 모든 점이 좋았다. 상냥하고 예의 바르고, 아름답고 우아했다. 서로 말이 잘 통하고 성격도 비슷했으며, 심지어 집을 사자고도 이미 상의했었다.

그런데 어제 무슨 이유에선지 갑자기 이야기가 무산됐다.

집 이야기를 꺼내자 여자친구가 머뭇거렸던 게 생각났다. 천안은 여자친구 집안 사정이 그리 좋지 않다는 걸 알고 있었다. 부모님은 건강이 좋지 않아 소매업을 하며 근근이 먹고사는 정도였고, 여자친구 혼자 지금까지 버텨오며 여전히 막중한 부담을 짊어지고 있었다. 그가 걱정할 것 없다고 위로하려던 순간, 여자친구의 자존심이 발동했다.

"지금 난 수중에 여유가 없어. 부모님 장사 때문에 융통할 자금이 있어야 하거든. 그렇다고 너한테 빚지고 싶진 않으니까 집은 네 명의로 해. 난 조금도 차지하지 않을 테니까."

그 고집 센 얼굴은 감탄할 만했지만, 천안은 돌연 흥미가 사라졌다.

어쩌면 상대방이 확실히 선을 그으며 경계를 분명히 정해서일 것이다.

어쩌면 상대방이 여전히 그 앞에서 허영심을 유지하며 억지로 체면을 유지하려고 거짓말을 해서일 것이다.

어쩌면 아무 이유 없을지도 모른다.

다만 그녀의 한마디 때문이었다. "난 너랑 달라. 금수저를 물고 태어나지 않았거든. 결국, 우린 같은 길을 걸을 만한 사람들이 아니었나 봐."

그는 어깨를 으쓱하며 긍정도 부정도 하지 않았다.

이 평범하기 그지없는 12월에, 2년을 이어져 온 마음이 마침표를 찍었다. 천안은 아쉽지 않았다. 어쩌면 자신이 아쉬움을 느끼지 못하는 것이 아쉬웠는지도 모르겠다.

곧 휴대폰에 다시 진동이 울렸다.

이번에는 위저우저우였다.

"나 문 앞이야. 오빠는 어디야?"

이틀 전, 위저우저우는 다섯 개 학교가 연합해 개최한 학생 포럼에 참가하느라 처음으로 상하이에 왔다. 아주 오랜만에 온 연락이라 천안은 밥을 사겠다고 제의했고, 진마오

타워에 가서 야경을 보기로 했다.

밤이 깊어질수록 아름다운 상하이.

창밖에는 마치 별빛이 흩뿌려진 것 같은 상하이의 휘황찬란한 밤이 펼쳐져 있었다. 줄줄이 이어진 차량 불빛은 따스하게 빛나는 강줄기를 이루며 이 도시의 혈관을 천천히 들끓게 했다.

"남자친구 있어?" 그가 장난꾸러기처럼 눈을 찡긋했다.

"있어." 위저우저우는 아주 솔직했다. "상하이에 걔랑 같이 온 거야. 근데 걘 오빠를 모르니까 같이 만나면 아무래도 불편할 것 같아서 여기로 안 불렀어."

"상하이는 좀 둘러봤어?"

"일정이 너무 빡빡해서 자유 시간이 별로 없어. 외출할 때 교통비도 다 각자 부담해야 한다니까. 아침마다 붐비는 지하철에 끼여 타느라 곧 영정 신세가 될 판이야."

천안은 저도 모르게 웃음을 터뜨렸다.

"하지만 린양이 지하철 끼여 타는 걸 특히 좋아해. 지하철이 따뜻하고 떠들썩하다나."

이 린양은 분명 위저우저우의 남자친구겠지. 천안은 짐짓 뾰로통한 척하는 여자아이를 찬찬히 뜯어보며 웃었다. "실은 너랑 딱 달라붙어 있고 싶어서 그런 거겠지!"

위저우저우는 어이없다는 표정을 지었다. "오빤 어떻게 나이 들수록 변태 같아져?"

천안은 파랗게 질린 얼굴로 고개를 돌렸다. "…… 이건 아

272

주 정상적인 현상이야."

활기차고 즐거운 농담이 끝난 후, 어째서인지 두 사람은 별안간 동시에 침묵에 빠져들었다. 그들이 말없이 잠자코 있는 모습은 놀랄 만큼 비슷해서, 마치 동일한 판형으로 찍어낸 것 같았다.

"아주 옛날에 난 오빠가 왜 상하이에 가려고 했는지 무척 궁금했어. 지금 생각해보면 별거 아닌데, 당시 나한테는 정말이지 먼 곳이었거든."

천안은 손을 뻗어 다섯 손가락을 쫙 펴서는 유리창에 가볍게 손바닥 자국을 찍었다.

"아마 이 도시에는 눈이 내리지 않아서일 거야."

신기하게도, 그 말을 한 지 얼마 되지 않아 아름다운 주황색 조명 아래로 자잘한 눈송이가 어지럽게 흩날리기 시작했다.

천안은 어안이 벙벙했다. 약속 장소로 오는 길에 그는 두 손을 주머니에 꽂고 고개를 들어 하늘을 쳐다봤었다. 기억 속 고향과 똑같이 잔뜩 억눌린 잿빛 지붕이었지만, 어찌 됐든 상하이의 찬 공기는 한바탕 눈을 내리게 하기엔 부족했다.

그런데 지금 눈을 언급하자마자 진짜로 눈이 내리다니.

그는 어색하게 웃으며 고개를 돌려 위저우저우의 집중하는 눈길을 바라봤다.

"천안 오빠, 기억나? 눈이 많이 오면 악기 메고 연습하러 갈 때마다 엄청 고생했던 거?"

그는 말이 없었다. 기억이 구름처럼 뭉게뭉게 피어올랐다.

지금까지도 천안은 이따금 꿈에서 그 폭설이 내리던 날을 봤다. 외할아버지는 등에 바이올린을 메고 오른손으로 그의 손을 꽉 잡은 채, 북쪽 도시의 12월 찬바람을 헤치고 오들오들 떨며 두껍게 얼어붙은 길을 건넜다.

꿈은 여기서 끝났고, 길은 평생 가도 건너지 못할 정도로 넓게만 느껴졌다.

그해 천안은 4학년이었다. 전국 어린이 바이올린 동계 캠프 대회를 준비 중이었고, 선생님은 그의 아버지에게 바이올린 수업을 매주 1시간에서 2시간으로 늘리겠다고 알렸다. 원래는 매주 토요일 점심때 외할아버지 댁에 가야 했지만, 수업 시간이 임시로 늘어나는 통에 아버지는 이 기회를 틈타 천안에게 말했다. "대회 끝나고 시간 날 때 다시 외할아버지랑 외할머니 보러 가자."

그 시절 천안은 고개를 들어 자신과 70프로 정도 닮은 무표정한 아버지의 얼굴을 진지하게 바라봤다. 그는 입술을 달싹였지만 속으로는 잘 알고 있었다. 눈앞의 이 남자는 자신의 항의를 완벽한 변명으로 모조리 덮어버리리라.

그래서 아무것도 말하지 않고 그저 고개를 숙였다. "네."

남자는 손을 들어 가볍게 그의 머리카락을 쓰다듬었다. 천안은 머리를 피하려 했지만 피하지 못했고, 이 피하는 동작 때문에 머리 위에 얹혀 있던 손은 곧장 탁자 위 유리 꽃병을 집어 들더니 구석으로 인정사정없이 던져버렸다.

유리가 깨지는 맑은 소리에 할아버지, 할머니의 놀란 비명이 더해지자 집안사람들은 대체 무슨 일인지 보러 하나둘 각자 방에서 나왔고, 바닥에 끌리는 슬리퍼 소리가 사방에서 거실로 모여들었다. 천안의 아버지는 평온한 얼굴이었다. 눈빛과 눈썹에 떠올랐던 분노는 어느새 자취를 감춘채였다. 다만 그는 몸을 숙여 아주 작은 소리로 천안의 귓가에 대고 말할 뿐이었다. "네가 나랑 닮지만 않았어도 내가……."

그 말은 끝까지 이어지지 않았다. 그러나 거기에 감춰진 뜻은 끊어진 말의 단면에 적나라하게 드러나 천안의 마음을 서서히 가라앉혔다.

두 부자는 손발이 척척 맞는 듯 신속하게 거실에서 철수했다. 천안은 가정부가 나타나기 전에 무표정한 얼굴로 자기 방으로 숨어 들어가, 하얀 나무문에 기대어 천천히 주저앉았다.

아버지의 사랑에도 조건이 있었다.

멋진 집, 사업에 성공한 아버지, 천씨 집안 도련님 신분. 천안은 처음부터 이 모든 것에 자연스럽게 접근하고 좋아하게 될 기회를 얻지 못했다. 그런데 지금, 그는 마침내 알게 되었다. 실은 그들도 그를 사랑하지 않았다.

만약 '혈연'이라는 두 글자가 쓰인 이 얼굴이 아니었다면 말이다.

토요일 그날, 기사 리 아저씨는 천안을 소년궁 정문 앞까지 데려다줬다. 천안은 차에서 내리기 전에 아저씨에게 웃으며 말했다. "오후에는 연합 연습이 있어서 평소처럼 40분 만에 끝나지 않을 거예요. 리 아저씨 먼저 돌아가세요. 끝날 때 되면 제가 전화 드릴 테니까 그때 다시 데리러 오시면 안 돼요?"

대문 뒤에 숨어 차 꽁무니가 사거리에서 모퉁이를 돌아 사라지는 걸 본 천안은 모자를 쓰고 소년궁의 육중한 철문을 밀어 다시금 눈밭으로 걸어 들어갔다.

그는 손을 흔들어 택시를 세우고는, 차에 타면서 변성기의 약간 갈라진 목소리로 말했다. "아저씨, 죄송한데 눙청루 弄成路로 가주세요. 철도국 문화궁 근처요."

외할아버지와 외할머니는 낡은 공용주택에 살았다. 공용주방은 1층에 있고, 화장실도 실외의 공용 재래식 화장실이었다. 여름엔 역한 냄새가 진동하고, 겨울엔 특히나 불편해서 누구네 집 애가 꽁꽁 언 발판 위에서 한눈팔다가 하마터면 빠질 뻔했다는 이야기를 종종 들을 수 있었다.

천안은 외가에 올 때마다 늘 오줌을 꾹 참으며 무슨 일이 있어도 화장실에 가지 않으려 했다. 외가에서 자고 가고 싶은 적도 여러 번 있었지만, 그 금방이라도 빠질 것만 같은 공용 화장실만 생각하면 바로 포기가 되었다. 물론 그가 남아 있고 싶어 해도 아버지와 할머니는 동의하지 않았을 것이다.

정원 밖에 차를 대고 기다리는 리 아저씨는 시동을 끌 것도 없었다. 천안은 이곳에 잠시만 머물 수 있었기에 매번 올 때마다 명랑하고 쾌활한 상태를 유지하려고 신경 쓰며 힘찬 목소리로 일주일간 있었던 일을 재잘거렸다. 물론 다 좋은 일뿐이었고, 그들이 들으면 자랑스럽거나 기분 좋을 만한 것들이었다. 이별할 때도 크고 활기차게 말했다. "다음 주에 다시 올게요. 집에 가서 바이올린을 연습해야 하거든요. 오후에도 수업이 있고요. 문밖으로 배웅하지 않으셔도 돼요. 늘 조심하시고요. 제가 곧 다시 올게요!"

천안은 어릴 때부터 어른스러웠다. 그렇게 환한 미소와 달콤한 목소리는 나무문이 뒤에서 닫히는 순간 몸서리치는 것으로 바뀌었고, 이어 마음이 저려왔다.

이제 그들은 아무도 이 짧은 면회와도 같은 만남의 기회를 대면할 필요가 없어졌고, 그도 다음 주에 다시 왔을 때 두 노인이 전보다 더 늙었는지 걱정할 필요가 없어졌다.

그는 키가 조금씩 자라났고 앳된 목소리에서 조금씩 벗어났으며, 얼굴에도 아버지의 윤곽이 조금씩 드러났다.

하지만 그들은 조금씩 죽어가고 있었다.

천안은 바이올린을 메고 고개를 들어 눈밭에 조용히 서 있는 붉은 벽돌집을 바라봤다. 3층에 있는 외할아버지, 외할머니 집 베란다에는 언두부 한 망태기와 얼린 홍시가 걸려 있었다. 그가 오는 날이면 외할머니는 미리 홍시 하나를 방으로 가져와 녹였다가 그가 도착하면 작은 숟가락으로 떠서 먹여주었다. 그 달고도 떫은맛은 아버지의 커다란 집에서는 영원히 맛볼 수 없는 거였다.

고개를 들어 잿빛 하늘을 쳐다보니 텅 빈 하늘에서 가녀린 눈송이가 흩날리기 시작하더니, 순식간에 몸집이 커져 부드럽게 선회하며 날리다가 천천히 천안의 수려한 눈썹 위로 내려앉았다.

1층에 들어서자마자 3층 나무문이 삐걱 하고 열리는 소리가 났다. 그는 외할아버지와 외할머니가 아주 오랫동안 기다리고 있었다는 걸 알았다. 귀가 어두운 두 노인이 얼마나 숨죽이고 정신을 집중했기에 그가 복도에 들어선 첫 발걸음 소리를 들을 수 있었을까?

"안안 왔니?"

머리 위쪽에서 노쇠한 목소리가 들려왔다. 천안은 몸 안에 남은 아이다운 천진난만함을 총동원해 활발하고 쾌활한 미소를 지었다. "네, 저 왔어요!"

하지만 천안은 확실히 외할아버지 앞에서 거짓말을 잘하지 못했다. 이번 주 공부와 생활에 대해 보고하며 무심코 바이올린 수업이 늘어났다는 일을 입 밖으로 내버린 것이다. 외할머니가 그에게 홍시를 작게 떠주다가 그 말을 듣고 다급히 일어났다. "그럼 안 되지. 바이올린 수업이 중요한데. 우리 보러 오는 건 앞으로도 시간이 많아. 대회가 끝나면 다시 오려무나!"

외할아버지도 엄숙한 표정으로 어떻게든 그를 소년궁 바

이올린 수업에 보내려고 했다. 천안이 하는 수 없이 외투를 입고 고개 숙여 바이올린을 찾으려는데, 바이올린은 이미 외할아버지의 등에 매달려 있었다.

"제가 들게요."

"밖에 길이 미끄러운데 넘어지면 어떡하냐? 외할아비가 너 대신 메고 있으마."

천안은 허리를 굽혀 신발을 신고 있는 외할아버지를 뚫어져라 바라보며 무슨 말을 하고 싶었지만, 갑자기 살짝 목이 메었다.

버스 안에서는 아무도 자리를 양보해주지 않았다. 천안은 키 큰 남자 둘 사이에 끼어 하마터면 숨이 막혀 죽을 뻔하면서도 까치발을 들고 서서 수시로 외할아버지의 상황을 주시했다. 외할아버지는 바이올린을 보물처럼 품에 안아 보호하면서, 다른 한 손으로는 차가운 손잡이를 가까스로 잡고 있었다. 버스가 출발하고 정지할 때마다 할아버지의 몸은 휘청거렸다.

"요 녀석아, 너희 집 차 타고 따뜻하게 앉아서 수업에 가면 얼마나 좋냐. 굳이 이렇게 소란을 떨어서 나도 따라 생고생을 하는구나." 차에서 내린 외할아버지는 그를 꽉 붙잡았다. "발밑 잘 보고 걸어라. 눈 치울 새도 없이 차들이 왔다 갔다 하면서 길이 단단하게 다져졌어. 빙판길이 아주 미끄러우니까 넘어지지 말고."

그러나 인도에서 계단을 내려올 때, 옆으로 급하게 끼어든 아저씨에게 부딪히면서 천안의 몸이 뒤로 기울어졌다. 외할아버지는 급한 김에 오른손으로 옆에 정차 중이던 택시 사이드미러를 붙잡았고, 두 사람은 가까스로 다시 안정적으로 섰다.

"어이어이, 눈을 제대로 뜨고 다녀야지, 얻다 손을 대요? 이게 아무렇게나 만져도 되는 건 줄 아쇼?"

택시 기사가 창문을 내리고 굳은 얼굴로 소리쳤다. 그는 몹시 마음 아프다는 듯 사이드미러를 만져보며 몇 번을 열었다 닫았다 하더니, 다시 그들에게 눈을 부릅떴다. "베어링이 부러진 것 같은데 알아서 하쇼. 비싼 부품인데, 그렇게 힘을 세게 줬으니 감당을 못 한 거 아뇨?!"

살짝 당황한 외할아버지가 무심코 의식적으로 사이드미러를 살펴보려고 손을 내밀었는데, 무례한 손바닥이 곧장 쳐서 밀어냈다.

"뭐요? 건드려서 망가졌다는데 또 만지려고? 이거 보자보자 하니 끝이 없네?! 보고 돈이나 내쇼, 쓸데없는 말 말고."

천안은 얼굴을 붉히며 항의했다. "무슨 헛소리예요? 사이드미러는 원래 접혀서 닫히는 건데 어디가 망가졌다는 건데요? 대뜸 돈 뜯어내려고 하는 건 너무한 거 아닌가요?"

기사는 그 말에 험상궂은 얼굴로 아예 차 문을 열고 내려서 천안을 손가락질하며 소리쳤다. "빌어먹을 꼬마 녀석, 한 번만 더 씨부려봐! 내가 네 입 못 닥치게 할 것 같냐?!"

외할아버지는 얼른 천안을 몸 뒤로 숨겼다. 화가 나서인지 심호흡을 하는 것도 조금 힘들어 보였다. "애는 괴롭히지 마시오. 이거 얼마요? 내가 물어드리리다."

기사는 짜증 난다는 표정을 지었다. "나도 괴롭히고 싶지 않으니까 200위안만 주쇼. 그냥 재수가 없던 셈 치고 내 돈 보태 고치면 되니까."

천안은 몹시 화가 났다. 금방이라도 폐차될 것 같은 낡은 샤리* 사이드미러 값으로 200위안이나 갈취하려 하다니. 온몸의 피가 얼굴로 쏠리며 "젠장" 하고 내뱉을 뻔했다. 평소 교실에서 일부 남학생들이 그 말을 입에 달고 사는 걸 자주 들었는데도, 지금처럼 그 말의 시원함을 체감한 적은 없었다.

그런데 외할아버지가 놀랍게도 조용히 옷깃 단추를 풀어 안에 입은 적갈색 스웨터를 드러내면서 노쇠한 목소리로 침착하게 말했다. "기사 양반, 나도 돈이 있어 보이는 사람은 아니지 않소. 그 많은 돈을 뜯어내려고 해도 없다오. 지금 애를 수업에 데려다주느라 급하지만 않았어도 직접 공안국에 가서 사이드미러가 정말로 망가졌는지, 200위안을 보상해야 하는지 물어봤을 거요. 아시겠소?"

택시 기사와 천안 모두 멍하니 그를 바라봤다.

천안은 고개를 숙였다. 눈송이가 그의 모카신 위로 떨어지며 곧 발등 전체가 눈에 덮이려 하고 있었다. 마치 소리 없

---

* 중국 자동차 회사.

이 그를 묻어버릴 것처럼.

결국 외할아버지는 50위안을 꺼내 건넸고, 기사는 욕을 퍼부으며 운전석으로 돌아가 앉았다. 천안이 외할아버지에게 이끌린 채 길을 건너 고개를 드니 소년궁의 하얀색 돔 지붕이 바로 눈앞에 있었다.

외할아버지는 바이올린을 천안의 어깨에 걸어주며 그의 어깨와 모자 위에 쌓인 눈을 털어주었다.

"이 외할아비가 못났다고 생각하는 거 안다. 네가 다칠까 봐 그랬던 거야. 그런 사람한테 화를 낼 가치도 없고. 그러게 내가 말했잖니. 얌전히 너네 집 차 타고 갔으면 이런 일도 맞닥뜨리지 않았을 거 아니냐. 사람은 당당하게 살려면 힘이 있어야 해. 네 외할머니랑 난 힘 없는 사람이라 애써 기른 딸조차 우리 말을 듣지 않아. 그래서 지금 이렇게 된 것도 그러려니 하는 거지. 안안, 앞으로는 절대로 거짓말하지 말거라. 바이올린 열심히 배우고 공부도 열심히 하고. 나처럼 하면 안 되고, 네 엄마처럼 그렇게…… 제멋대로 굴어서도 안 돼, 알겠니?"

천안은 잠자코 있었다. 눈물이 핑 도는 걸 느끼곤 필사적으로 눈을 깜박이며 눈물이 떨어지지 않도록 노력했다.

"외할아비는 네가 이미 다 컸다고 생각해서 이런 얘길 하는 거다. 이대로 말하지 않았다간 나중에 기회가 없을지도 모르니까. 이젠 외가에도 자주 오지 마. 네 외할머니랑 나는 확실히 네가 오는 토요일을 매일 기다렸지만, 네가 우리와 적게 만날수록 좋다는 걸 우리도 모르진 않아. 다행히 네 아버지가 재혼한 그 사람은…… 듣자 하니 너한테 잘해준다고. 네가 우리를 자주 찾아오면 네 아버지는 분명 네 엄마를 떠올릴 테고, 그러다 화가 나서 너한테 화풀이를 할까 두렵구나. 어찌 됐든 네 아버지잖니. 아버지 말 잘 듣도록 해라. 아버지는 다 너 잘되라고 그러는 거니까……."

외할아버지의 말은 점점 두서가 없어졌다. 천안은 그저 계속해서 눈을 깜박일 수밖에 없었다. 눈썹 끝에 매달린 눈송이가 위아래로 펄럭이는 것이 마치 겨울날에도 죽지 않은 나비 같았다.

"리 기사가 그러던데 오늘 오후 내내 소년궁에 있었다고?"

식탁에서 천안의 아버지는 반찬을 집으며 무심한 듯 물었다.

"네, 진 선생님 옆방에서 바이올린 연습했어요. 시간 나실 때마다 오셔서 몇 번 지도해주셨고요."

천안은 말을 하며 몸을 일으켜 의자를 식탁 앞으로 밀었다.

"잘 먹었습니다."

"오빠, 괜찮은 거야?"

"옛날 일이 생각나서." 천안은 사람 마음을 잘 이해하는 위저우저우라면 분명 추궁하지 않으리란 걸 알았다. 그는 그녀를 보고 웃으며 다른 말을 하려다가, 문득 그녀의 검정 셔츠 오른쪽 팔뚝 위에 붉은 헝겊 조각이 달린 걸 봤다. 다시 자세히 살펴보니 뜻밖에도 그건 상장喪章이었다.

그의 눈길을 의식한 위저우저우가 웃으며 설명했다. "외할머니가 돌아가셨어. 아주 평온히 가셨지. 칠십팔 세라면 나름 장수하신 편이야. 가족 모두 지나치게 슬퍼하진 않았어."

"내 기억이 맞다면, 외할머니는 치매에 걸리셨었지. 맞아?"

위저우저우는 고개를 끄덕였다.

"있잖아, 내가 보기에 치매에 걸린 사람은 마치 시간의 속박을 완전히 벗어난 것처럼 완벽히 아름다운 추억 속에서 사는 것 같아. 그건 아마도 인류가 시간을 이길 수 있는 유일한 루트겠지." 천안은 가볍게 웃으며 위저우저우의 어깨를 토닥였다. "실은 무척 행복하셨을 거야. 그리 슬퍼할 거 없어."

어떤 사람들과 비교하면 너무나도 행복했다.

천안의 이복동생이 태어나던 날, 외할아버지가 요강을 버리러 계단을 내려가다가 갑자기 중풍이 와서 계단을 굴렀고, 병원에 실려 갔을 땐 이미 소생할 가능성이 없었다.

천안은 한 병원에서 또 다른 병원으로 급히 달려갔다. 심지어 그가 없어진 걸 아무도 알아채지 못하기까지 했다. 새로운 생명이 오고 오래된 생명이 떠났다. 삶은 이렇게 오고 가는 것의 끊임없는 순환으로 오묘한 균형을 유지했다.

그들은 새 생명을 맞이했고, 천안은 홀로 한 생명을 떠나보냈다.

5학년 아이의 한창 발육 중인 체력으로 사후경직에 대항하기란 약간 힘겨웠다. 천안은 북적거리는 작은 병원 복도 끝에서 낑낑거리며 외할아버지를 수의로 갈아입혔다. 땀과 눈물이 섞여 똑같이 짜게 느껴졌다.

심지어 마지막의 그 사후경직으로 외모까지 바뀐 시체는 그렇게나 낯설게 보였다. 천안의 모든 노력은 단지 머릿속이 새하얘진 상태에서 어려운 임무를 기계적으로 완수할 뿐이었다.

의사는 그를 동정과 안타까움 속에 의혹이 섞인 복잡한 눈빛으로 바라봤다. 간호사가 외할아버지를 영안실에 밀고 가려던 순간, 천안은 별안간 아주 중요한 일이 하나 생각났다.

그는 가방 곳곳을 한참 뒤져 50위안을 모았다.

그런 다음 조심스럽게 외할아버지의 싸구려 외투 주머니 속에 집어넣었다.

외할아버지, 누가 감히 외할아버지를 못났다고 말하겠어요.

천안은 마음속으로 조용히 작별하며 눈을 깜박이려고 노력했다.

외할아버지의 칠일장 마지막 날은 토요일이었다. 천안은 방문 추나 치료사를 마중 나간다는 명분으로 밖으로 나가 매점에서 사 온 라이터로 주머니에 간직했던 '1억 위안'이라고 쓰여 있는 하얀 종이 몇 장에 불을 붙여 상징적으로 외할아버지를 위해 태워 올렸다.

그 일을 할 땐 마음속에 슬픔이 조금도 없었고 오히려 터무늬없는 즐거움이 일었다.

　엄마 쪽의 모든 일은 반드시 아무 일도 없었던 것처럼 조용히 치러야 했다. 천안의 계모는 지금까지도 당시 천안의 엄마가 왜 죽었는지 몰랐다. 물론 적어도 겉으로는 아무것도 모르는 것처럼 보였다. 천안이 매주 토요일마다 외가에 갈 수 있었던 것도 아버지가 체면을 중시한다는 점을 이용한 거였다. 그가 새로 맞이한 부인에게 말한 내용이 사실이라면, 아이가 어째서 외가에 방문할 수 없겠는가?

　그는 엄마를 따라 도미닉과 짧은 1년을 보내며 자신의 몸속에 들어 있던 어린 시절의 천진난만함과 제멋대로인 면을 모조리 불사른 것 같았다. 그 세월이 한창 뜨겁게 타오르고 있을 때 흠뻑 찬물을 뒤집어썼고, 격렬하게 발버둥 치는 하얀 김이 피어오르는 와중에 천안은 최대한 빨리 자신을 냉각시키고 나서야 비로소 자신은 원래 강철처럼 강하다는 걸 깨달았다.

　"외할아버지, 어찌 됐든 이건 가짜 돈이니까 쓰실 때 조심하세요."

　그는 눈 속에 떨어진 가장자리에 아직 가녀린 불씨가 남아 있는 검정 부스러기에 대고 조용히 말했다. 입에서 뿜어져 나오는 하얀 연기에 시선이 단번에 흐릿해졌고, 천안은 문득 무력감과 부자유를 느꼈다. 그건 열두 살 소년이 확실하게 묘사할 수 없고, 해탈할 방법을 찾기 어려운 분노와 불만이었다.

고개를 드니 저 멀리 다가오는 크고 작은 두 개의 그림자가 보였다.

몽유병에 걸린 것처럼 허공에 말을 걸던 작은 여자아이는 엄마가 머리를 토닥이자 정신을 차렸고, 부끄러운 듯 그를 쳐다보며 맑은 두 눈을 초승달처럼 구부렸다.

"이름이 뭐야?" 그가 친절하게 몸을 굽혀 그녀에게 물었다.

"위저우저우."

"맞다, 너 옛날에 나한테 블루 워터에 관해 물어봤던 거 기억해?"

위저우저우는 살짝 놀란 듯 멈칫하다가 곧 미소를 지었다. 눈이 휘는 모습이 흡사 그 시절 그 꼬맹이 때 같았다.

그 시절.

그 하얗고 깨끗한 꼬마 아가씨는 흑백이 분명한 커다란 눈을 깜빡이지도 않고 진지하게 그를 바라보며 말했다. "만약 오빠라면 신을 만나는 걸 포기하고 블루 워터를 써서 사람을 구할 거야?"

천안이 대충 대꾸하려던 "당연하지"라는 말이 갑자기 목구멍에 걸렸다.

그는 처음으로 덤덤하고 부질없다는 투의 태도를 거두고 매우 진지하게 이 문제를 생각하기 시작했다. 만약 그의 수중에 정말 이런 푸른 보석이 있다면 누굴 구할까? 엄마? 도미닉? 외할아버지? 아니면 아버지?

또 이렇게 큰눈이 내리는 날이었다. 그는 가볍게 한숨을 내쉬었다.

"아니."

그는 자신이 어째서 이 꼬마를 진지하게 대하는지 알 수 없었다.

어쩌면 꼬마 아가씨가 추나 치료사인 엄마를 따라 도착하기 전, 할머니와 가정부의 잡담 속에서 이 눈을 구부리며 웃는 꼬마 아가씨의 아버지에 대한 소문을 끼워 맞췄기 때문일 것이다.

물론 귀에 거슬리는 많은 말, 즉 남의 불행에 고소해하며 매몰차고 야박하게 내뱉는 말들은 애써 지워 없애야 했다.

위저우저우, 두 성씨를 조합해 이름으로 쓰는 건 가장 일반적인 작명 방식이다. 마치 천안의 이름처럼. 사랑이 시작된 곳, 제멋대로 뻗어나가는 나무.

그들의 순간적인 충동과 꿍꿍이는, 그 시절 저질렀던 잘못은 아직 인생이 시작되지도 않은 아이의 몸에 보기 좋게 전시되어 평생 사라지지 않았다.

"난 구할 거야."

그런데 뜻밖에도 꼬마 아가씨는 단호하게 자신의 입장을 표명했다.

"사랑하는 사람이면 구할 거지만, 사랑하지 않는 사람이면 안 구해.”

천안은 다소 놀라웠다. 이런 작은 아이가 말끝마다 사랑 타령을 하는 걸 보니 텔레비전을 많이 본 것 같았다.

그러나 그는 이해할 수 있었다. 아이 마음속에서 옳고 그름을 판단하는 가장 간단한 기준은 그저 자신이 정의라고 생각하는 쪽에서 얻은 관심과 사랑에 불과했다. 당신은 나에게 잘 대해줬으니 당신은 좋은 사람이에요.

그는 엄마와 도미닉이 죽었을 때 미친 사람처럼 울었고, 하마터면 원래도 떳떳하지 못한 일을 무대에 올려 뒤집어엎을 뻔했다. 지금의 그는 엄마가 효도와 진정한 사랑을 찾기 위해서 그랬다는 걸 알지만, 외할아버지의 병을 고치기 위해 아버지의 돈을 보고 결혼한 후, 다시 천안과 도미닉을 데리고 도망친 건…… 방관자의 시선으로 볼 때 이 모든 건 비난받을 만하며, 마지막에 교통사고가 난 것도 다 ‘하늘이 무심하지 않아서’였다. 음탕한 남녀는 비명횡사했는데 무고한 아이는 털끝 하나도 다치지 않았으니 말이다.

당신이 가장 사랑하는 사람이, ‘좋은 사람’은 아니었다. 그들은 비명횡사하거나 누추한 집에서 쓸쓸히 늙어가 남은 목숨을 겨우 부지하며 ‘인과응보’라는 말을 듣는데, 하필이면 당신이 아무리 노력해봐도 도덕의 저울이 기울어지는 방향과 일치될 수가 없었다.

그 누구도 도와줄 수 없어 천안 혼자 견뎌왔다. 울고 싶을 때 울 수 없었고, 웃기 싫을 때 웃어야만 했으며, 사랑해야 할 사람과는 가까워질 수 없었고, 사랑하면 안 되는 사람은 잠들기 전에 필사적으로 그리워졌다. 그 자신도 돌이켜 봤지만 결국 어떻게 운명과 악수하고 화해했는지, 서로 더 이상 핍박하지 않게 되었는지는 알 수 없었다.

그리하여 너무 이른 나이에 잔잔한 파도 같은 마음을 몸에 익혔다.

그는 자신이 천씨 집안의 귀한 손자인 데다, 똑똑하고 우수하고 다재다능하고 사랑스러운 것에 기뻐해야 하는 걸까?

적어도 폭설이 내리는 날 엄마와 도시 절반을 걸어와야 했던 여자아이보다는 나았다.

하지만 정말 그렇게 좋을까? 천안은 많은 동급생들이 부러워한 호화로운 집을 둘러보며 문득 자신의 그 "아니"라는 대답에 깊은 슬픔을 느꼈다.

여섯 살 때는 나도 블루 워터로 두 사람을 구하고 싶었을 거야. 천안은 속으로 묵묵히, 그 폭설 끝에서 사라진 그 꼬마 아가씨를 위해 기도했다. 설령 윗세대의 잘못을 지고 발버둥 치며 앞으로 나아갈지라도, 자신처럼 열두 살 끝자락에 이미 목숨 걸고 힘써 보호해야 할 사람이 사라지는 일이 없도록 말이다.

그는 누구도 사랑하지 않았고 아무도 그를 사랑하지 않았다.

그는 집이 부자였고 아둔하지도 않았으며, 우수한 자질을 갖췄고 그 어떠한 압박감도 없었다. 계모도 순조롭게 아들을 낳아 집안의 관심은 저절로 그쪽으로 옮겨졌고, 기대도

대물림되었다.

그는 아버지가 자신에게 아무 감정도 없다는 걸 알았다. 자신을 남겨둔 건 다만 "네가 나랑 닮지만 않았어도"라는 그 말 때문이었다. 어쨌거나 아버지의 핏줄이었으니까.

어린 천안이 가장 두려웠던 건 혹시 하룻밤 새 자신에게도 도미닉과 같은 금발 머리가 자라지 않을까 하는 거였고, 그래서 한때 거울을 뚫어져라 바라보며 걱정하기도 했지만, 그것도 차츰 아무래도 상관없어졌다.

뭐든 상관없었다.

"그럼 오빠는? 지금도 여전히 포기하지 않을 거야?"

천안은 어떻게 대답해야 할지 몰랐다.

포기하지 않는 걸까, 아니면 블루 워터를 포기할 만한 사람이 없는 걸까.

"그치만 내 대답은 똑같아. 난 사랑하는 사람을 위해 블루 워터를 포기할 거야." 위저우저우는 부드럽게 웃었다. "예를 들면 큰외삼촌과 외숙모를 위해, 린양을 위해……, 그리고 오빠를 위해."

마지막 한마디는 조금 머뭇거렸지만, 입을 연 그 순간은 여전히 솔직했다.

이 여자아이는 줄곧 이렇게 안정적이고 꿋꿋해 어렸을 때보다 훨씬 평화롭고 즐거워 보였다.

평안하게 컸구나.

천안은 감동한 표정이 역력했다.

적어도 이 점에 있어서 모든 게 뜻대로 이뤄졌다고 생각했다.

사실 그는 그녀를 아주 많이 속였다.

그는 그녀에게 자신은 수학 올림피아드를 공부한 적 없고, 사대 부중을 다닌 적 없다고 속였다. 그는 그녀에게 주인공 게임을 지어냈다. 모든 것의 모든 것은, 위저우저우가 생각한 것처럼 그녀를 그로 변화시키기 위해서가 아니었다.

그가 했던 모든 건, 그녀가 그처럼 변하지 않도록 하기 위함이었다.

한 끼 식사를 평온하게 마쳤다. 눈발은 갈수록 거세졌지만 땅 위의 별빛을 조금도 가리지 못했다.

"저번에…… 저번에 오빠가 말한 여자친구……." 위저우저우는 잠시 멈췄다가 생각을 가다듬고 말했다. "오빠 벌써 스물아홉이잖아? 그 여자친구랑은 결혼 계획 있어?"

그는 손으로 그녀의 머리를 가볍게 토닥였다. "너마저도 이런 문제에 관심을 두기 시작했구나."

"오빠 줄곧 여자친구가 없었잖아. 그런데 이번에 드디어 생겨서 사귄 지 2년이나 됐고. 오빠 나이도 있으니까 자연스럽게 결혼하겠구나 하고 생각했지." 위저우저우는 이런 말을 하면서도 눈은 천안을 바라보지 않았고 말투는 약간 부자연스러웠다.

"나한테 줄곧 여자친구가 없었다고?" 천안이 웃기 시작했다. "너 내 뒷조사했어?"

"그때 오빠 대학 동창이 지금 우리 학번 지도원을 하고 있거든. 내가 뭐 좀 물어봤다고 해서…… 그게 뭐…… 불법도 아니고……."

그는 다시금 친밀하게 그녀의 머리카락을 쓰다듬었다. "응, 맞아. 불법은 아니지." 그러고는 길게 한숨을 내쉬었다.

"헤어지는 건 아주 정상이야. 사실…… 사실 연애할 땐 마음이 텅 빈 기분이 들지 않잖아. 해보니까 정말 그렇더라고. 근데 시간이 길어지니까, 그런 열정이 지나가고 나니까 예전보다 훨씬 공허하더라. 마치 마약이라도 한 것처럼."

천안이 말을 마치곤 먼저 멍하니 있다가 고개를 돌리니, 위저우저우도 눈을 휘둥그렇게 뜨고 자못 진지하게 그를 바라보고 있었다.

본의 아니게 그의 내면에 발을 내딛기라도 한 듯이.

"내가 평범한 사람이라고 말했었잖아. 타락한 신선 보는 눈빛으로 날 보지 말아줄래?" 그는 살짝 어색하게 웃었다. "난 원래 이래."

나는 원래 이래.

예닐곱 살 때부터 지금까지 바로 이런 모습이었다.

그는 이미 무척 노력했다.

적어도, 마침내 어느 날 그는 한 사람에게 난 원래 이렇다며 홀가분하게 말할 수 있었다.

그는 북방에서부터 눈이 내리지 않는 상하이까지 좇아왔지만, 줄곧 찾고 싶었던 건 아마도 평생 찾을 수 없을 것이다.

"별거 아냐. 너도 알잖아, 헤어진 건 단지 사람마다 건드리면 안 되는 부분이 있다는 걸 문득 깨달았기 때문이야. 그 사람에게도, 나에게도."

그들은 그를 숭배하고 감상했지만, 아무도 천안의 진정한 모습이 어떤지 몰랐다. 그가 진실한 면을 공유하길 원하지 않았기 때문이었다. 그가 찾는 건 그저 어릴 때처럼 긴장을 풀고 마음을 느긋하게 열 수 있는, 더는 애어른 같지 않은 마음에 불과했다.

제멋대로 굴던 여섯 살 때처럼 말이다.

하지만 당시 애어른 같던 소년은 이미 천천히 성숙한 어른의 나이로 들어섰다.

두 사람은 차분하게 작별 인사를 나눴다. 여자아이는 다 컸다. 조금은 그를 닮았지만, 마음 깊은 곳에서 우러나온 따스함은 그녀 자신의 것이었다.

그는 멀리서 그녀가 키 큰 남자아이에게 달려가는 걸 바라봤다. 그녀의 어그 부츠가 얇게 새로 쌓인 눈 위에 발자국을 한 줄 남겼다.

그녀와 그들의 길 끝에는 항상 한 사람이 기다리고 있었다.

주변을 돌고 돌다가, 이미 작별 인사까지 했는데도 사람들 속에서 신호등을 기다리는 와중에 어쩌다 보니 또 그들 뒤에 서게 되었다.

천안은 잠시 망설이다가 끝내 위저우저우의 이름을 부르지 않았다.

왜냐하면 남자아이의 풋풋한 말투가 들렸기 때문이었다. "나 왜 몰랐지, 네가 말해줬었잖아. 한때 네가 푹 빠져 있었다던 그 우상."

아주 조금은 의식하는 듯하면서도 아주 조금은 아무렇지도 않은 말투였다.

껄끄러워하는 모습.

그 말을 분명히 들은 천안은 절로 미소가 나왔다.

그렇다. 푹 빠져 있었던 우상.

그런데 예상외로 위저우저우는 아주 진지하게 그의 말을 고쳐주었다. "나도 예전엔 내가 어떤 신…… 그러니까 나이 많은 큰오빠에 푹 빠진 줄 알았어. 하지만 아니었어."

"그럼 뭔데?"

천안은 여자아이가 진지하게 눈을 부릅뜬 모습을 상상할 수 있었다. 이렇게 여러 해가 지났는데도 그 이미지는 조금도 흐릿해지지 않았다.

"평범한 여자가 남자를 좋아하는 그런 좋아함이었지."

빨간불이 노란불로 변했다.

"그러니까 가장, 가장 평범한 거. 그 사람이랑 같이 있고 싶

고, 그 사람을 기쁘게 하고 싶고, 그럼 나도 아주 기쁠 것 같은
거. 하는 일이 하나같이 수준도 낮고 신선답지 않은 시시한
일이라 해도 말야. 딱 그런 느낌. 실은 아주 단순해. 나 자신이
복잡하게 생각할 뿐이지. 실은 이렇게 간단했던 거야."

노란불이 녹색불로 변했다.

"야야야, 너 또 왜 화를 내? 그건 옛날 일이라고. 내가 지
금 널 좋아하는 것도 평범한 여자가 남자를 좋아하는 그런
마음이라니깐—"

"쳇, 작작 좀 해. 난 보통 남자가 아니라고!"

천안은 가만히 서서 활기 넘치는 젊은 커플이 길 건너는
걸 눈으로 배웅했다.

고개 들어 올려다보니 눈송이는 여전히 오래전 그때처럼
어디서 왔는지 허공에서 등장해 온몸 위로 떨어졌다.

평범한 여자가 남자를 좋아하는 그런 호감.

평범한 가정의 아버지, 평범한 가정의 어머니, 크게 성공
하지도 크게 잘못하지도 않은 인생인데 손에 블루 워터를
들고 언제든 평범한 사람을 위해 신을 만날 기회를 기꺼이
포기할 준비가 되어 있었다.

그는 여러 해 동안 많은 도시를 다니며 한 사람을 찾길 바랐
다. 자신이 기꺼이 블루 워터를 내어놓을 수 있는 한 사람을.

그 물병 속 물은 기억의 폭설 속에 이미 얼음이 되어버렸다.

"어쨌거나 난 내가 자라온 이 시간 속에 천안이라는 사람

이 있어서 아주 기뻐."

위저우저우가 헤어지기 전 했던 그 말을, 그는 듣고 그저
웃었다.

"그래, 축하해."

넌 얼마나 행운이야, 여왕 폐하.

위저우저우와 린양 번외.
그대의 손을 잡고 끌고 가리라

"위저우저우? 네가 올 줄 알았어. 하하하, 기다려봐. 내가 린양 어디 갔는지 보고 올게……."

루위닝이 호들갑을 떨며 사방에 외치기 시작했다.

그들 모두 그녀가 오리라는 걸 알았다.

대입시험이 끝나고 성적이 발표되기 전까지의 20일은 가채점과 입학 지원과 단순한 기다림으로 이뤄져 있었다. 최종 확정된 지원서는 오늘 아침 이미 다 제출해서, 전국 대학 학생 모집 요강을 들고 세세하게 계산하고 진지하게 고민했던 모든 학부모와 학생들은 마침내 잠시 한숨 돌릴 수 있었다.

할 일은 다 한 셈이었다.

남은 건 그저 하늘의 뜻을 기다리는 것밖에.

위저우저우는 린양의 전화를 받고 동창회에 참석하기로

했다. 딱히 흥미도 없었고 모이는 사람들이 대체 누구의 동창인지도 알지 못했으며, 이 시기에 굳이 모일 게 뭐 있나 싶기도 했다.

그런데 린양이 전화로 너무 떼를 썼다.

게다가 큰외숙모가 전화 옆에서 탁자를 닦는 척하며, 탁자 코팅이 곧 벗겨질 지경인 것도 모른 채 귀를 쫑긋하고 통화를 엿듣다가 한마디 했다.

"저우저우, 이제야 겨우 시험이 끝났는데 이젠 긴장 풀어야지. 나가서 놀다 오렴!" 외숙모가 자상한 얼굴로 말했다.

전화 저쪽의 떼쟁이는 그 말을 똑똑히 듣고는 기회다 싶어 큰 소리로 외쳤다. "위저우저우, 너도 들었지? 네 외삼촌이랑 외숙모도 그렇게 말씀하시는데, 네가 그래도 안 오면 그건 불효야!"

외숙모가 걸레를 내려놓고 하하 웃으며 옆에서 물었다. "저우저우, 학교 친구니?"

전화 저쪽에서 급히 말을 받았다. "안녕하세요! 전 위저우저우의…… 전 린양이라고 합니다!"

중간에 멈칫한 건 뭐지?

위저우저우가 끼어들려고 할 때, 외숙모가 먼저 짓궂게 웃으며 말했다. "그래, 린양이구나. 저우저우한테서 얘기 자주 들었어!"

내가 언제 자주 이야기를 했다고?!

위저우저우는 더 듣고 있다가는 사람을 물어뜯을 것 같았다.

그리하여 시끄럽게 떠들어대는 수화기를 내려놓고 눈웃음을 치며 외숙모에게 말했다. "그럼 천천히 얘기 나누세요!"

위저우저우는 곧 자신이 심각한 잘못을 저질렀다는 걸 깨달았다.

왜냐하면 5분 후, 외숙모가 그녀의 방문을 노크했기 때문이었다.

"저우저우, 오후 5시에 강변의 그 무슨 이탈리아 뷔페식당이라는데 얼른 가보렴. 네가 안 가면 그게 바로 불효야."

위저저우는 눈물이 앞을 가렸다.

그녀가 그 '무슨 이탈리아 뷔페'에 도착했을 땐 식당 안이 사람들로 북적거리고 있었다. 대형 룸 입구에 서서 일단 안쪽을 슬쩍 들여다보니 역시나 뒤죽박죽이었다. 모임을 조직한 사람이 친한 학생들을 다 불렀는지 각 반 애들이 모두 섞여 있었는데, 그래도 1반과 2반이 가장 많았다.

그리고 놀랍게도 링샹첸도 있었다.

그녀는 말없이 장찬과 함께 앉아 있었고, 주변의 떠들썩한 배경에 대비되어 약간은 고독해 보였다.

위저우저우는 링샹첸 쪽으로 다가가다가 중간에 루위닝과 마주쳤다. 루위닝은 순간 당황하더니 입을 쩍 벌렸다.

"너 충치가 두 개 있구나." 위저우저우가 솔직하게 말하자, 루위닝은 즉시 입을 다물었다.

그러더니 환호하며 소리치기 시작했다. "린양, 린양! 너희 집 그분이 왔어!"

얼굴이 화끈 달아오른 위저우저우는 급히 고개를 돌리고 목적지로 발걸음을 재촉했다.

링샹첸은 그녀가 다가오는 걸 진작 봤는지 의자 하나를 당겨 앉도록 했다.

"린양이 널 부를 줄 알았어."

위저우저우는 분개하며 이를 악물고 말했다. "걘 날 초대한 게 아니라 우리 외숙모를 초대한 거야."

링샹첸은 어리둥절해하다 웃음을 터뜨렸다.

위저우저우는 그녀를 보며 그 미소는 역시 '눈부시게 아름답다'는 표현에 걸맞다고 생각했다.

"시험 전 복습 기간에 내가 집에서 줄곧 뭘 보고 있었는지 알아?"

위저우저우는 궁금한 표정으로 고개를 저었다.

장촨이 옆에서 테이블마다 서비스로 나온 땅콩을 씹으며 뒷말을 받았다. "불경."

링샹첸은 장촨을 사납게 흘겨봤다. 위저우저우는 어렴풋이 초등학교 때 그 거만한 꼬마 아가씨를 다시 본 것만 같았다.

"…… 쟤 말이 맞아. 잠깐, 이탈리아 뷔페식당에서 왜 땅콩을 서비스로 줘? 장촨, 너 뭘 먹는 거야?"

링샹첸은 고개를 돌려 계속해서 위저우저우에게 말했다. "집에 있으면서 수련을 거의 마쳤다고 생각해서 여기 온 건데, 안에 들어서자마자 사람들 시선이 쏟아지니까 온몸이 불편하더라. 굉장히. 내가 전화로 가채점 점수가 꽤 괜찮다고 그랬잖아. 하지만 나도 알아. 시험을 아무리 잘 봐도 저번에 그 누명은 털어낼 수 없을 거야. 어쩌면 확실한 사실이 눈앞에 있어도 걔네들은 믿고 싶어 하지 않는 거라고 할 수 있겠지. 어떤 애들은 애초부터 내가 그런 사람이기를 바랐으니까."

말을 하다 보니 예쁜 봉황눈에 눈물이 반짝였다. 링상첸은 급히 고개를 숙였다.

위저우저우가 그녀의 어깨를 토닥이며 위로했다. "견디기 많이 힘들 텐데, 그래도 참석하러 왔잖아."

링상첸은 고개를 숙이고 코를 훌쩍였다. "나도 내가 왜 왔는지 모르겠어. 어쨌든 적어도 장촨이 나랑 같이 있어주니까."

장촨이 한쪽에서 불쑥 외쳤다. "어이, 난 왜 맨날 그 '적어도'인 건데?"

그 말에 링상첸은 울다가 웃고 말았다.

"시간은 천천히 흘러갈 거야. 마치 물난리가 난 것처럼 사람과 사람 사이는 갈수록 멀리 밀려갈 거고. 처음엔 심각하다고 생각한 일도 마지막엔 아주 옅게 희석되겠지." 위저우저우가 덧붙여 설명했다.

장촨은 다시 입안에 땅콩을 하나 던져 넣었다. "너도 불경봐?"

위저우저우가 펄쩍 뛰는 것과 달리 링상첸은 오히려 신경 쓰지 않는다는 듯 손을 내저으며 계속해서 물었다. "뭐야, 당사자보다는 옆에서 구경하는 사람이 더 잘 안다고?"

"딱히 그런 건 아냐." 위저우저우는 손으로 턱을 받치고 웃었다. "봐, 어렸을 때 하늘이 무너질 것 같던 큰일도 지금은 다 지나갔잖아?"

링샹첸은 잠시 멀뚱히 있다가 갑자기 입을 틀어막았다.

"갑자기 생각났어. 수학 올림피아드 시험 볼 때 내가 네 옆에 앉지 않았어? 내 기억에 그때 네 시험지가 아주 잘 보였는데, 넌 한 문제도 풀 줄 모르더라!"

위저우저우의 관자놀이 핏줄이 불끈거렸다. 그녀는 주먹을 꽉 쥐고 천천히 말했다. "…… 그래도…… 몇 문제는 풀 수 있었어."

장찬은 옆에서 크게 웃다가 땅콩이 목에 걸려 격렬하게 기침을 해댔다.

"작작 좀 해. 설마 땅콩으로 배 채울 생각이야?" 링샹첸은 힘껏 장찬의 등을 때렸다.

"그러게." 위저우저우는 눈꺼풀을 축 내리깔았다. "우린 뷔페 먹으려고 왔잖아. 맡은 바 임무에 좀 충실해줄래?"

시끌벅적하게 밥 한 끼를 다 먹었다. 위저우저우는 원래부터 이런 상황을 그다지 좋아하지 않았고, 게다가 여기 모인 사람들 대부분을 알지 못했다. 모두는 같은 테이블에 앉은 사람들끼리 소규모로 대화를 나눴고, 일부 인간관계가 특히 좋은 애들은 왔다 갔다 테이블 사이를 오갔다. 남학생들은 마음 놓고 맥주를 시켰고, 서로 호형호제하며 찰싹 붙어 어깨동무했다.

린양은 그녀가 생각했던 것처럼 자신의 근처에 앉지도 않고, 그저 링샹첸과 장촨에게 바삐 인사를 건네곤 심지어 위저우저우를 못 본 것처럼 그녀를 비켜 지나갔다.

링샹첸이 별안간 큰 깨달음을 얻은 표정으로 장촨과 둘이 슬그머니 웃더니, 바짝 붙어 속닥거렸다.

위저우저우는 식사가 너무 지루해서 먹기도 아주 적게 먹었다.

알고 보니 임무 의식이 가장 떨어진 사람은 장촨이 아니라 그녀 자신이었다.

알고 보니 왜 와야 하는지 정말로 몰랐던 건 링샹첸이 아니라 그녀 자신이었다.

링샹첸조차 오늘 누가 오는지 알고 있었다. 예를 들어 추톈퀴는 분명 초대 명단에 없었으니까. 그런데 위저우저우는 심지어 물어보지도 않았고, 룸 앞에서 안을 들여다보고 나서야 대충 상황을 파악할 수 있었다.

단지 린양이 "너 꼭 와야 해"라고 떼를 써서 온 거였다.

비록 어릴 때부터 사람들이 많이 모인 장소를 무척 무서워하며, 아이들에게 노래와 춤, 인사치례를 시키며 자기 집 체면을 세우려던 어른들이 신경질적으로 떠오르긴 했지만……

그래도 왔다. 단지 그 녀석이 떼를 써서.

갑자기 무의미하게 느껴진 그녀는 멀리 있는 린양을 바라봤다. 그는 남녀 학생들 무리에 껴서 환하게 웃고 있었다. 다들 그에게 한 잔, 한 잔 계속해서 술을 따라줬고, 그는 거절하지 않았다.

특히 시종일관 그의 곁을 떠날 줄 모르는 많은 여자아이들. 위저우저우는 똑똑히 봤다.

줄곧 그렇게 누구에게나 환심을 샀고 모두에게서 진정한 사랑과 보호를 받았다.

실은 그는 그녀가 차마 말할 수 없는 상상 속에서 가장 되고 싶었던 바로 그런 사람일 것이다.

위저우저우는 문득 탄식이 절로 나왔다. 여러 해가 지났는데도 가장 깊이 남은 인상은 여전히 초등학교 입학식이 있던 그날이었다. 그는 학부모와 선생님에게 둘러싸여 짜증난다는 듯한 얼굴을 하면서도 남들에게 호감 가는 모습으로 행동할 수 있었다. 그녀는 고개를 돌려 그 모습을 보다가, 쌀쌀맞은 새 담임선생님을 따라 점점 더 멀어져 갔다.

링샹첸은 하나의 관문을 넘었고, 비록 상심하긴 했지만 적어도 용기를 내어 다시 사람들 속으로 돌아왔다. 린양과 그의 형제들은 여전히 청춘이 뭔지를 아주 훌륭히 보여줬고, 곁에는 고개를 끄덕이는 조연들이 있었다. 운명을 결정짓는 시험이 끝난 후, 승패가 어찌 될지는 아직 몰라도 마음껏 노는 데는 지장이 없었다.

고등학교는 이렇게 끝났다. 모두가 한 교실 안에서 복작거리며 매일 고개만 들면 볼 수 있는 비좁은 청춘이, 꼬박 12년이 이렇게 끝나버린 것이다.

위저우저우는 고개를 숙이고 묵묵히 생각에 잠겨 손바닥을 만지작거렸다.

모임이 파할 때쯤, 위저우저우는 자기 몫의 돈을 루위닝에게 건네고는 숄더백을 메고 가려고 했다.

"위저우저우, 잠깐만, 잠깐만 좀 기다려." 루위닝이 그녀의 팔을 붙잡았다. "린양이 네가 가려고 할 때 자길 불러달랬어."

위저우저우는 들은 척도 하지 않고 곧장 문을 나섰다.

무슨 느낌인지는 모르겠지만, 마음속이 시큼 쌉싸름했다.

단순하게 직진한 그녀의 생각은 결국 아주 어릴 때 확실히 느꼈던 결론을 얻었을 뿐이었다.

처음 만났을 때부터 선이 확실하게 그어져 있었다. 어릴 적 분필로 그은 경계선은 세월의 어지러운 발걸음을 따라 점점 흐릿해졌지만, 결국엔 흔적은 남아 있었다.

강변에는 사람들이 바글거렸다. 이렇게 무더운 여름, 남녀노소 슬리퍼를 끌고 강변을 어슬렁거렸고, 도처에 환하게 밝혀진 등불은 여름 공기에 짜증을 더했다.

칠흑 같은 강물이 부드럽게 침묵하며 한쪽에 길게 엎드려

있었다. 강 건너편 뭇 산을 보자 문득 교과서에서 본 루쉰＊
의 '거무스름하게 굽이굽이 이어진 산은 마치 뛰어오르는 강
인한 짐승의 등뼈 같다'라는 문장이 생각났다. …… 다만 그
녀의 걸음이 아주 느렸기에 그 짐승도 천천히 걸었고, 밤의
어둠에 등을 바짝 붙이고 있어서 마치 마음이 잘 통하는 동
반자 같았다.

천안이 말했다. 너 자신을 위해 더 멀리 나아가고 더 멋지
게 살아야 한다고.

위저우저우는 다시금 린양을 떠올렸다. 그 5학년 남자아이
는 눈을 빛내며 말했다. "만약 생각이 확실히 정리되지 않았
다면 일단 모든 걸 가장 잘하도록 노력하는 거야. 그래서 가
장 좋은 밑천을 마련하고 가장 좋은 기회를 기다리는 거지."

위저우저우는 혼란스러웠고, 가슴에 맺힌 응어리가 이해
되지 않았다.

얼마나 멀리 걸어갔을까. 별안간 뒤에서 어지러운 발소리
가 들렸다.

심장이 갑자기 확 죄어들다가 풀어지는 느낌을 어떻게 묘
사해야 할까. 위저우저우는 긴장했지만 한편으로는 무거운
짐을 내려놓은 것처럼 홀가분했다.

어째서인지 그녀는 짐짓 아무렇지도 않은 척하며 돌아보
지 않았다.

＊ 魯迅, 중국의 문학가 겸 사상가. 대표작으로 『아큐정전(阿Q正傳)』이 있다.

"저우, 저우저우?"

숨을 헐떡거리며, 술을 마셔서인지 살짝 둔한 모습으로, 혹시라도 혀를 깨물까 봐 두려워하는 듯했다.

린양.

위저우저우는 한참 후에야 비로소 몸을 돌렸다.

어쩌면 삐져서일지도.

어쩌면 얼굴에 느닷없이 떠오른 환한 웃음을 숨기기 위해서일지도.

마침내 평소의 담담한 모습을 회복한 그녀는 목청을 가다듬고 말했다 "너 왜 여기 있어? 술을 그렇게 많이 마셨으니 얼른 집에나 가. 조심하고."

린양의 얼굴에는 실망과 의심스러움으로 가득했다.

"…… 왜 그래?"

위저우저우가 의아하다는 듯 반문했다.

"넌 왜 아직도 이러냐."

"내가 뭘?"

"내가 널 본 척도 안 했는데 왜 화를 안 내?"

위저우저우는 어리둥절했다.

일부러 그런 거구나.

마음이 순간 부드러워졌지만 일부러 계속 냉담한 표정을 유지했다. "네가 날 본 척도 안 했다고?"

"루위닝도…… 링샹첸도…… 다들 내가 너한테 너무 안달한대……. 그러면서 내가 널 신경 쓰지 않는 척하면 네가 분명 질투하고 화를 낼 거라고, 그럼 너도 내 마음을 이해할 거라고 그러더라고……. 겨우겨우 널 찾아서 쫓아왔는데, 넌 여전히 이런 표정이나 짓고 말야. 넌 조금도 화가 안 나냐…….”

린양은 말하면서 더는 버틸 수 없었는지 난간에 기대어 털썩 주저앉았다.

위저우저우는 머릿속이 벼락을 맞아 완전히 쪼개지는 느낌이었다.

정말이지, 바보 멍청이네.

위저우저우는 갑자기 뒤에서 훈수를 둔 루위닝과 링샹첸을 대신해 깊은 안타까움을 느꼈다.

한창 생각에 빠져 있는데, 별안간 린양이 휘청이다가 강 쪽으로 몸이 뒤로 넘어가는 걸 보고 깜짝 놀라 그의 옷깃을 잡아당겼다.

그런데 힘을 너무 세게 줬는지 결과적으로 린양을 곧장 자신의 품으로 잡아당긴 셈이 되었다. 위저우저우는 황급히 뒤로 한 걸음 물러나 그를 밀쳤고, 그는 다시금 난간에 부딪혔다.

다행히 린양은 술을 마셔 조금 알딸딸한 상태였다. 정신이 아직 말짱하긴 해도 반응은 평소보다 꽤 느렸다. 그는 위저우저우와 난간 사이에서 당겨지고 밀쳐지길 반복하다, 한참 후에야 비로소 뒤통수를 쓰다듬으며 아프다고 말했다.

위저우저우는 조금 걱정스럽다는 듯 눈살을 찌푸리며 가볍게 그의 소매를 잡아당겼다.

"내가 너 집까지 데려다줄게."

"그 말은 남자가 하는 거거든!" 린양이 소리쳤다.

"알았어. 그럼 네가 나 데려다줄래?"

"안 데려다줄 거야!"

위저우저우의 눈썹이 어이없다는 듯 축 처졌다.

하는 수 없이 조용히 난간 위에 앉은 그녀는 불현듯 뭔가 떠올랐는지, 가볍게 린양의 이마를 쿡 찌르며 음흉하게 웃었다.

"그럼 네가 말해봐. 내가 어떤 마음을 가져야 하는 건데?"

린양이 눈을 들었다. 둔한 듯 멍한 눈빛이었다.

그러더니 다시 고개를 숙이고 한참 말이 없었다.

"저우저우, 내가 혹시 아주아주 짜증 나지 않아?"

위저우저우는 어안이 벙벙했다. 린양의 씁쓸한 말투와 여름날 습한 공기가 한데 섞여 폐 안으로 들어오니 사레가 들려 말이 나오지 않았다.

"내 기억에 난 네 살 때 처음으로 치과를 갔어. 충치 치료하려고."

"그런데 밖에서 차례를 기다리는 중에 아주 무시무시한 장면을 봤어. 먼저 치료받던 환자가 나보다 몇 살 많지 않은 여자애였는데, 아프고 무서워서 의사 선생님 손가락을 꽉 물어버린 거야. 그 애 부모랑 의사 선생님이 엄청 타이르고 나서야 얌전히 입을 열었지. 혼나는 와중에 계속해서 치료를 받으며 끄으끄으 비명을 질렀고."

위저우저우는 가볍게 그의 어깨를 흔들었다. "린양, 너 취했어. 헛소리하기 시작했다고."

"그때 우리 아빠가 내 머리를 토닥이면서 당부했어. 양양, 넌 반드시 얌전하게 굴어야 해. 저 누나처럼 하면 안 돼, 알겠어?"

린양은 들은 척도 안 하고 계속해서 주절주절 말을 이었다.

"난 고개를 끄덕이면서 속으로 몰래 결심했지."

"내 차례가 됐을 때, 난 의사 선생님한테 인사하며 미소를 지었어. 의사 선생님은 아주 느긋하게 나보고 입을 벌리라고 했지."

"의사 선생님의 손에 들린 긴 손잡이가 달린 작은 거울이 내 입안으로 들어오자마자, 난 의사 선생님의 검지를 인정사정없이 깨물었어."

"아마 5분은 족히 물고 있었을걸. 난 그 의사 선생님의 눈빛을 영원히 못 잊을 거야. 평생 처음으로 절망이 뭔지 알게 해줬거든."

"응, 의사 선생님은 절망했어. 헤헤."

"결국 충치는 치료받지 못했고 아빠는 날 한바탕 혼내셨지만, 그래도 난 그럴 만한 가치가 있다고 느꼈어."

"그러다 나중에 책에서 '푸른 산을 물고 놓아주지 않는다'*라는 구절을 보고 내 얘기를 하는 줄 알았어."

"그런데 장촨 걔네들은 나보고 전생에 악당이었을 거라지 뭐야. 너도 봤지, 이게 바로 차이라구."

"국어 공부가 얼마나 중요해."

위저우저우는 웃음을 꾹 참느라 얼굴이 붉으락푸르락했지만, 린양은 아무것도 눈치채지 못하고 여전히 고개를 반쯤 숙이고 말을 계속했다.

"그래서 난 아무래도 고쳐지지 않을 거 같아. 봐, 내가 또 널 물었잖아. 정말이지 놓을 방법이 없다니까."

위저우저우는 별안간 마음이 떨리는 걸 느꼈다.

"나중에 여섯 살이 되고, 하루는 우리 유치원 상급반의 장난이 특히 심한 남자아이가 달려오더니, '린양, 나 남자랑 여자의 차이가 뭔지 알아냈어!'라고 큰 소리로 말했어."

"그때 난 상대할 가치도 없다고 생각했어. 그런 건 이미 아는데 굳이 개한테 들을 필요 있겠어? 고작해야 화장실에서 서서 일을 보느냐, 앉아서 보느냐 차이 아닌가?"

"그런데 그 남자애의 말에 난 굉장히 충격을 받았어. 걔가 나보고 '린양, 넌 본질을 모르고 있어'라고 그러더라고."

"저우저우, 넌 어릴 때부터 나도 모르는 단어를 많이 알았지만, 여섯 살 때는 '본질'이라는 단어를 들어본 적도 없을

＊ 咬定靑山不放松, 굳건히 뿌리를 내린다는 의미.

거라고 감히 확신해."

"그때 걔가 태양을 향해 고개를 치켜든 모습이 아주 멋지고 위풍당당해 보였어."

"근데 걔 말이, 본질은 바로 여자는 작은 고추가 아직 나오지 않아서 배 속에 감춰져 있다는 거야!"

물을 마시던 위저우저우는 그 말에 물을 뿜었고, 조심스레 주변을 살폈다. 다행히 린양의 헛소리를 아무도 듣지 못한 것 같았다.

"난 또다시 놀랐어. 이렇게나 신기한 발견이라니!"

"난 즉시 유치원 상급반 반장의 리더십을 발휘해서 큰 소리로 걔한테 말했어. '좋아, 우리 같이 가서 여자애들의 작은 고추를 빼내주자!'"

여기까지 말한 그는 팔을 쭉 뻗어 주먹을 쥐는 시늉을 했다가, 위저우저우의 손을 맞아 다시 내려갔다.

"물론 난 잡아당기러 가지 않았고, 걔 혼자 갔어."

"그저 그날은 정말 처참했다고만 말할 수밖에. 그 후로 사흘 연속으로 유치원에서 걜 볼 수 없었어."

"사실 남자와 여자의 차이는 그저 고추 때문만은…… 아니잖아. 물론 이 일은 남들에겐 말할 수 없었고, 어쨌거나 매우 이상한 느낌이었어. 그런데 내가 봤을 때 장촨은 나보다 더 일찍 깨달았던 것 같아. 아주 어릴 때 어른들이 나중에 나랑 링샹첸을 결혼시키자는 얘기를 할 때마다 걔는 링샹첸을 안고 대성통곡할 줄 알았거든."

위저우저우의 입꼬리가 소리 없이 실룩거렸다. 과연 사람은 술을 많이 마시면 뭐든지 말하는구나.

"나중에 곧 나도 깨닫게 됐어. 왜냐하면 널 만났거든."

"그 느낌은 마치 너랑 무지 같이 놀고 싶은데 부끄러워서 직접 말하지 못하는 것 같은 거야. 그런데 난 내 친구들이랑 같이 놀고 싶으면 큰 소리로 걔들을 부를 수 있었고, 그렇게 해도 전혀 부끄럽지 않았어."

"저우저우, 알아듣겠어?"

"저우저우, 너 듣고 있어?"

위저우저우는 부드럽게 그의 왼손을 쥐었다. "응, 천천히 말해. 듣고 있어."

"하지만 넌 어려서부터 그런 표정이었고, 날 먼저 찾아오지도 않았어. 넌 맨날 그곳에 서서 내가 너한테 달려오는 걸 보고만 있거나, 때론 반대 방향으로 점점 더 멀리 달아나는 것 같았어. 그래서 난 너무 불안했어. 벌어지는 모든 일이 널 더 먼 곳으로 밀어버려서 내가 따라잡을 수도 없게 될까 봐, 너무 무서웠어."

목소리는 갈수록 낮아졌고, 말 속도는 갈수록 느려졌다.

그녀는 그의 등을 가볍게 토닥였다. 슬퍼서 흐느끼는 어린 짐승을 달래는 것처럼. 뜻밖에도 그는 그대로 그녀의 어깨 위로 쓰러졌다. 반쯤 눈을 감은 것이 곧 잠들어 버릴 것 같았다.

남자아이의 생생한 숨결이 목에 닿자, 위저우저우는 이상한 느낌이 척추를 타고 급속하게 솟구치는 걸 느꼈다. 순간 머리카락이 곤두서는 것 같았지만 그를 깨울까 봐 움직이지도 못했다.

이렇게 한참을 조용히 참다가, 그녀는 그의 귓가에 대고 아주 작은 소리로 불렀다. "린양, 린양?"

이런 밤은 정말 어쩔 수 없이 사람을 나긋나긋하게 만들어버렸다.

"사실, 나 아까 무척 화가 났어."

그녀는 그가 잠들었다는 걸 알았기에 이 모든 말은 마치 조용한 강물과 기슭의 커다란 짐승에게 들려주는 것과 같았다.

그의 꿈속에까지 전해질는지는 알지 못했다.

"다만 내가 인정하지 않은 것뿐이야. 응, 난 어릴 때부터 이런 표정은 아니었어. 그저 위장술에 능한 것뿐이었지." 그녀는 말하면서 웃음을 터뜨렸다. "맞아, 사실 난 연기자야."

위저우저우가 어슴푸레 붉게 물든 하늘을 바라보며 한숨을 쉬었다.

"방금 네가 해준 얘기를 듣다 보니 문득 어릴 적에 있었던 일이 떠올랐어."

"그땐 아직 학교도 다니지 않을 때였어. 아마 다섯 살 생일날이었을 거야. 엄마가 날 물놀이장에 데려가 준다고 해서 엄청 기뻤거든. 그래서 아침밥도 뜨는 둥 마는 둥 하고 붐비는 버스에 끼여 탔는데, 글쎄 더위를 먹은 거야."

"엄마는 나한테 아주 미안했는지 물놀이 끝나고 저녁때 날 KFC로 데려갔어."

"그 시절엔 KFC가 우리 도시에 들어온 지 얼마 되지 않아서, KFC에 간다는 건 애들한텐 굉장히 즐겁고 자랑할 만한 일이었거든. 근데 우리 집 사정이 좋지 않아서, 아마 너도 들었을 거야. 우리 아빠와 엄마에 관해서……. 하지만 그건 나중에 다시 네게 얘기해줄게. 만약…… 만약 나중에 그럴 기회가 있으면."

"그래서 난 생각지도 못하게 KFC로 먹으러 갈 수 있게 돼서 너무 좋았어."

"그런데 문제는, 아침에 엄마가 수영복을 챙겨줬는데 내가 까먹고 가져가지 않은 거야. 그래서 어쩔 수 없이 민소매와 반바지만 입고 물에 들어갔고, 그래서 어떻게 됐냐면……."

위저우저우는 말을 멈췄다. 귓불이 뜨거워진 걸 느낀 그녀는 살짝 불안한 듯 린양을 흘끔 봤다. 그는 눈을 감은 채 눈썹을 미세하게 떨었고, 호흡이 길어서 아주 깊이 잠든 것 같았다.

그녀는 더없이 힘겨운 말투로 계속해서 말했다.

"나중에 엄마랑 거리를 돌아다닐 때 난 원피스를 입고 있었지만, 그게…… 팬티는 입고 있지 않았어."

곁에 있는 남자아이가 살짝 움직인 듯해 위저우저우는 놀라 숨을 멈췄고, 잠시 후에야 착각인가 보다 하고 생각했다.

그런 다음 길게 안도의 한숨을 내쉬었다.

"물론 엄마도 어쩔 수 없어서 그랬겠지. 어쨌든 어린애니까 뭐 아무래도 상관없다고 생각했을 거고, 원피스도 짧지 않았으니까. 하지만 난 거리를 걸으면서 너무너무 민망했어. 한 걸음 내디딜 때마다 어찌나 걱정되던지, 남들한테 들킬까 봐."

위저우저우는 잠시 말을 멈추고 린양이 자신의 무릎 위에 올려둔 오른손을 가볍게 잡았다.

"그거 알아? 나중엔 그런 느낌이 줄곧 날 따라다녔어. 지금에야 깨달았어. 사실 난 너와 함께 노는 걸 아주 좋아했어. 단지 네 곁에는 조요경이 가득 놓여 있는 것 같아서 감히 다가가지 못했던 거야. 난 그걸 들킬까 봐 두려웠고, 네가 다른 사람들처럼 다시는 감히 나와 말도 하지 않을까 봐 두려웠어. 그래서 아예 너랑 멀어지려고 한 거고, 너한테 우린 다르다고 말했던 거야."

"예전에는 아주 복잡하고 말하기 어렵다고 생각했어. 사실 모든 건 이렇게나 간단한데 말야."

"이렇게나 간단한데."

그녀의 목소리는 나중에 자신도 들리지 않을 정도로 작아져서 얕은 호흡 소리만 남았다.

"그래서 처음으로 KFC 갔을 때 팬티를 안 입었던 거야?"

화가 머리끝까지 난 위저우저우는 거칠게 린양을 밀고 난간 위에서 뛰어내렸다.

그런 다음 떨리는 손가락으로 그를 가리키며 한참 동안 말을 잇지 못했다.

난간 위에 걸터앉은 남자아이는 여유롭고도 환하게 웃고 있었다. 눈빛도 맑아 술에 취한 모습이라고는 조금도 없었다.

"나 너 속인 적 없는데? 잠들었다고 말한 적도 없고. 너 혼자서 내가 취했다고 생각한 거잖아."

그는 익살맞은 표정을 지으며 난간에서 가뿐히 뛰어 내려왔다.

"어때, 이게 바로 연환계라고. 적을 너무 얕봤지?"

위저우저우는 한참 이를 악물고 있다가 말없이 그냥 몸을 돌려 자리를 떠났다.

그리고 다음 순간, 따뜻한 품 안으로 끌어당겨졌다.

이렇게 더운 여름날은 온몸이 땀으로 끈적거려 정말이지 포옹하기엔 적당하지 않았다.

하지만 어째서 몸부림치지 않았을까?

그녀도 이해가 되지 않았다.

아마도 등 뒤에서 어지럽게 들려오는 심장박동 소리 때문이었을 것이다.

"저우저우, 거짓말하면 안 돼. 내가 너한테 뭐 좀 물어볼 테니까 솔직하게 말해줘. 응?"

남자아이의 목소리에 담긴 약간의 자신 없음이 떨리는 말

끝에 감춰져 있었다.

위저우저우는 머릿속이 멍해졌다.

"응."

"너 오늘 혹시 화났어?"

"…… 응."

"내가 너 아는 척도 안 하니까 너…… 좀 기분 나쁘지 않았어?"

"…… 어."

"내가 너 초대했을 때, 넌 이런 자리가 싫었어도 억지로 온 거지?"

"…… 그래. 대체 뭘 묻고 싶은 거야?"

린양은 별안간 그녀를 돌려세우더니 그녀의 눈을 진지하게 바라봤다.

"내가 말해줄게. 사실 너, 그건…… 그건…… 날 좀 좋아한다는 의미야."

그는 마침내 아주 중요하고 대단한 일을 해낸 듯이, 저도 모르게 두 손에 힘을 줘서 위저우저우의 어깨를 아프게 꽉 쥐었다.

그런데 뜻밖에도 위저우저우는 그저 웃기만 할 뿐이었다.

눈이 휘도록 웃는 그 모습을 보니 그는 어릴 적 그림책 속에서 본 그 보슬보슬한 꼬마 여우가 생각났다.

"그냥 직접 나한테 물어보면 되잖아? 쓸데없는 말만 잔뜩 늘어놓고."

린양은 입이 바작바작 타서 말이 나오지 않았다.

"너 어떻게, 이렇게……."

그러더니 별안간 똑바로 서서 아주 엄숙한 얼굴로 다시
물었다.

"저우저우, 너 린양 좋아하지?"

맞은편 여자아이는 뒷짐을 진 채 똑같이 진지한 표정이었다.

"응."

눈이 흩날리던 어느 날 오후, 한 남자아이가 했던 진지하
고 침착한 대답처럼.

그때와 똑같이.

온 세상이 침묵 속에서 함께 땀을 흘렸다.

그들은 불에 댄 듯이 동시에 눈빛을 피했다. 위저우저우는
얼른 한쪽으로 튀어가 난간에 기대어 풍경을 보는 척했다.

"저우저우?"

"왜?"

"나 아직 마지막 질문이 있는데 물어봐도 돼?"

"…… 말해."

"너 처음으로 KFC 갔을 때, 뭐 시켰어?"

위저우저우는 한쪽 다리를 들어 곧장 그의 엉덩이를 가격
했다.

한바탕 매서운 응징이 끝난 후, 그녀는 마침내 고개를 숙
이고 무척 쑥스러워하며 그에게 대답했다.

"정말 기억이 안 나……."

그녀는 눈을 감았다.

"기억나는 건 의자가, 특히 차가웠다는 것뿐이야."

린양은 먼저 어리둥절해하다가 곧 박장대소했다.

위저우저우는 천천히 걸으며 간혹 고개를 돌려 옆에 있는 키 큰 남자아이를 몰래 훔쳐봤다.

의기양양하고 명랑하고도 꿋꿋했다.

이렇게 힘 있는 손을 잡으니 그녀의 혈관이 마치 다른 젊은 생명과 단단히 이어진 것만 같았다.

그대의 손을 잡고, 평생 함께 늙으리.

이들은 단지 앞 구절만 해냈을 뿐이다.

린양은 아무 약속도 하지 않았다. 위저우저우도 우린 영원히 함께 있을 거라는 말 따위 하지 않았다.

황제에 대항하는 정변이 일어나면 사황비는 냉궁에 유폐될 것이다.

하지만 상관없었다. 천군만마가 뒤쫓아 와도 당시 사황비는 황제의 손을 잡고 조금도 망설임 없이 성큼성큼 달려나갔다.

늙기에는 아직 아주 많은 시간이 남았지만, 그 아주 많은 시간 동안에는 예상치 못한 많은 변고와 즐거움과 슬픔이 있을 것이다.

뒤 구절은 언젠가 완성될 것이다.

그들은 급하지 않았다.

작가 후기.
메리 수에 관한 모든 것

사실 이 이야기는 중앙희극학원*에서 공부 중인 친한 친구(원먀오의 실제 모델 중 하나라고 할 수 있는)가 내게 짧은 극본을 하나 써달라는 부탁에서부터 시작되었다.

그 친한 친구는 내 중학교 동창이다. 꿈이 있는 사람이라 연출과에 입학하려고 재수를 고집했고, 당시 난 대학에서 되는 대로 시간을 보내고 있던 차였다. 그가 입학시험을 치르러 베이징에 왔을 때 우리는 짬을 내어 잠시 만났고, 그는 우려와는 달리 불안해하거나 분노와 불만에 빠져 있지 않아서 난 무척 기뻤다. 이번이 삼수째였는데도 미래에 관한 이야기를 할 때 그는 여전히 자신만만했고, 원망이나 주저함이라곤 조금도 없었다.

---

* 중국 베이징에 있는 예술 전문 대학.

대학 입학 후 인터넷, 소설, 온라인게임에 중독되어 할 일 없이 멍청하게 시간을 보내는 쓸모없는 대학생(예를 들면 나라든지……)과 비교하면, 그의 눈은 훨씬 반짝이고 있었다.

이야기가 딴 길로 샜다.

그의 대학 1학년 때 과제는 5분짜리 짧은 영상이었는데 찍기가 쉽지 않았다. 당시 난 일본 도쿄에 교환학생으로 가 있어서 우리는 MSN 메신저에서 만났고, 그는 내게 짧은 극본을 써줄 수 있냐고 물었다.

주제는 없고, 마음껏 발휘해봐.

제약이 없다는 건 사실상 가장 큰 제약이다. 나는 아파트 바닥에 고개를 받치고 앉아 한참 생각했지만, 머릿속은 온통 하얄 뿐이었다. 고개를 드니 무심코 룸메이트(한국 드라마와 대만 청춘드라마를 좋아하는 미국인이라니, 정말 의외이지 않은가)가 벽에 걸어놓은 비(Rain)의 포스터에 시선이 꽂혔다. 룸메이트가 한국 미남의 얼굴에 홀딱 반한 모습을 생각하니 웃음이 절로 나왔다.

그런 다음 생각을 비우고, 어릴 적 내가 누군가에 푹 빠져 있었던 기억에 잠겨들었다.

4, 5학년 무렵, 반 아이들의 사춘기가 시작되면서 '누구는 누구를 좋아하고, 그 누구는 다른 누구를 좋아한대' 같은 유치한 소문이 모두의 마음을 어지럽혔고, 흥미진진하게 사방

으로 퍼져나갔다. 그때 난 모범생인 척하는 반장으로서 정
의감과 단체 명예의식이 충만했다. 다들 알다시피, 선생님
에게서 특히 신임받는 '작은 어르신'은 종종 가장 유치하고
천진난만한 편이다. 하지만 그럼에도 불구하고 여자아이들
에게 구석에 몰려서, 그것도 손에 칠판 닦는 걸레를 든 채로
"빨리 말해, 네가 좋아하는 사람은 대체 누구야"라는 모진
고문을 당했을 때는 어찌할 바를 몰랐다.

그 당시 피가 거꾸로 솟고 민망해서 얼굴이 새빨개졌던
게 지금도 생생하게 기억난다.

결국 나는 모두에게 버림받을 위험을 감수하고 사실을 말
하는 것에 모든 용기를 써버렸다.

"턱시도 가면."

일본 애니메이션 〈미소녀 전사 세일러 문〉의 남자주인공
인, 검정 턱시도를 입고 하얀 가면을 쓴 잘생긴 남자.

지금도 눈을 감으면 그때 여학생들의 벌레 씹은 표정이
떠오른다. 그건 턱시도 가면의 잘못이 아니라, 내가 정말로
애니메이션 속 캐릭터를 좋아하리라곤 아무도 예상하지 못
했기 때문이었다. 절친은 이렇게 말했다. "2D 인물은 그저
종이 쪼가리에 불과한데, 너 머리가 어떻게 된 거 아냐?"

아마도 그럴 것이다.

성장 과정은 때론 진짜로 외로웠다. 내가 본 애니메이션,
소설, 드라마 속 잘생긴 역할(또는 미인)과 평소 만나는 눈부
시게 뛰어난 선배들은 나의 역할극 대상이 되었다. 혼자 힘

으로는 씻어낼 수 없는 작은 억울함과 털어낼 수 없는 슬픔과 분노, 그리고 조그마한 영광과 칭찬은 모두 상상의 세계에서 사실이 밝혀지고 치유되었으며, 난 그걸 반복해서 곱씹었다. 비록 지금 돌이켜 보면 별거 아닌 사소한 일이었지만, 그 시절 나의 하늘은 너무나도 작고 시야도 좁았기에 참깨만 한 사소한 일도 거대하게 느껴졌다.

'턱시도 가면 사건'의 경험 이후로 난 '나만 이따위다'라는 생각을 줄곧 품게 되었다. 어린 시절과 사춘기에 이어 지금까지도 수시로 튀어나오는 망상증은 어쩌면 나에게만 있는, 은밀한 '정신병'이 아닌가 하는 생각마저 들었다.

…… 어째서 또 주제에서 벗어난 이야기를 하게 된 거지…….

어쨌거나 상상 속에서 튀어나온 나는 다시 책상 앞으로 돌아가 타자를 치기 시작했고, 곧 아주 짧고 간단한 극본의 기본적인 틀이 잡혔다. 단순한 3막짜리 극본이었다.

제1막, 자신의 작은 방에서 이불과 베갯잇 등의 '능라주단'을 뒤집어쓴 채 무아지경으로 역할놀이에 빠진 꼬마 아가씨는 한창 무림 맹주를 연기하다가 끝내 간악한 사람에게 공격을 받고(물론 그 간악한 사람도 그녀가 연기했다……) 피웅덩이에 쓰러져 피(그냥 물)를 울컥 토한 후, 침대에 쓰러져 팔을 자연스럽게 침대 모서리에 늘어뜨린다. 마치 드라마에서 나오는 슬로모션처럼 천천히 두어 번 움찔거리다가

(OTL)······ 결국 엄마에게 귀를 잡혀 씻으러 간다.

제2막, 어른이 된 여자아이는 하얀 셔츠를 입고 칸막이가 쳐진 사무실에서 바쁘게 일하며 동료에게 성과를 빼앗기고, 사장에게 호되게 깨진다······.

제3막, 피로에 찌든 여자아이가 한밤중에 좁은 아파트로 돌아와 한참 멍을 때리다 갑자기 미친 듯이 어렸을 때처럼 역할놀이를 시작한다. 대마왕의 얼굴이 사장님, 그리고 자신의 등에 칼을 꽂은 동료로 변한다. 사장은 단칼에 쓰러지고, 여자아이는 정의롭고 늠름한 모습으로 군중의 숭배를 받는다. 별안간 상상 속 화면은 연기처럼 사라지고, 그녀는 탁자 위에 엎드려 울기 시작한다.

스토리 끝.

지금 생각하면 참 바보 같은 극본이었다. 중앙희극학원의 친구도 이해하지 못했다(그리고 이 소설의 첫 장을 보고 갈피를 잡지 못한 수많은 독자와 마찬가지로). 그가 내게 물었다. 이 꼬마 아가씨는 대체 뭘 하는 거야?

그래, 대체 뭘 하는 걸까? 해보지 않은 사람은 이해하지 못할 것이다.

옛날에 친구들이 내가 왜 턱시도 가면을 좋아하는지 아무도 이해하지 못한 것처럼.

비록 그는 내 수많은 '남자'들 중 하나일 뿐이었지만······.

그 극본은 결국 방치되었다.

하지만 난 줄곧 잊지 않았다. 톈야룬탄*에서 한 게시글을

볼 때까지 말이다. 그 게시물 작성자는 어렸을 때 백 낭자**
를 연기해본 적 있냐고 모두에게 물었다.

그때 처음으로 나와 비슷한 부류를 찾고 싶다는 욕망이
일기 시작했다. 나는 어릴 적 흑역사 때문에 부끄러워 얼굴
을 붉힐 나이는 이미 지났고, 지금은 추억하며 웃을 수 있다
는 걸 깨달았다. 그래서 결심했다. 써보자.

이야기의 제목은 처음엔 『메리 수 병례 보고』였지만, '메
리 수'가 뭔지 모르는 많은 독자를 놀라게 하지 않도록, 또
'병례'라는 두 글자에 호감을 느끼지 못하는 독자들을 위해
출간할 때는 『안녕, 우리들의 시간』이라고 제목을 바꿨다.

사실 개인적으로는 원래 제목이 더 마음에 든다. 메리 수
Mary sue***라는 명사가 비록 동인계****에선 악명이 높긴
해도, 내 어린 시절의 상태를 절대적으로 잘 요약해주기 때
문이다.

늘 내가 주인공이라고, 결코 매장되지 않을 것이며 가장
반짝반짝 빛난다고 생각한다. 쌓인 원한은 잠시일 뿐, 조만
간 누명은 벗겨질 것이다. 궁지에 몰리는 건 그저 나중을 위
한 배경일 뿐, 반격은 필수적이며 심지어 절벽에서 떨어져

도 죽지 않을 테니 걱정할 것 없다. 수염을 길게 기른 신선이 비급을 들고 절벽 아래에서 오랫동안 날 기다려왔을 테니까…….

물론 여자아이들에겐 이 밖에도 아주 중요한 요소가 있다. 바로 잘생긴 남자들, 뛰어난 남자들이 모두 자신을 사랑해야 한다는 것이다.

예쁘지 않고, 뛰어나지 않고, 재능이 없고, 집안이 별로라도 걱정할 것 없다. 자신의 세계에서 사랑은 이유가 필요 없으니까.

아마 메리 수의 망상증은 바로 이런 병일 것이다. 어떤 사람은 이 병에 걸렸다가도 현실에 된통 맞아 정신을 차린다. 하지만 겉으로는 모두 나은 것처럼 보여도, 나이가 들고 성숙해지고 이성적으로 변해도, 자칫하면 다시 슬그머니 재발하기도 한다.

마치 나처럼 말이다. 길을 걸을 땐 항상 엉뚱한 생각을 하는데, 개중에 많은 것들은 아주 어리석은 생각이라 심지어 난 이 후기에도 그것들을 쓸 수가 없다.

그러나 가끔 캠퍼스에서 나처럼 길을 걸으며 바보같이 웃으면서 혼잣말하는 사람들을 보기도 한다. 그럴 때면 난 순간적으로 그들이 무슨 생각을 하는지 알 것만 같았다.

어릴 때부터 그랬다.

난 머리가 갑자기 뜨거워져서 내린 이 결정이 무척이나 다행스럽다. 나중에 소설 댓글로 ID '행인 1'이라는 독자가 이런 글을 남겼다. "둘째 곰* 님, 아직 젊고 기억이 남아 있을 때 더 많이 써두세요. 곧 다시 기억할 힘도 없게 될 거예요. 모든 기억과 감정은 나이와 경험이 많아질수록 차츰 사라지니까요."

막을 수 없는 시간과 피할 수 없는 성숙 사이에서 난 적어도 아직은 선명한 기억들에 대해 응급조치를 취했다.

그 사람들과 그 일들, 그리고 그런 마음을 안고 있던 나 자신 모두 이 책 안에 살아 숨 쉬고 있다.

사실, 이 소설의 단점은 아주 명확하다. 위저우저우의 처지와 경험이 지나치게 비현실적이니 말이다. 지나치게 완벽한 린양을 만나고, 지나치게 소설화된 만남과 이별을 겪는다. 만약 조금 더 현실적으로 쓴다면 개학 첫날 린양은 유치원에서 만났던 위저우저우를 기억하지 못할 것이고, 어릴 적 번번은 위저우저우의 기억 속에서 서서히 사라져 더는 생각나지 않을 거고, 재회는 더욱 말할 필요도 없을 것이다……

하지만 다시 쓴다 해도 난 계속해서 이렇게 '딱 봐도 불가능한' 클리셰를 고집할 것이다. 위저우저우의 말처럼 삶이 이미 단란하지 않은데 이야기에서까지 또 깨뜨릴 필요는 없지 않을까? 마치 기억처럼, 당시엔 아무리 씁쓸했어도 그 페이지를 넘기고 다시 돌이켜 생각해보면 조금의 단맛을 음미

---

* 二熊, 저자 바웨창안의 별명.

할 수 있다. 이건 우리의 본능이다. 아름다움이 추악함보다 많다고, 희망이 절망보다 더 많다고 굳게 믿기에 비로소 성큼성큼 나아가며 멈추지 않을 수 있다.

소설에는 지어낸 부분이 적지 않지만 모든 이야기는 내가 잘 아는 감정의 경험에 기반하고 있다. 어느 한 장소를 쓸 때마다 당시 비슷했던 내 경험을 끌어내 자세히 추억했고, 그 순간 내가 무슨 생각을 했는지 돌아봤다.

그 시절 먹었던 싸구려 주전부리를 기억해내는 건 아주 쉬워도, 어릴 때 그렇게나 쉽게 만족했던 작은 마음을 묘사하는 건 너무 어려웠다. 특히 우리가 갈수록 더 만족하지 못하고 점점 더 까다로워지는 지금 상황에서는 더욱. 겉으로 보기에는 예전 일을 많이 추억하는 것처럼 보여도, 사실 난 그 시절 상황과 사람들을 빌려 갈수록 희미해지는 감정과 기억을 붙잡아 두고 있었다.

그 시절 난 대체 왜 기뻐했고, 왜 슬퍼했을까?

그 시절 우리는 지금 보면 좀 우스운 것들에 관해 어떻게 시시콜콜 따지고, 환호하고, 걱정했을까?

이런 것들을 직면하는 건 그 시절 먹었던 새우스낵이나 건매실 상표를 기억하는 것보다 훨씬 어려울 것이다.

난 『안녕, 우리들의 시간』이 참 고맙다. 한 글자 한 글자 쓸 때마다 곰팡이가 핀 옛 시절을 다시금 펼쳐, 그것들을 햇빛에 말려 다시금 상쾌하고 따스하게 말릴 수 있었다.

얼마 안 되는 용돈을 들고 매점 앞에 서서 복숭아 맛 건매실을 살지, 딸기 맛 건매실을 살지 결정할 때의 흥분과 괴로움이 교차하던 그 느낌.

초등학교 1학년 때 400미터 계주 경주에서 난 너무 긴장하고 흥분한 나머지 배턴을 넘겨받는 것도 잊은 채 달려나갔고, 하이힐을 신은 담임선생님이 배턴을 들고 날 쫓아왔었다.

6학년 때는 시 전체 ××배 올림피아드가 취소됐다는 소식을 듣고 나처럼 몇 주 동안 불안에 떨던 여학생과 운동장에서 서로 끌어안고 환호했었다.

중학교 2학년 때는 옆 반 잘생긴 남자아이가 길을 막고 서서 "나 너 좋아해"라고 말했고, 난 딱딱한 얼굴로 걔한테 "우린 아직 어려. 공부를 열심히 하는 게 중요해"라고 말했지만…… 길모퉁이를 돌고 나서는 기쁜 표정을 주체할 수 없어 폴짝폴짝 뛰다가 계단에서 넘어져 얼굴을 박았고 다리까지 삐었었다.

고3 때는 학업 스트레스와 짝사랑 때문에(……) 우울해져서 학교 행정구역 꼭대기 층까지 산책하러 갔다가, 눈처럼 새하얀 벽에 많은 사람이 낙서를 해놓은 걸 발견했다. 아쉽게도 펜을 들고 있지 않아서 손톱으로 가장 구석진 곳에 "×는 ××를 좋아해. 하지만 아무도 모르지"라는 말을 새겨놓을 수밖에 없었다.

나중에 대학교 여름방학을 맞이해 고등학교에 다시 가봤을 때, 그 벽은 새로 칠해져서 모든 익명의 마음 고백은 세월에 묻혀 공백이 되어버렸다.

그것들은 이렇게 사라졌다.

2010년 7월, 난 정식으로 졸업했다. 만약 내 이야기를 하나의 극본으로 압축할 수 있다면 난 이미 제1막을 완전히 마치고 사장과 동료에게 시달리는 제2막에 들어서서, 시끌시끌한 직장에서 집과 자동차와 모든 세속적인 떠들썩하고 차디찬 것들을 위해 필사적으로 일하고 있을 것이다. 비록 처음의 꿈을 굳건히 유지할 거라고 다짐했어도, 과연 결과가 어떨지는 아무도 모른다.

만약 내게 제3막이 있다면, 내 작은 방에서 마지막으로 '메리 수'가 되었을 때 과연 울게 될까?

난 내가 울지 않기를 바란다.

내가 아주 좋아하는 말이 있다.

"난 앞으로 꼭 좋은 엄마가 되어서, 내가 받지 못한 모든 존중과 이해를 네게 줄 거야."

난 한 차례 만능 엄마가 되어 위저우저우에게 내가 놓친 것과 희망했던 모든 것을, 희망으로 가득한 아름다운 결말까지 포함해서 선사했다. 이걸 보상이라고 할 수 있는지는 모르겠다.

그러나 이 작품은 자전적인 소설이 아니다. 난 그녀가 아니고, 우리 모두도 그녀가 아니다.

다만, 이 책을 읽은 모든 사람, 똑같이 메리 수 콤플렉스를 가진 모든 망상증 환자들을 축복하고 싶다.

모든 일이 바라는 것보다 잘되기를.

말하자면, 모든 일의 결과가 당신이 처음에 상상했던 것보다 조금 더 좋기를.

조금이면 충분하다.

2010년 11월

신사의 마리안

이 제목을 쓰면서 2008년 12월 31일의 한밤중이 떠올랐다. 난 하얀 털코트를 입고 와세다대 유학생 아파트를 빠져나와 문 앞 좁은 길을 따라 모퉁이에 있는 작은 지장보살 사당으로 쭉 걸어갔다.

일본은 새해 1월 1일에 신사에 가서 제사를 지내고 복을 비는 풍습이 있다. 나는 혼자 타향에 있으니 떠들썩하게 긴 줄을 설 계획은 없었다. 어릴 때는 물질도 정신도 매우 결핍되어 있었기에 그 작디작은 기대감을 명절날까지 고이 모아뒀다가 당일에 다 쏟아냈지만, 나이가 점점 들어갈수록 이런 행사에 대해 흥미도 신선함도 잃어버렸다.

그러나 중고등학교 때의 내가 해마다 새해 전날 밤이면 스탠드를 켜고 새로운 한 해를 맞이하는 내게 편지를 썼다는 건 여전히 기억하고 있었다.

"친애하는 새로운 한 해의 나에게, 편지를 여는 네게 평안을."

편지에는 지난해의 경험과 얻었던 교훈을 총평하면서 미래의 나에 대한 제안을 썼다. 때로는 1, 2, 3, 4로 이어지는 단계별 계획을 쓰기도 했다……. 그리고 일기장을 닫는 그 순간, 마치 새로운 한 해는 정말 달라질 것 같은 만족감이 가득 찼다.

사람에게는 의식儀式이 필요한 법이다. 의식은 사람을 장엄하게 살게끔 한다.

솔직히 중학교 1학년 때 내 일기장 속 '미래 계획'에는 심지어 하버드 합격까지 적혀 있었다. 이렇게 여러 해가 지나서야만 싱글거리며 밝힐 수 있는 당시 꼬맹이였던 나의 야심 찬 포부였다.

계획이라는 건, 자신을 믿으며 운명이 자신에게 우호적이라고 믿는 사람들에게만 세울 마음이 생긴다.

그러므로 내가 차츰 '1, 2, 3, 4' 계획을 포기한 건 내가 더는 날 믿지 못해서일까, 아니면 운명이 내게 우호적이라고 믿지 않아서일까?

타국의 그다지 농후하지 않은 새해 분위기에 난 별안간 흥미가 생겼다. 비록 어딜 가야 할지는 전혀 알지 못했지만. 어쩌면 내가 2009년에 무슨 특별한 기대를 더 하지 않는다고 해도, 적어도 이제 곧 곁을 스르륵 빠져나갈 이 2008년은 존중해야 한다는 생각이 들어서였을 것이다.

아니면 단지 내가 겪었던 수백 번의 밤낮이 휘황찬란한 거리에 모였다가, 일제히 도쿄의 오가는 차들 사이로 한순간 사라지는 걸 보고 싶어서였는지도 모른다.

바로 이때 갑자기 눈이 내리기 시작했다.

나는 고개를 들어 붉은 밤하늘을 바라봤다. 눈이 가장 사람을 매혹시키는 부분은 고개를 들어 위를 바라볼 때면 저도 모르게 눈송이가 가장 처음 나타난 곳의 종적을 찾게 된다는 것이다. 그러나 나의 눈동자는 하늘의 아득한 그 자취를 쫓을 수 없었고, 포착할 수 있는 건 그저 내 곁에 가까워진 순간 갑자기 불쑥 생겨난 것처럼 보인다는 것뿐이었다.

무無에서 생겨난 그것은 가로등 밑에서 내 눈에 마술을 부려 찰나에 온몸으로 떨어졌다.

나는 그 1초를 줄곧 잊지 못했다. 인생에는 1초가 그렇게나 많았다. 마치 온몸에 떨어진 눈처럼, 우리가 앞으로 나아가는 중에 몸에서 떨어지기도 하고, 운이 좋아 남겨진 것들은 물방울로 녹아 마음속에 떨어진다.

나는 고개를 들어 눈송이의 자취를 찾았던 순간을 기억한다. 심지어 "넌 이 순간을 기억해야 해. 이유는 없어. 어쨌거나 넌 기억할 거야"라는 마음의 소리를 듣기까지 했다.

아쉽게도 도쿄에는 많은 눈이 내리지 않았다. 아무리 아름다운 정취도 나의 그 미국 룸메이트가 던진 "마치 하나님이 두피를 긁고 있는 것 같아"라는 표현이 떠오르면 살풍경하게 웃음이 터져 나왔다. 나는 오솔길을 따라 걷다가 멈추다가 하며 주황색 가로등 불빛 속에서 다른 주황색 가로등 불빛 속으로 들어갔다. 길고양이는 가끔 담장으로 뛰어 올라가 나와 한동안 같이 걸어주다가 조용히 어둠으로 숨어들었다.

이렇게 길모퉁이의 작은 지장보살 사당에 다다랐다.

이런 작은 사당은 일본 곳곳에서 볼 수 있다. 목재로 만든 감실 안에는 붉은 천으로 감싼 석조 지장보살이 모셔져 있다. 물론 사람 형상을 겨우 알아볼 수 있는 그 돌덩이는 그들이 진짜로 조각해서 만든 것인지 믿기 어려웠다.

이제껏 한 번도 일본 현지의 신화나 전설, 그리고 이런 지장보살 사당의 공양 방법에 대해 알아보지 못한 나는 아주 전형적인 중국인이었다. 신이 있다고 믿는 것 같으면서도 또 그렇게 깊게 믿는 것 같진 않으니 말이다.

경건해지는 건 원하는 바가 있기 때문이다.

하지만 유학 기간 매번 이곳을 지날 때마다 난 종종 멈춰서서 상상에 빠졌다. 이 관할 보호구역에 서 있는 작은 지장보살의 눈에는 천 년 동안 어떤 변화가 있었을까? 수백 년 전에도 길을 재촉하던 한 소녀가 멈춰서 감실 쪽 나무 그늘에 앉아 다리를 쉬었을까? 그 당시 쉬던 큰 나무가 지금은 어떻게 반듯하게 우뚝 선 고층 빌딩이 됐는지는 알 수 없었다.

길모퉁이의 지장보살 사당은 작은 오솔길과 간선도로의 교차로에 있었다. 난 뭘 해야 할지 몰라서 잠시 멍하니 서 있었다. 수상쩍게 서 있는 모습이 마치 나쁜 짓을 꾸미는 불량 소년처럼 보이진 않을까 괜히 불안해지기 시작했다.

이때 뒤에서 갑자기 부드러운 목소리가 들렸다. 고개를 돌리니 간선도로를 지나치던 오피스룩 차림의 여자가 지장보살 사당을 가리키며 나보고 외국인이냐고 말을 걸더니, 소원 목패를 적겠냐고 물었다. 그녀는 말하면서 감실 앞에 일렬로 늘어선 선반으로 걸어갔다. 그 위에는 이미 빨간 줄에 소원이 적힌 목패가 가득 매달려 있었다.

소원을 비는 것. 아주 오랫동안 하지 않은 일이었다.

난 그녀가 알려준 대로 사방 길이가 15센티미터 정도인 작은 목패를 샀다. 한쪽 면은 글자를 쓰는 부분이고, 다른 한쪽 면에는 부드러운 바람과 파도가 그려져 있었다.

그녀는 웃으며 내게 새해 복 많이 받으라고 말하곤 교차로로 사라졌다.

혼자 남은 나는 목패 앞에서 멍하니 있었다.

손바닥 크기만 한 곳에 뭘 써야 할까?

다른 사람이 쓴 걸 보려고 선반 앞으로 달려가 보니, 일본인의 소원은 우리나라 사람의 소원과 그다지 다르지 않았다. 출산을 앞둔 아내와 자식이 평안하기를, 내년 대학 연합고사에서 도쿄대에 합격하기를, 이제 곧 졸업하는데 좋은 일자리를 얻을 수 있기를……

대부분 자신의 노력으로 실현할 수 있는 것들이었다. 카드에 적힌 건 기도이자 자기 격려였다.

이런 소원은 그저 신에게 알려주고 싶어서였다. "난 나 자신을 믿어요. 내가 충분히 노력할 때 운명보고 나한테 잘 대해주라고 해주세요."

그럼 난 어떨까?

어떤 일을 진심으로 바라고 충분히 노력해도, 운명이 내게 잘 대해줄지는 모르는 거 아닐까?

이 세 가지 중에서 내가 가장 확신하지 않는 건 오히려 앞의 두 가지다.

난 뭘 원하는 걸까? 난 정말 그걸 얻기 위해 모든 걸 바칠 만큼 원할 지경까지 됐을까?

운명이 내게 잘 대해줄 때 난 충분히 평안했을까?

2008년 12월 31일, 난 스물한 살이 되었다.

난 북방에서 태어나 베이징에서 공부를 했고 교환학생으로 도쿄에 왔다. 아주 좋은 학교에서 공부해 앞으로는 금융업계 또는 회계업계 종사자가 되어 직장인이 될 것이다. 앞세대의 기존 축적이 없는 상황에서 내 힘에 의지해 어른 세계에 들어서고, 미래의 나에게 집과 대도시 호적을 마련해주기 위해, 그다지 크지 않은 제 몸 뉠 공간을 마련하고 자식을 낳기 위해. 많은 아쉬움은 남겠지만 내가 '정상적인 인생길'의 어느 한 걸음도 놓치지 않은 걸 기뻐할 것이다.

이렇게 언젠가는, 내가 무슨 대단한 인물이 될 수는 없어도 적어도 부모님이 남들과 자식 자랑을 할 때, 딸의 인생 지표 체크리스트 주요 항목에 대부분 동그라미가 쳐진 걸 자랑스러워할 것이다.

남들이 세속적인 눈으로 일찌감치 표시해둔 인생 시험지의 복습 범위에서, 우리는 이 문제은행을 열심히 풀어 합격해야만 부모님께 부끄럽지 않을 수 있다.

그렇게 생각하니 적어야 할 것들이 아주 많이 떠올랐다. 부모님의 건강, 친구의 평안, 성적 상승, 좋은 일자리, 부자와 결혼, 돈벼락, 세계 여행…….

겉으로 보이는 내 욕망은 정말이지 너무도 평범하고 진지해서 모두와 다를 것 없어 보였다. 구석구석 한 치의 양보도 없이 목패에 가득 채워 써도 다 쓸 수 없을 정도라, '뒷면에 계속'이라고 표시하고 싶은 마음이 굴뚝같았다.

하지만 펜을 든 그 순간, 이 모든 건 내가 원한 게 아니라는 걸 깨달았다.

문득 마리안이 생각났다.

마리안은 어느 한 사람도, 구체적인 지칭도 아니었지만, 내 마음속에서 그 어느 것보다 더 또렷했다.

마리안은 일종의 주문이었다.

초등학교 5학년 때, 학교에는 책임감이라곤 아주 부족한 보건 과목 선생님이 있었다. 보건 선생님은 수업을 매우 귀

찾아해서 때로는 학생들에게 의자를 교단 가까이 끌고 와 앉게 한 후 어제 본 드라마나 영화 줄거리를 이야기해줬고, 반 아이들은 넋을 잃고 들었다.

그러나 난 보건 선생님의 이야기가 너무 별로였다.

그러던 어느 날, 선생님은 마침내 그 거지발싸개 같은 드라마 이야기를 다해서 더는 할 말이 없는지, 갑자기 재밌는 영화나 이야기를 본 학생은 교단 위로 올라와 모두에게 말해보라고 했다.

난 용기를 내 손을 들었다.

하지만 난 내가 본 영화나 드라마 이야기를 하는 대신, 온몸이 눈처럼 새하얗고 죽음을 예고하는 새와 심근경색을 앓는 늙은 지식 청년의 이야기를 지어냈다.

당시 난 열한 살이었다. 늙은 지식 청년이라는 말은 외할아버지가 가르쳐준 말이었다. 외할아버지는 심근경색으로 세상을 떠나셨고, 난 지식 청년*이 대체 어떤 사람들을 의미하는지도 알지 못했다.

아이들은 내 이야기를 듣고 넋이 나갔다. 나는 한마디 할 때마다 다음 말을 뭘 해야 할지 몰랐으면서도, 그 행위 자체는 지금까지도 날 푹 빠져들게 했다.

이 세상에서 가장 사람의 마음을 끌어당기는 건 사람 그

---

* 고등교육을 받은 젊은이. 특히 1950~70년대에 농촌이나 생산 현장에 참여한 젊은이를 지칭한다.

자체다. 사람의 몸에는 늘 이야기가 담겨 있다.

사람들에게는 저마다의 이야기가 있다.

나는 그 이야기를 하는 사람이면서 내가 어떤 이야기를 할지는 몰랐다. 나는 다른 사람을 재미있게 하기 전에 먼저 나 자신을 재미있게 했다.

교단 아래의 아이들이 일제히 푹 빠진 눈길로 날 바라볼 때, 심지어 내가 이 세상의 왕인 듯한 느낌도 들었다.

그러나 이 세상의 왕은 교탁 앞에서 내려와 현실로 돌아오자 다시금 그다지 즐겁지 않은 아이가 되어버렸다. 겉으로는 순종적이고 영리했고, 내적으로는 조숙하고 까탈스러우며 자신의 생존 환경에 저항했지만, 도망갈 능력이 없고 심지어 도망갈 생각조차 그리 뚜렷하지 않았다.

아이들 앞에서 이야기를 늘어놓은 날 저녁, 우리 가족은 어느 식사 모임에 참석했다. 어른들은 연신 허풍을 떨며 한담을 나누었고, 말로 이기지 못할 것 같으면 각자 아이들 이야기를 하면서 서로 길고 짧은 걸 대보았다. 식당의 텔레비전에서는 〈라이언 킹〉 제3부가 방영되고 있어서 난 정신없이 빠져들었다.

품바와 티몬은 줄곧 그들의 유토피아를 찾아다니며 그곳을 '하쿠나 마타타(스와힐리어로 아무런 근심 걱정 없는 낙원이라는 뜻)'라고 불렀다. 내가 멧돼지 한 마리와 미어캣 한 마리가 텔레비전에서 그들의 '하쿠나 마타타'를 찾는 걸 보는 동안, 원탁을 에워싸고 술을 얼큰하게 마신 어른들은 허풍을 떨며 시끄럽게 굴었고, 사람들의 장단점을 떠들어대며 재산을 비교했다. 그들의 좁은 식견과 가치관은 내 발밑의 땅으로 떨어져 하늘을 가릴 만한 나무 그늘을 만들었다. 모두는 이 그늘에서 더위를 피하며 서늘한 바람을 쐬고 장난을 쳤다. 먼 곳을 내다볼 생각은 조금도 없었다.

그 순간, 문득 나에게도 이런 주문이 필요하다고 느꼈다.

이웃들은 재잘거리며 누구네 집 아가씨가 국장네로 시집가서 BMW를 샀다며 '나름 좋은 결말을 맞은 셈'이라고 말했고, 친척들은 인생에서 가장 큰 성공은 돈을 많이 벌고 좋은 집에 시집가서 어느 지역에서 왕 노릇 하는 사람 곁을 지키는 거라고 했다……. 난 반드시 마음속으로 끊임없이 이 주문을 기억해야 했다. 그것이 바로 내 결말이 될 테니까.

나는 이렇게 돈 있고 집 있고 차 있는 걸로 정해지는 기준을 만족하더라도 꼭 행복한 건 아니라는 걸 알고 있었다. 그건 어떤 사람들의 어떤 방식의 좋은 인생이었다. 그러나 난 오랫동안 보고 들어 익숙해지면 이렇게 남들의 추앙을 받는 '좋은 인생'이 내 잠재의식 속 모범이 될까 봐 두려워졌다. 내 날개는 아직 다 자라지 않아서 아직 날 수 없는데, 진정으로 두려운 건 내 날개가 다 자랄 때쯤 어떻게 나는지를 잊어버리는 거였다.

그래서 주문이 필요했다. 너무 복잡할 필요도, 다른 사람이 이해해줄 필요도 없으나 끊임없이 외우기만 하면 자신을 잃지 않을 주문 말이다.

내가 왜 '마리안'이라는 세 글자를 선택했는지는 기억나지 않았다. 그건 중요하지 않을 것이다. 아주 오랜 시간이 지난 후, 이 세 글자가 더는 나의 심미관에 좋게 느껴지지 않았음에도 시종일관 머릿속에 콕 박혀 있었으니까.

위저우저우의 마음속에는 줄곧 꼬마 여협이 살아 있었다. 그리고 마리안은 내가 마음속으로 되고 싶었던 사람이었다. 처음엔 모호한 그림자였다가 나중에는 피와 살이 붙기 시작해서, 내가 성장해감에 따라 그 이름의 의미는 더욱 풍부해졌다.

마리안은 이야기를 하는 꼬마 아가씨다.

마리안은 먼 곳이고, 자유이며, 무한한 기쁨이고, 틀에 박히지 않은 미래다.

난 사실 다른 사람들에게 이 확실하게 묘사할 수 없으면서도 쉽게 오독할 수 있는 '마리안'이 매우 부끄러웠다. 방금 위에 쓴 몇 줄의 글을 다시 보니 '마리안'이라는 이 개념에 대한 서술이 완전히 옆길로 샌 것 같다.

하지만 어쩔 수 없다. 난 최선을 다했으니까.

그건 원래부터 다른 사람을 이해시키려고 준비한 게 아니라 나 자신을 이해하기 위해 만든 거였다.

인생에서 크고 작은 즐거움과 슬픔, 고집과 포기, 모든 선택의 순간 때마다 난 속으로 묵묵히 그 이름을 부른다.

그 이름은 내 마음속에 새겨진 상징이다.

그러니 부디 제가 마리안이 되게 해주세요.

전 마리안이 되고 싶어요.

……

난 눈밭에서 목패를 앞에 두고 섰다. 교탁 앞에서부터 술
자리에 이르기까지, 열한 살 때의 수업 시간에서 타임슬립
해서 돌아왔다. 갖가지 어휘와 감정이 머릿속에서 부딪히는
와중에 펜 끝은 아무런 망설임 없이 이 말을 적었다.

"친애하는 신이시여, 전 마리안이 될 거예요."

전 마리안이 될 거예요.

절 도와주길 바라진 않아요. 단지 제가 욕망을 한 겹씩 벗
겨낼 때마다 제 진정한 야심을 봐줬으면 해요. 당신은 작은
지장보살이죠. 줄곧 이곳에 앉아 빌딩이 우뚝 솟는 모습을
봤고, 큰 빌딩이 무너지는 모습을 봤고, 무수히 많은 사람의
소원 카드를 읽었고, 그들의 머리 위로 떠오른 형형색색의
갈망이 거리를 오가는 걸 지켜봤고, 그들이 모였다가 다시
헤어지고, 얻거나 잃는 걸 봤어요.

당신은 너무 많은 걸 목격한 증인이니, 제 증인도 되어주
세요.

2008년 12월 31일은 이렇게 지나갔다.

2009년 12월, 『안녕, 우리들의 시간』이 중국에서 처음 출
판되었다.

2009년 12월부터 2012년까지, 『안녕, 우리들의 시간』은 여러 차례 증쇄, 재판되었고, 난 소송에 휘말렸다.

만약 더 자세히 들여다본다면, 2008년 12월 31일, 고개를 들어 눈송이를 바라보던 그 순간이 2011년 내 기억 속에서 조심스럽게 튀어나와 『안녕, 우리들의 시간』의 번외편 「블루 워터」에 들어간 걸 발견할 수 있을 것이다.

2012년, 『안녕, 우리들의 시간』은 중국에서 다시금 새로운 모습으로 독자들의 눈앞에 나타났다.

한 권의 책이 내 인생을 이렇게 바꿔놓을 줄은 전혀 생각하지 못했지만, 이 모든 건 너무도 순조롭게 이뤄졌다.

나의 작은 마리안은 이미 여러 해 동안 날 기다려왔다. 그동안 다른 사람의 후광에 눈이 멀어버린 난 10센티미터 짜리 하이힐을 신고 노트북을 메고 오늘은 프랑크푸르트, 내일은 뉴욕 증권거래소에 나타나는 엘리트 여성이 되고 싶었지만, 내가 그럴 재목이 아님을 깨달았다. 어른 세계의 추악함과 적나라하게 불공평함에 답답해진 나는 서럽게 울면서 내 친아버지가 리강*이 아님을 원망했다……. 난 여러 황당한 일들을 저질렀고, 많은 길을 돌고 또 돌았다.

그러나 어떻게 가든 마리안은 늘 길 끝에서 날 기다렸다.

과정은 결과보다 중요하다는 말, 이 말에 반대하는 사람

---

* 2010년, 중국에서 뺑소니 사고를 낸 한 고위공무원 자제가 "우리 아버지가 리강이니까 고소할 테면 고소해봐"라고 말한 것에서 유명해졌다.

은 세상에 무수히 많을 것이다. 운동선수, 고3 학생, 협상 대표, 그리고 사신과 싸우는 주치의 등. 그러나 작가로서 나는 이 말을 상상을 초월할 정도로 사랑한다.

잘못을 저지르고, 잘못된 길을 가고, 잘못된 사람을 사랑하고……. '잘못'이란 나에게 존재하지 않는다.

이야기를 하는 사람에게는 삶의 과정이 곧 결과다.

난 한때 그렇게나 규칙을 잘 지키는 사람이었고, 무슨 일을 하든 퇴로를 마련해놨다. 그래서 내가 좋아하지도 않는 경영관리를 배웠다. 그래야 일자리를 찾기 쉬웠으니까. 그래서 어린 시절에 필사의 각오로 내가 좋아하는 일을 하지 않았다. 그건 '아무런 보장이 없었으니까.'

이렇게 해서 난 '옳다 못해 매우 무미건조한' 인간이 되었다.

마리안에겐 이거야말로 '너무나도 터무니없이 잘못된' 거였다.

저번에 재판을 찍을 때 쓴 후기는 망상증을 가진 모든 친구를 위한 거였다.

하지만 이번에는, 부디 이 산만한 후기를 이기적으로 나 자신에게 선사하는 걸 허락해주시길.

소설가로서 난 하늘이 내린 재능을 가진 편이 아니고, 충분히 노력도 하지 않았다. 하지만 내가 이미 첫걸음을 내디뎠다는 건 알고 있다.

왜냐하면 『안녕, 우리들의 시간』으로 인해 다시 이야기하는 사람이 될 기회가 생겼으니까. 난 열정적으로 살며 다른 사람을 이해하고, 이야기를 듣는다. 이렇게까지 자유로웠던 적도, 나 자신을 사랑했던 적도 없다. 왜냐하면 난 지금 내가 좋아하는 일을 하고 있기 때문이다.

난 다시금 초등학교 5학년 때의 그 교단 위에 섰다.

물론 내 야심은 이 정도가 끝이 아니다.

하지만 세상이 이렇게 크니까, 내 야심이 조금 더 크더라도 분명 날 품어줄 거라 믿는다.

2012년 7월

2015년 후기.
저우저우, 고마워

2009년 여름, 난 컴퓨터에 '위저우저우'라는 이름을 썼다. 그리고 2009년 12월, 그녀는 활자 형식으로 종이 위에 나타나 많은 사람의 마음속에 새겨졌다. 눈 깜짝할 사이에 어느덧 6주년 신판을 맞이하게 되었으며, 이건 『안녕, 우리들의 시간』의 세 번째 후기다.

최근 5, 6년간 난 몇 권의 책을 더 냈다. 『너를 부르는 시간』과 『최호적아문』을 쓴 시간은 『안녕, 우리들의 시간』과는 시간상으로 별 차이가 없다. 하지만 출간 시기가 늦춰지면서 여러 차례 수정할 에너지와 기회가 더 생겼다. 솔직히 말하자면, 『안녕, 우리들의 시간』은 나의 첫 인터넷 연재본을 책으로 엮은 처녀작이기에 검토할 문장들이 적지 않다. 그리고 초보자가 저지르는 일부 잘못된 습작 습관들이 남아 있어서 실력이 조금 발전한 지금, 예전의 그 유치한 표현들을 다시 돌아보면 부끄럽기 짝이 없다.

이번에 중국에서 신판을 내면서 작품을 전체적으로 다시 읽어보며 일부 어법상의 잘못을 고쳤다. 만약 『안녕, 우리들의 시간』이 지금 쓴 작품이라면 스토리 구성이나 리듬 조절, 문체 스타일 등이 상당히 달라졌을 것이다. 그렇지만 난 결국 대대적으로 수정하고 싶은 마음을 꾹 참았다. 왜냐하면 이런 이야기는 어설프거나 거칠 수 있겠지만 당시의 천진함과 열정이 가득 담겨 있기 때문이다. 당시 대학교 4학년이었던 난 이 세상에 대한 아주 왕성한 표현 욕구가 있었다. 경험이 많아지고 삶에 단련되면서 갈수록 엷어지는 표현 욕구와 생명력은 모두 이 책에 완벽하게 보호되어 각 모서리마다 빛을 발하고 있다.

난 그걸 지키고 싶다.

나의 글쓰기 태도는 아마추어가 마음대로 대충 쓰던 것에서 지금의 신중하고 경외하는 태도로 바뀌었고, 그 과정에서 많은 시간이 지났다. 난 계속 노력해서 근면함과 진실함으로 글쓰기와 인생이 내게 준 즐거움에 보답할 것이다. 하지만 앞으로 내가 어떻게 발전하든, 얼마나 성숙하고 완벽한 작품을 쓰든 상관없이 『안녕, 우리들의 시간』은 최초의 증인이다.

2012년 후기에서 난 한 권의 책이 내 인생을 이렇게 바꿔놓을 줄은 전혀 생각하지 못했다고 썼다.

2015년 말, 난 위저우저우에게 말해주고 싶다.

내 인생은 여전히 더 나은 방향으로 바뀌고 있어. 얻은 건
다 요행이고, 잃은 건 다 인생이라는 말이 있지. 넌 내 인생
의 첫 요행이고, 내 진짜 인생은 너로부터 시작되었어.

고마워, 날 자유롭게 날게 해줘서.

2015년 9월

바웨창안

안녕, 우리들의 시간 3
你好,舊時光

초판 1쇄 발행 2021년 11월 30일

지은이 | 바웨창안
옮긴이 | 강은혜

펴낸이 | 조미현
책임편집 | 황정원
디자인 | 나윤영

펴낸곳 | (주)현암사
등록 | 1951년 12월 24일 · 제10-126호
주소 | 04029 서울시 마포구 동교로12안길 35
전화 | 02-365-5051
팩스 | 02-313-2729
전자우편 | dalda@hyeonamsa.com
홈페이지 | www.hyeonamsa.com
블로그 | blog.naver.com/hyeonamsa

ISBN 978-89-323-2170-7 04820
ISBN 978-89-323-2167-7 (세트)